とめどなく囁《ささや》く(下)

桐 野 夏 生

幻冬舎文庫

とめどなく囁《ささや》く（下）

目次

第六章　夫の心境

1

克典《かつのり》とは、海の近くにある老舗《しにせ》の日本料理店で待ち合わせた。

逗子《ずし》駅からタクシーで向かう途中、やっと家の近くまで帰ってきたにも拘《かか》わらず、早樹《さき》は意気消沈していた。

小山田《おやまだ》に比べて、丹呉《たんご》が親身に感じられたのも、高橋から何か前向きな答えが得られるかもしれないと期待したのも、すべて自分勝手な思い込みに過ぎなかった。

高橋の言う通り、庸介《ようすけ》は死んだものとして忘れ、新しい生活に没頭して生きていく方が楽だろう。奇妙な生存説に踊らされて、いつの間にか、過去を顧みることばかりしていた。そう思うと、佐藤幹太《かんた》に会うことも、もはや、どうでもいいとさえ思えた。

まして、美波《みなみ》の勝ち気な性格を思い出すと、庸介との関係を問い質《ただ》す気には、到底なれなかった。『木村さんも、今さら奥さんには何も言いたくないでしょう』という、高橋の言葉は当たっている。

わからないならわからないままに、すべてを忘れてしまうしかないのだ、と早樹は車の中で目を瞑《つぶ》った。

タクシーが店の近くまで来た時、早樹は目を開けて窓外を見た。昼間は本降りだった雨は小降りになっていたが、外は真っ暗で歩く人もいない。

夏の喧噪《けんそう》が嘘のように寂しかった。そして、すぐ間近には海の気配がある。夜の海は、死の象徴のように黒くて静かだった。何かが音もなく這《は》い上がってくるような気がして、早樹は震えそうになるのを堪《こら》えた。

しかし、土曜とあって、店は結構混んでいた。そのざわめきが嬉《うれ》しくて、早樹は奥の席で自分を待つ克典に手を振った。

克典は老眼鏡を掛けて、メニューを覗《のぞ》き込んでいるところだった。紺色のカシミアセーターからシャツの白い襟を出して、若々しく見える。

「早樹は何を飲む？」

よほど早く来て待ちくたびれたのか、早樹が席に着くなり、克典がいきなり訊《たず》ねた。

「じゃ、生ビールを」

克典は「珍しいね」と呟《つぶや》いた。早樹があまり生ビールを好まないのを知っているからだ。

「喉が渇いたの」

言い訳しながら、旨そうにビールを飲んでいた高橋の顔を思い出している。

「今日は喉が渇くような日じゃないのにね」と克典が笑う。「僕は冷酒にするよ」

注文を済ませた克典が、早樹の顔を改めて見て心配そうに言う。

「疲れた顔をしているね」

「そう？」早樹はバッグを探って、コンパクトを取り出して自分の顔を眺めた。確かに、目の下のくまが目立つ、冴《さ》えない表情をしていた。早樹は頬に手を当ててから、コンパクトを仕舞って克典に微笑《ほほえ》んだ。

「東京まで行くと疲れるわ」

「どんな用事だったの？」

克典が両肘を突いて、顎《あご》を載せた。早樹の話を聞く態勢のようだ。

「大学院の時の友達が出版社に勤めていて、会いたいっていうから行ったんだけど、その用件がびっくりなのよ。加野《かの》の事故について、本を書いてみないかっていうの。もちろん断ったけど」

早樹は迷いながらも、丹呉の依頼だけは正直に告げた。すべて嘘ではないのだが、真実でもない。

「へえ」と、よほど意外だったのか、克典がひどく驚いた顔をした。「庸介さんの事故のことをどうやって書くのかね」

「加野は変な消え方をしたでしょう。遺体は上がらなかったけれども、絶望的な状況だったし、あの人がどこでどうやって亡くなったのか、誰にもわからないわけじゃない。聞いた話だけど、ライフジャケットを着けていると千葉の方に運ばれることも多いんだって。でも、それもなかった」

「それは聞いたことがある」

克典が真剣な顔で頷《うなず》いた。そこに飲み物が運ばれてきたので、早樹は言葉を切った。二人で乾杯の真似事をすると、克典が促した。

「それでどうしたの？」

「一応、死亡認定はされたけど、七年もかかったしね。それで、その人が、当時のことと、今の心境を書いたらどうかというのよ。私がライターだったから、都合がいいと思ったんでしょう。私が駄目なら、ノンフィクション作家を付けるか、あるいは自分が書くとまで言ってた」

「面白いじゃないか」

克典が身を乗り出したので、早樹は驚いた。

「そんなに面白いかしら？　私は最近、加野が自殺したんじゃないかと思って、ちょっと憂鬱になっていたんだけどね」

「最近というのはどうして」

克典は鋭い。早樹は言い淀んだ。

「あれこれ考えているうちに、よ」

「なるほど。その人は、そういう可能性も知って言ってるのかい？」

「ええ。丹呉さんという人なんだけど、加野とは釣りを一緒にしていた人なの。だから、事故と自殺と両面あるんじゃないかってことは知ってると思う」

そして生存も、と付け加えそうになったが、このことは克典には黙っているつもりだ。

「だから、早樹の心理について興味があるわけだね」

「ええ、社会学的テーマだとか何とか言ってたわね。ちょっと大袈裟だと思ったけどね」

運ばれてきた料理を前にして、箸を取った早樹は少し笑ってみせた。

「いや、決して大袈裟ではないよ。家族が失踪して行方がわからない場合、残された家族の心のケアとか、失踪者の心理とか、重要なテーマだと思うよ」

「でも、私のケースは、失踪じゃないし」

「ああ、そうだね」

議論好きの克典が頷いたきり何も言わないので、早樹はほっとした。早樹の傷心を思って、遠慮したのだろう。

不意に、中学生の庸介が家出をして、ひと月も家に戻ってこなかったという話を思い出した。それは美波からの情報だった。

美波は、自分よりも庸介の「心」に詳しいのかもしれないと思った時、突然、強烈な嫉妬が湧き上がった。

嫉妬などとうになくなったと思っていただけに、予想もしていなかった感情の爆発に早樹は戸惑った。酔って、本当にすべてを忘れてしまいたい。ビールを飲み干してから、克典に頼んだ。

「克典さん、私もお酒頂いてもいいかしら」

「じゃ、別の銘柄にしようか」

克典がメニューを見て、別の銘柄の冷酒を頼んでくれた。あまり食欲がなかったが、早樹は懸命に料理を食べた。

「早樹、夏に加野さんのところに行ったじゃない。あれは何の用事で行ったんだっけ？」

克典が突然訊《き》いたので、早樹は何と答えようかと迷った。

「別に。ただの様子伺いだけど、どうして」

「いや、加野さんがお金に困っているんじゃないかと思ってね。現金を渡しそびれたと言ってたけど、どうなのかなと思って」

克典は予想だにしなかったことを言う。

「お金のことは何も」

もしや金に困っているのではないかと、現金の入った封筒を持参したが、そのまま持ち帰ったのだった。

「そうか、ならいいんだ」

克典が話を切り上げようとするので、早樹は問い返す。

「何かあったの？」

「言おうかどうしようか迷ったんだが」

どきりとして、克典の顔を見た。克典は言いにくそうに視線を泳がせた。ポケットからスマホを取り出して、スケジュールを確かめている。

「あれは確か、僕が出社した金曜日のことだ。ちょうどひと月くらい前だったかな。秘書から、こんな手紙がきているがどうしましょう、と訊かれたんだよ。手紙は、加野さんから僕宛だった」

庸介が生きているという報告だろうか。早樹は固唾《かたず》を呑《の》んだ。

「お義母さんから？　何ですって」

「ひとことで言えば、金の無心だ。庸介さんが海難事故に遭ってから、早樹が中目黒のマンションの家賃を払えないというので、毎月五万近くをカバーしていた。今は年金生活で、いずれは貯金を取り崩すことになるから、できたら、その時の金を返してもらえまいか、という内容だった」

「そんな、五万ももらってないのに」

早樹は、菊美《きくみ》の嘘に呆然とした。

「いや、いいんだ」克典は取りなすように手を振る。「いいんだよ、金額なんて気にしなくて。加野さんにとっては、多分、早樹が僕と再婚したことが気に入らないんだと思う。だから、手紙に書いてあった銀行口座に振り込んでおいた」

「いくらくらい？」おそるおそる訊いてみる。

「二百万だよ」

早樹は憤然とした。

「どうして払ったの？　克典さんが払う義務なんてないじゃない」

「でも、早樹は僕の妻だよ」

「加野の事故の後、私が家賃が高いから引っ越すって言ったら、ご両親が、加野が万一帰ってきた時に、家がわからないと可哀相だからと、少しお金を出すので、そこに頑張っていてください、ということだった。それで、月に二万、ある時は三万もらってたけど、到底足りないから、三年も経《た》たないうちに引っ越したの。二百万なんて額じゃないわ」

必死に状況を説明しているうちに、徒労を感じて肩を落とした。まさか、菊美が、克典に無心をしているなんて思ってもいなかった。それも会社宛に手紙を出したとなれば、法務の担当者も読んだかもしれない。

「克典さん、私にちょっと、相談してくれればよかったのに」

しかし、相談されたら何と答えただろうか。早樹の憂いがわかっているかのように、克典がグラスを持ち上げて訊いた。

「早樹ならどうする？　シカトするかい？　そんなことできないだろう」

確かに、無視はできない。

「私なら、もらった分だけ返すかもしれない。自分のお金から」

意地になっていた。

「早樹はそんなことをしなくてもいいんだよ。家賃を払えないから引っ越すと言うのをあっちが止めたんだろう？　だったら、もらっておいて当然だよ。加野さんは、そういう人なんだ。現実が思うようにならないからと、過去に戻って恨みを募らせている。手紙の文面もちょっと変だった」

「克典さん、その手紙見せて」

早樹は懇願したが、克典は首を振った。

「いや、早樹は見なくていい」

その手紙には、自分の悪口も相当書いてあったのかもしれない。克典の秘書にまで見られたのが恥ずかしかった。

「すみません」

早樹が謝ると、克典が困惑したように箸を置いた。

「早樹は謝る必要なんかない。気にしなくていい。僕に金があると思って、加野さんは甘えているんだ」

「甘えというレベルじゃないと思う。あなたの会社に手紙を出すなんて、悪質だわ。再婚する前に、私が返しておけばよかった」

「違うよ。金の問題じゃないんだ。加野さんは、早樹だけが幸せになったことが許せないのだろう」

その通りだった。不意に、美波も同じ思いなのかもしれない、と思い至る。

「嫌だな。私、もうお義母さんと連絡取らないことにするわ」

「まあ、可哀相な人なんだから、適当に付き合うしかないよ。次に何かきた時に、対策を講じるつもりだ」

世慣れた克典は慰めるように言ったが、早樹は項垂《うなだ》れた。

手紙には、金に困っていると書いてあったのだろう。しかし、菊美は年金生活には違いないものの、マンションは持ち家だし、私的年金もある。

夏に菊美を訪問した時、暮らしぶりに何となく荒廃の感が漂っていたのは、経済的困窮というよりは、孤独とか焦燥とか、そんな気持ちの荒《すさ》みが原因だったように思われた。

早樹は、玄関にあった汚れたスリッパを目にして、誰も訪ねて来ないから、こんな汚いままで平気なのだろう、と気の毒に思ったのだった。

庸介を見かけたという話も完全な作り話で、たまたま実家の父の見間違いと、偶然が重なっただけのことかもしれない。

そうなると、この間の自分の慌てぶりは何だったのか、と気落ちする。

「そんなに気に病むことはないよ」

早樹があまりにも悄気《しょげ》ているので、克典が慰めた。

「でも、ショックだわ。加野のお母さんは、最後まで私のことが気に入らなかったんだなと思って」

克典が、早樹のグラスに、注意深く冷酒を注ぎながら言った。

「気に入る、気に入らないという問題じゃないんだ。年を取ると、何かと捻《ね》じ曲げて取る人もいるからね。加野さんも変節したんだろう。何度も言うけど、もう早樹とは縁のなくなった人なんだから、気にしなくてもいいよ。僕は、早樹がずいぶん優しくしているなと思って、感心してたんだ」

早樹は冷酒に口を付けた。

「そうね。何か気になって放っておけなかったんだけど、もういいわ、二度と連絡しないようにします」

克典に余裕があるとはいえ、二百万は何の関係もない人間に払う額としては大きい。早樹にとっては、痛恨の出来事だった。

「そうしなさい。あっちからまたあれば、考えるよ。二百万は手切れ金だ」

克典が有無を言わせない口調で言った。

こんな時は、いつも優しく公平な夫が冷酷に見える。

「ご迷惑かけて、すみませんでした」

早樹はまた頭を下げた。

「いや、いいんだ」

庸介との結婚は、様々な試練を引き連れてきた。海難事故。捜索。庸介の両親。そして、生存説。そのたびに動揺して疲弊してきた。

「もういいわ。すべて忘れることにする」

早樹は口に出してから、大きく嘆息した。

一番忘れたいことは、庸介が生きているかもしれないという説だったが、克典はそれを知らずに笑っている。

「それがいいよ」

しかし、忘れられないこともあった。それは、今直面している問題だ。

「克典さん、真矢《まや》さんのことだけど、訊いてもいい？」

思い切って口にすると、克典が顔を上げた。

「いいよ、何だい」

「真矢さんと何かあったの？」

再び飲み物のメニューを覗き込んでいた克典が、目を上げずに答える。

「何もないよ。ただ、何となく気が合わないだけなんだ」

「自分の子供なのに、そういうことってあるのかしら」

早樹は親との関係が良好だから、想像ができない。すると、克典が目を上げて、早樹の方を見た。

「早樹は子供がいないからわからないのかもしれないが、自分の子供だからといって、手放しで可愛いわけでもない。気が合うとも限らないし、すべて許してはいない。あの子は、子供の時から、周囲の注意を引こうとして変なことを言う子だった。そう言っただろう？　あなたの後ろに霊が見えるとか、そんなことを言っては、皆を怖がらせていたんだ。僕はそういう嘘が嫌いだから、何度も注意したんだよ。そのうち、僕と口を利かなくなった」

「でも、真矢さんはお母さんとは仲がよかったんでしょう？」

「まあ、そうだけどね」

克典は急に口が重くなった。

「克典さん、私、ブログに嫌なことを書いてもらいたくないから、真矢さんに会って直接言いたいんだけど」

「だけど、あっちから断ってきたじゃないか。会う気なんかないんだよ」

食事会に誘ったのに、出席を拒まれた一件だった。滅多にないことだが、克典の顔に一瞬怒気が表れた。

「克典さんは、真矢さんを許さないのね」

「許さないよ。あんな無礼なことをネットなんかに書いて。ほんとに馬鹿な子だよ」

真矢の話は鬼門らしい。克典が急に怒りだしたので、早樹は無難な話に変えて、何とか食事を終えた。

「タクシーを呼んでくれるかい？　眠くなった」

克典は冷酒を飲み過ぎたらしい。欠伸《あくび》をしながら、早樹に言いつけた。

「はいはい。お昼は飲まなかったの？」

「遠足の弁当みたいな昼飯だったからね」と、克典が笑った。

雨降りで外食をしないというから、握り飯と卵焼きを作って出たのだった。

今日はいったい何をしていたのだろうと、早樹は苦い思いで、慌ただしい一日を振り返った。


翌週も、冷たい雨は降り続いていた。その後、丹呉からは謝罪のメールがきたが、早樹は、本の執筆については何も触れずに、お礼を述べるに留《とど》めた。

真矢のブログの更新は、十日ほど前を最後に途絶えている。

週半ば、優子《ゆうこ》から、「友達と葉山の美術館に行くので、ランチをしないか」という誘いがあった。夏の訪問以来である。

早樹は克典を誘ったが、克典は何も言わずに「行かない」という風に手を振った。智典《とものり》が一緒ならともかく、嫁の優子が一人だと会うのも面倒らしい。

だから、早樹はまた克典に昼食を準備して、一人で車を運転して美術館のレストランに向かった。

優子は、海が見えるガラス張りの席で待っていた。

「お久しぶり。お元気でした?」

早樹が声をかけると、優子が微笑んだ。黄色い紅葉のような、美しい色のセーターを着ていた。染めた髪の色とうまく調和している。

「お呼び立てして、ごめんなさいね」そして、外の灰色に煙った海を指差した。「こんなにいいロケーションなのに、あいにくの雨で残念だわ」

「お友達はどうされたの?」

「ひと足先に、鎌倉に行ってるって。ギャラリーに行くのよ。あたしはそれはパスしたの」

相変わらず、優雅なことだと思う。

「そう、雨で残念ね」

「まあね」と、肩を竦《すく》める。「これはハワイのお土産です。こないだお誘いしたと思うけど、お友達とゴルフに行ってたのよ。楽しかったわ」

チョコレートの包みを手渡された。

「ありがとうございます」

二人でパスタの注文を済ませると、優子が急に早樹に向き直って頭を下げた。

「早樹さん、ごめんなさいね」

「何のこと？」

急に謝られたので、早樹は驚いた。

「真矢ちゃんのことよ。真矢ちゃんのブログなんか教えなければよかったのにって、主人に叱られたわ。お義父様がすごく気にされて、うちの主人に何とかしろと仰《おつしや》ったらしいの。それで、何でそんなブログの存在を知らせたんだって話になって、後で怒られたのよ」

優子が浮かない顔で言う。

「あら、克典さんに言わない方がよかったのかしら」

「とんでもない。ブログに書かれているのは、お義父様と早樹さんのことなんだもの。知っておいた方がいいとは思うのよ」

優子は後悔している様子で、元気がない。

「でも、知らなければ知らないで、よかったのかもしれないわね」

早樹が呟くと、優子が物憂げに雨に煙った海を見た。

「でも、放っておけないし、嫌な話よね」

「そうなの。何も知らないで過ごしているよりも、私は教えて頂いてよかったと思ってるの。だから、気にしないでね」

早樹の言葉に被せるように、優子が眉根を寄せた。

「それにしても、あのブログは酷《ひど》いことが書いてある。早樹さん、嫌な気持ちになったでしょう？」

早樹は答えずに、克典の怒った顔を思い出している。普段は温厚な克典が、ブログの存在を知った時、怒りを露わにした。父娘の確執は、簡単に収まらないだろう。

「真矢さんて、どういう人なのかよくわからないんだけど」

ヨガのパンフレットに偶然写っていた、真矢の真面目そうな表情を思い出しながら、早樹は優子に訊いた。

「変わっていたけど、あんな悪意を剝《む》き出しにするような人じゃなかったわよ」

「じゃ、どうしたらいいかしら。智典さんは、何か言うと逆効果だから放っておいた方がいいって仰ったんでしょう？」

早樹は、優子に訊いた。

「ええ。お義父様にはそう言ったらしいけど、それはお義父様だからよ。あの二人は、もともと仲が悪いの。お義父様が怒ったら、真矢ちゃんには逆効果だと思う」

「この間、克典さんに訊いてみたのよ。真矢さんとの間に何かあったのかって」

早樹が言うと、優子が身を乗り出した。

「うん、そしたら？」

「何もないって」

「なあんだ」

つまらなそうに、腕組みをする。

「ただ、気が合わないだけだって」

「お義父様は、亜矢《あや》さんとはそうでもないのにね。顔は真矢ちゃんの方が似てるのに、気が合うのは亜矢さんの方なのよ」

亜矢とは、結婚式で挨拶しただけだ。

「私、お二人とは話したことがないの。亜矢さんも真矢さんも私に会いに来ないから、きっと嫌われているんだと思う」

早樹は、菊美の無心を思い出して苦笑いをする。菊美に嫌われているのか、と克典に愚痴ったばかりだった。

「嫌われているも何も、まだ二人とも、あなたのことは何も知らないでしょう？　嫌われているのは、あたしの方よ。あの人たちはプライド高いから、あたしみたいにテレビに出ていた女が嫌いなのよ」

優子が、嫌われていることが誇らしいかのように胸を張る。

「亜矢さんは、どんな方？」

克典と気が合うのなら、性格も似ているのかもしれない。

「亜矢さんは教育熱心で、目的に邁進するタイプ。ともかく今は、子供に歯医者を継がせたいらしいの。自分の家族のことしか関心はないと思う。真矢ちゃんは、何度も言うけど変人よ。菜食主義に凝ったこともあるし、今の医学は信用しないからと言って、医者の薬は飲まないとか。子供がいたら、予防注射とかさせないタイプよ。森羅万象に、何かの意志が働いていると信じているの」

優子は大袈裟なことを言う。

「何かの意志が働いている？」と、早樹は呆《あき》れて繰り返した。

「そうよ。あと、自分には霊感があるとも言い張っている。スピリチュアルって言うの？あたしには付き合いきれない人よ」

早樹は、真矢がそんなにスピリチュアルな人間なら、試しに庸介のことを訊いてみようかと思うのだった。遭難当時、菊美が呼んできた霊能者たちに、さんざん嫌な目に遭わされただけに、真矢の「能力」とやらを試してみたくなっている。自分も少し意地悪くなったらしいと苦笑いする。

「そういう人なら、克典さんも苦手でしょうね」

克典は合理主義者だから、真矢のような思考を嫌うはずだ。子供の頃の真矢の言動に、今でも腹を立てていたことを思い出す。

「あら、でもね。お義父様は、お義母様とは、占いで結婚したんだってよ」

「占い？」

あまりにも意外だったので、早樹は思わず繰り返した。

「そうなのよ。今、病院にいる、主人のお祖母様、つまりお義父様のお母様がすごく占い好きだったんだそうよ。お見合いをした時に、お義父様は、お義母様が実は気に入らなかったんだって。お嬢さん育ちで、全然面白くない人だから結婚しないって言ったらしい。でも、お祖母様は、占いでは一番いい相手だから結婚しろって命じたそうよ」

辟易している克典の顔が浮かぶようだった。

「そんなことで結婚相手を選ぶの？」

「だって、もともとは、お祖母様のお父さんの会社じゃない」

優子はそんなことも知らないのか、という風に早樹の顔を見る。

「知らなかったわ。それで、克典さんは、真矢さんが霊感とか言うと嫌なのかしら」

「それもあると思う。でも、真矢ちゃんの場合は、本物の霊感というよりは、単に目立ちたいだけなんじゃない。それは、自分に何もないと思っているからよ。父親に対する反抗だと思う。いい年して反抗なんて笑っちゃうけどね」

優子は運ばれてきたパスタを食べながら、こともなげに言う。

「優子さん、真矢さんに一度お目にかかりたいんだけど、何か方法はないのかしら」

「待ち伏せとかして、脅かしてやったら？　あなたの霊感で、私が誰かわからなかったの？って言ってやるの」

優子はそう言って笑った。

早樹は真剣なのに、優子にはブログのことなど他人事《ひとごと》なのかもしれないと、早樹は気付かれないように、小さな溜息を吐《つ》いた。

「そんなことをする気はないけど、ともかく悪口を書くのだけはやめてもらいたいの。だって」

早樹は口籠《くちご》もった。自分たち夫婦が汚されているような気がするのだ。屈辱と失意。あの言葉を思い出す。

「そうよね、確かにあの悪口はちょっと並はずれているわよね。あたしも読んでて不快だったわ。主人もすごく怒ってたし」

優子がたちまち悄気た。

「私はちょっと気持ち悪かった。何でそんなに私たちのことを敵視して、固執するのかしらと思って」

早樹は正直に言った。

「きっと暇なのよ」

「暇？」

確かに仕事も辞めたと聞いた。

「お父さんを恨むしか、何もすることがないのよ。もし、早樹さんが本当に会いたいのなら、会えないことはないと思うわ。でも、もしかすると逆効果かもしれないわよ。それでもいいの？」

早樹は頷いた。克典は反対するかもしれないが、自分は会って話したい。

「わかった。少しは親しくしていた友達もいると思うから、今何をしているのか、ちょっと訊いてみましょうか」

優子が真剣な眼差しになった。

「お願いしてもいいかしら。でも、克典さんには内緒にして。だって、真矢さんの名前を出すと、克典さんはすぐ怒るから」

長谷川菜穂子《なおこ》のヨガ教室に申し込んではみたが、真矢と会える確証はない。

「お義父様って、本気で怒ると、すごく怖いって聞いたことがある」

優子は何か克典の逸話を知っているのだろうか。早樹は、『真矢を許さない』、と言った時の克典の厳しい顔を思い出す。

早樹は、まだ克典と喧嘩したことはないが、克典にも若く激しい時があったのだろう。

自分は不満を爆発させる寸前に、庸介が消えてしまって、不完全燃焼のまま、穏やかな克典と同化してしまったような気がする。

何とつまらない人生だろうか。急に早樹は、すべてが色褪せて見えるような気がするのだった。

「今、真矢ちゃんの近況を知っている子がいるかどうか、LINEしてみるわね」

優子はスマホを出して、同級生に素早くLINEした。

「まだ連絡ないけど、きたら教えるわ」

「ありがとう。優子さんには感謝してるわ。だって克典さんと結婚したのに、お嬢さんたちは無視だもの」

急に心の痛みがぶり返した。優子が同情したように目を伏せて頷いた。

「ほんとに小姑《こじゅうと》って嫌ね。一族に他の女が入り込むのが気に入らないのよ。ライバル意識が強くなるんでしょう」

優子が顔を顰《しか》める。

「一緒に暮らしているわけじゃないから」

早樹が肩を竦めると、優子が思いついたように言った。

「だから、ブログ書くんじゃないかしら。面と向かって、小言とか厭味《いやみ》を言えないからよ」

「なるほどね」

二人で顔を見合わせて小さく笑った。

しかし、早樹も優子も心の中で思っていても、決して言葉に出さないことがあった。おそらく真矢は、父親が自分と同い年の女と結婚したことが許せないのだ。早樹、優子、真矢。一族に同い年の女が三人もいる鬱陶《うっとう》しさ。

早樹は、優子の姑であり、真矢の義理の母でもある。見知らぬ女が突然現れて、母親の立場になることだって嫌だろうに、まして同い年だ。早樹はその点、真矢に同情してもいた。複雑な心境だった。

「あ、ＬＩＮＥがきたわ」優子がＬＩＮＥを読んでから首を振った。「あまり親しい子はいないみたいだから、わからないって」

「ありがとう。もう、いいわ。今度ヨガを始めることにしたから、そこに真矢さんが来ることもあるんだって。気長に待つつもりよ」

「待ってどうするの？」

優子が、スマホをバッグに仕舞いながら訊いた。

「自己紹介して、友達になるの」

「無理よ」と、優子が断言する。「あの人は逆にドン引きすると思う」

「じゃ、どうしたらいいの？ ブログもそのまま？」早樹は溜息を吐いた。あの罵詈雑言《ばりぞうごん》に耐えられるのだろうか。「智典さんにお願いできないのかしら」

「兄だって、大人になった妹には何も言えないし、できないわよ。真矢ちゃんが素直に言うことを聞くわけがないもの」

「そうね」

「あら、そろそろ行かなきゃ」

腕時計を覗いた優子が、手早く財布から自分の分の金を出した。早樹は自分が金を出そうと思っていたので、優子が出した金を返そうとしたが、優子に断られた。

「それぞれ出しましょうよ」

「でも、私はあなたの姑だって気が付いたから、ここは出させて頂くわ」

早樹がそう言って紙幣を返すと、優子が爆笑した。

2

優子と会った翌日から、長雨がまるで嘘のように晴れの日が続いた。

日中は穏やかで暖かく、まさに小春日和だった。庭は、赤やオレンジのケイトウ、白やピンクだけでなく黄色やチョコレート色の珍しいコスモスが咲き乱れて、夢のように美しい。

不思議なもので、天気がいいと気持ちも明るく前向きになる。早樹は、庸介や真矢のことなどはほとんど思い出さずに、克典とのんびり過ごした。

朝食の席で、克典が珍しくマリーナに繋留したままの船を見に行きたいと言いだした。

「天気がいいから、早樹も乗ってみないか？」

早樹は頭を振った。

「やめておくわ」

「そうか、がっかりだな」

「私のことなんか気にしないで、乗ればいいのに」

「いや、気にしているわけじゃないんだけど、一人で乗るのもつまらないと思ってさ」

克典が、手に付いたトーストの粉を、皿の上で払いながら言う。

早樹はコーヒーカップをソーサーに置いて、以前から訊いてみたいと思っていたことを言った。

「じゃ、美佐子《みさこ》さんは乗ってらしたの？」

「いや、まったく。インドア派っていうのかね。趣味は料理とか書道で、全然興味がなかったね。旅行はしてたけど」

「だったら、また一人でいいじゃないの」

早樹が冗談めかして言うと、克典は「そうだけどさ」と、苦笑いをした。

早樹と再婚したのは、一緒に遊んだり、食事を楽しむ相手が欲しかったということもあるのだから、付き合いが悪いと思ったのだろう。

「私のことは気にしないで、行ってらしてよ」

早樹が同じ言葉を繰り返すと、克典が海に目を遣《や》った。

「まあ、確かに、庸介さんが海で行方不明になったっていうから、どこか遠慮してたところはあるんだ」

「ええ」早樹にはよくわかっていた。

すると、克典がさばけた口調で言う。

「でも、何だか加野さんにお金を払ったら、もういいか、という気になったんだよ。金って妙なものだね。僕はあの時、『手切れ金だ』って言っただろう？　でも、それは早樹のじゃなくて、僕の加野家に対する手切れ金なんだよね。歳《とし》の違う僕が、まだご主人が行方不明のままの若い奥さんをもらってしまった。そのことに対しての負い目があったんだね、きっと。早樹に対しても、どこか遠慮があった。それが金を請求されて、加野さんがどういう人かわかったし、早樹の縛られる苦しみもわかった気がしたんだ。だから、金を払ったことで、何かが終わったように思う」

庸介の死亡認定はされたものの、早樹は過去を引きずって生きている。口にはしなかったが、克典にとってはそれが重かったのだろう。

克典が宮崎にゴルフ旅行に行った時、予定にない延泊をしたり、ゴルフを再開したいと言ったり、いつもと違うように感じられたのは、そのせいだったのか。

「克典さんがそう思ってくれるのなら有難いけど、私はお金のことは不快だった」

早樹の菊美に対する怒りは消えていない。克典に金を要求するなんて、絶対に許せなかった。菊美の変容は、庸介との楽しい思い出も、違うものに変えていく。

もし、万が一、庸介が生きていたら、菊美の面倒をすべて自分に押し付けたことへの怒りが、新たに湧き上がりそうだった。

「わかってるよ。でも、庸介さんはもう死んだんだよ。過去なんだ。加野さんとも付き合う必要はない」

克典にきっぱり言われて、早樹は何度も頷いた。菊美が唱えた生存説に振り回されたことが悔しくもある。

「そうね。嫌なことも全部忘れるわ」

「それがいいよ」

早樹は、克典のカップにコーヒーを足そうと立ち上がった。その時、早樹のスマホが着信した。早樹はスマホを取り上げて発信元を見た。驚いたことに、菊美からだった。ちょうど菊美の話をしていた時にかかってきたタイミングのよさが、気持ち悪かった。

「どうした、出ないの?」

「いいの。加野のお母さんからだから」

「へえ、まるで噂をしてるのを知ってたみたいじゃないか」

克典が苦笑する。

早樹は、コールの鳴っている最中にボタンを押して切った。菊美が、留守電にメッセージを吹き込むのさえ嫌だった。

もちろん、どうして嘘を吐いてまで金を無心したのか、と問い質したい気はある。しかし、菊美とは口も利きたくない。

「噂をすれば影ってやつだね」

克典が少し眉を顰《ひそ》めて言った。克典も薄気味悪いと思ったのだろう。

朝食後、克典は一人でマリーナに出掛けてしまったので、早樹は朝食の後片付けと洗濯を終えてから、パソコンを開いて、メールをチェックした。

丹呉からメールがきていたので、返事を書いた。

塩崎《しおざき》早樹様
その後、いかがお過ごしでしょうか？

佐藤幹太氏とは、連絡が取れましたか？

実は私の方で、高橋氏に伺った彼の携帯にかけてみたのですが、すでに番号は変わっていました。

業界の人間を探して訊いたところ、結婚して奥さんの実家の手伝いをしているらしい、とのことでした。

もっと調べてほしいということでしたら、遠慮なく私にお申し付けください。

しかしながら、私が図々《ずうずう》しいお願いをしてしまったせいで、お気持ちを損ねられたのではないかと危惧しております。どうぞ、本のことは忘れてください。

では、また時々メールさせて頂きます。

敬具
丹呉陽一郎《よういちろう》

丹呉陽一郎様
拝復　その節は相談に乗って頂きまして、ありがとうございました。

庸介が釣りを愛し、皆様と楽しい時間を過ごしてきたのだということがわかって、安堵《あんど》致しました。

おかげさまで、庸介が命を落としたのが、彼の愛する海だったことも、ようやく受け入れることができるようになった気がします。

私は過去の出来事に縛られて生きるのはやめようと思います。これからは前を向いて生きていくつもりです。

丹呉さん、いろいろありがとうございました。どうぞお元気でお過ごしくださいませ。

塩崎早樹

読み返してみて、まるで別れのメールのようだと思ったが、早樹は迷わず送信した。丹呉の依頼に裏切られたような気持ちになり、菊美の金の無心で、庸介の関係者とは縁を切ろうと思った。それほどまでに、激しく反発する気持ちがある。

早樹は、美波や釣り部の連中だけでなく、庸介その人にも、深く傷付けられていた。学生とのトラブルで悩んでいたかもしれない庸介は、早樹にそのことを告げなかった。だったら、釣りに同行させていた美波は、どんな存在だったのか。釣り部の仲間は、なぜそれを教えてくれなかったのか。

そのせいで、庸介の生死についてもう一度掘り起こしたいという気力は消えつつある。庸介が生きていたら、という仮定に、ときめきを感じなくなったからだ。

午後一時に、克典とマリーナのレストランで待ち合わせた。

海に面したバルコニー席のパラソルの下に、サングラスを掛けた克典がすでに来て座っていた。テーブルには、生ビールのグラスがある。

早樹は手を振った。いまだかつてないほど、今日の克典が愛おしかった。今の自分が頼る人は克典しかいない。

庸介が生きているかもしれないと思った途端に、克典に老いを感じたくせに、庸介の周囲に幻滅したら、今度は克典を好ましく思っている。何と浅薄な人間だろうと、早樹は自分が恥ずかしくなる。

「どうでした、船？」

克典は生ビールのグラスに口を付けて、のんびり答える。

「うん、江の島まで行ってみた。気持ちがよかったよ」

「いいお天気ですものね」

早樹もサングラスを掛けて、光る海原の向こうを見遣った。右手に江の島。その向こうに富士山。庸介が消息を絶った相模湾を美しいと思って眺めている自分。

平日だが好天とあって、白い帆を張ったヨットが沖にたくさん出ていた。

早樹がメニューを眺めていると、またバッグの中のスマホが鳴った。まさかと思ったら、やはり菊美からだ。早樹は顔を顰めた。

「嫌だわ、また加野のお母さんよ」

早樹が切ろうとしたら、克典がいきなり手を伸ばしてスマホを奪った。止める間もなく、克典が電話に出た。

「はい、塩崎です。いえ、早樹は出ません。無言電話？　うちはそんなものかけませんよ。何言ってるんですか。早樹にはもう連絡しないでください」

克典が不快そうに切ったので、早樹は声を潜めた。

「何ですって？」

「わからないよ。何だか、無言電話がどうこうと、わけのわからんことをごちゃごちゃ言ってた。あの人、ちょっと頭が変なんじゃないの」

克典が無慈悲に言い捨てる。

「お義母さんは、私が無言電話をかけたって言ってるの？」

早樹は驚いた。

「知らないよ。よくわからなかった」

克典が不機嫌になったので、早樹はそれ以上訊くのを諦めた。しかし、不審な思いが残った。菊美はいったい何の用事で、二度も電話をしてきたのだろう。早樹が無言電話をかけたと思っているのか。

昼食を終えて母衣山《ほろやま》に帰ってくると、克典は日課となった午睡《ごすい》をしに寝室に引っ込んでしまった。最近の午睡は、長い傾向にある。特に今日は、生ビールの後、白ワインを二杯も飲んでいる。二時間は寝室から出てこないだろう。

その間、藤沢のショッピングモールに、ヨガのウェアを買いに行くことにした。今週の土曜から通うつもりだが、まだ準備ができていない。

海岸沿いの国道を車で走っている時、不意に思いついたことがあった。

菊美は、誰かが無言電話をかけてくると、早樹に訴えたかったのではあるまいか。だとしたら、その誰かとは、「庸介」に決まっていた。しかし、本当だろうか。またしても、作り話か、妄想ではあるまいか。

藤沢に向かって、国道を右に曲がると、いつもは目に留まらない、公衆電話ボックスに気が付いた。

早樹は衝動的に車を停めた。小銭を出して、菊美の家の電話の番号を押す。数回のコールで菊美が出た。

「もしもし、加野でございます」

菊美は、極めて慎重な声で答えた。相手の機嫌を損ねて切られては困るという風だ。

「もしもし、もしもし」

早樹が黙っていると、菊美が喋りだした。

「もしもし、庸ちゃん？　庸ちゃんでしょう？　何か言ってちょうだい、お願いだから」

ボックスの脇をトラックが通ったので、早樹は慌てて送話口を手で塞いだ。

すると、菊美が息を殺して、こちらの物音に耳を澄ましている気配がする。すーはー、すーはーと呼吸の音だけが聞こえる。

「庸ちゃん、何か喋ってよ、お願いだから。ね、ね、喋って。だって、声が聞きたいんだもん。やっぱり、あなた生きていたのね。嬉しいわ。お母さん、それだけで長生きできる。ねえ、怒らないから、何か言ってちょうだいよ。お母さんはね、あなたが生きているって信じていたのよ。お願いだから、ひとことでいいから、何か言って。でも、これで三回目よね。電話くれて、ありがとう。これが、あなたの生きているっていうサインなのよね。ありがとう。これだけでお母さんは生きていけるの、ほんとよ。もう、大丈夫だからね」

必死な声音《こわね》で、泣きながら喋る菊美に圧倒されて、早樹は震えがきた。

怖《おそ》ろしいことが起きている。

これ以上、菊美の声を聞くのが辛くて、早樹は受話器をフックに掛けた。

大泉学園《おおいずみがくえん》の家では、菊美があの古い電話を握り締めて、まだ「庸ちゃん、庸ちゃん」と呼びかけていることだろう。

いたずら電話などではなく、庸介が本当に生きていて、母親の声が聞きたい一心で無言電話を何度かしているのかもしれない。

だとしたら、自分の携帯にもかけてくるだろうか。「公衆電話」からかかってきたことは一度もなかったが、闇から庸介の声が聞こえてきたら、怖ろしさに卒倒するだろうと思われた。

事故が起きた当時は、もう庸介には会えないのかと、毎日泣き暮らしていたほどなのに。早樹はしばらくボックスの中で佇《たたず》んでいた。無言電話をかけるなんて、これまで一度もしたことがなかった。

何と罪深いことをしたのだろうと、後味の悪さに大声で叫んでしまいそうだ。

菊美は、庸介の生存をさらに信じるだろう。

だが、自分を損ねた菊美が苦しんでいるのなら、それでいいとする醜い自分が、急に姿を現していた。早樹はそんな自分に疲れて、電話ボックスからよろけるようにして出た。

ハザードランプが光る車に戻って、運転席で意味もなくスマホを眺める。誰かに助けてほしかった。

でも、克典には言えないのだから、助けてくれる者はいない。

結局、ショッピングモールには行ったものの、目的もなく店内をうろついただけで、ヨガのウェアは買わなかった。夕飯の買い物をしようと思ったが、克典の意向を訊いてからの方がいいと思い、それもやめた。

昼間は半袖でも平気そうなほど暖かかったのに、陽《ひ》が翳《かげ》ると急に寒くなる。

冷たく強い風が上空でごうごうと鳴っていた。天気の急変とともに、昼間の元気もどこかに消えてしまったようだ。

早樹は手ぶらのまま、駐車場から車を出した。だが、美波に無言電話がかかっていないか、気になって仕方がない。

とうとう、車を路肩に停めてスマホを取り出し、思い切って電話をした。

「もしもし、美波？　私だけど」

「あ、どうしたの？」

美波は穏やかな声で答えた。

「今、大丈夫？」

「うん、事務所を出てきた。今、廊下に出たから、話せる」

早樹は、法律事務所の入っているビルの廊下を想像する。そこで、化粧気のない美波が、地味な色のスーツを着て、スマホを耳に押し当てている姿を。

「わざわざ、ごめん。美波にちょっと訊きたいことがあって電話したの。こないだ、美波が佐藤幹太さんの名前を教えてくれたじゃない。でも、丹呉さんに訊いたら、幹太さんは、もう出版社を辞めたみたいなのよ。だから、携帯の番号を知ってたら教えてくれないかしら」

無言電話の後悔のせいか、ことさら饒舌《じょうぜつ》になりそうな自分がいる。

「さあ、あたしは聞いてないけど」

急に声の調子が低くなって、歯切れが悪くなった。

知らないはずはなかろうと思ったが、どう言えばいいかわからず、早樹は言葉を切った。

すると、美波の方から訊ねてきた。

「ところで、あたしも訊こうと思っていたのよ。あの件、どうした？」

「あの件？」

「ほら、庸介さんみたいな人を見かけたっていう話よ」

「ああ、小山田さんや丹呉さんに会って、いろいろ訊いてみたけど、よくわからないのよね。多分、庸介のお母さんの見間違いか、思い込みだろうって話になったんだけど、奇妙なことが起きてるの」

「どんな？」と、美波が不安そうに訊ねる。

「お義母さんのところに、無言電話がかかるんだって」

美波がはっと息を吞んだのがわかった。

早樹はすかさず訊いた。

「美波のところにはないの？」

「何であたしのところにかかるの？　万が一、庸介さんからかかるなら、早樹のところでしょう？」

美波の否定は早かった。

「私のところには一度もかかってこないの。本当にあなたのところに電話はないの？」

「ないよ。あるわけないじゃん」

だが、美波は躊躇《ためら》っているような口ぶりだ。

早樹は思い切って訊いた。

「ねえ、丹呉さんにも聞いたけどさ、美波は私に内緒で、庸介たちと釣りに行ってたじゃない。それはごくたまにかと思っていたら、釣り部の一員だったって、皆が言ってたから、びっくりした」

「あれえ、早樹に言ってなかったっけ？」

しれっと嘘を言う美波に腹が立つ。

「聞いてないよ。私はあなたが釣りをしていたことも知らなかったんだから」

庸介も口にしなかったからこそ、二人の仲を疑っているのだった。

「何回か行っただけよ」

「そう？　美波は幹太さんと付き合っていたことを否定してたけど、本当は庸介と付き合っていたんじゃないの？」

とうとう核心に触れた。美波は何と答えるだろうか。早樹は胸の動悸《どうき》を抑える。

「まさか」と、美波が絶句した。「あたしがそんなことするわけないじゃない。早樹のダンナさんじゃないの。ねえ、早樹、どうかしたんじゃないの。見損なわないでよね」

「見損なうも何も、あなたが幹太さんと付き合っていたことが嘘なら、何のために釣りに行ってたの？　私に何も言わなかったじゃない。あなたは庸介と付き合ってたんじゃないの？　それで皆と釣りに行くと言いながら、庸介と二人だけでどこかに行ってたんでしょう。違う？」

早樹の矢継ぎ早の詰問に答える美波の声は、沈んでいた。

「違う、絶対に違う。あたしが釣り部に入っていたのは事実で、それは早樹に言ってなかったかもしれないけど、隠していたわけじゃないの。だって、付き合っていたのは幹太だもの。幹太の影響で釣りを始めたの」

「だったら、どうして幹太さんとのことを否定したの？」

「言いたくなかったからだよ」

美波は低い声で答える。

「何で言いたくないの？」

早樹は厳しく追及した。

美波の答えは急に歯切れが悪くなる。

「いろいろあったの。幹太には酷い目に遭ったから、あまり話したくなかったの。今度、整理して話すよ」

「今話してよ」

残酷に迫っていると思いながら、早樹は自分を止めることができなかった。

「ごめん、今度話すよ。まだ許せないから」

美波が悲鳴を上げたので、早樹が息を呑む番だった。

「言い過ぎたならごめん。だったら、あなたは幹太さんと付き合っていて、庸介とも一緒に釣りに行ったたって、何で私に言わなかったの?」

「別に隠してなかったけど、後ろめたかったからよ。友達のダンナさんと一緒に出掛けるって。だから、それだけよ」

「それだけで、庸介はあなたに打ち明け話をするの?」

「打ち明け話?」ぽかんとしたように美波が繰り返す。「ああ、家出のこととか?」

「そう。私、知らなかったから、すごくびっくりしたのよ」

「あたしもびっくりした。庸介さんはそういう話を早樹にしなかったんだなと思って」

早樹は黙った。庸介が自分に言わなかったことは、おそらくたくさんあるのだろう。

自分は夫に打ち明け話もされない、冷たい妻だったのだ。

「庸介は、私のことを愚痴ってたんじゃない?」

美波は黙して答えない。きっと真実なのだろう。だから、なおさら美波は釣り部のことを言えなかったのだ。早樹は目を瞑った。過去のことなのに、また傷付くのが辛かった。

妻として愛されていない、妻として信頼されていない、妻として可愛がられていない。では、庸介は誰を愛していたのだろう。早樹は思わず、あっと叫んでいた。自分ではないと確信した瞬間だった。

「どうかした？」

美波が慌てて訊いた。

「何でもない」と打ち消す。

「変だよ、早樹」

「そうかも。あれからずっと変なの。庸介が生きていたらと思うと、どうしたらいいかわからない。懐かしいけど、恨みも当然あるし、落ち着かないの」

「可哀相だね」

美波が同情したように優しく呟いた。

「美波は、幹太さんとどのくらいの期間、付き合っていたの？」

「三年かな。あいつね、酷い裏切り方をしたのよ。庸介さんの事故の後も、あたしと付き合っていたのに、突然、別の女の人と結婚しちゃったの。二股かけられてたのに、全然気付かなかったの。あいつはあたしから逃げるために会社も辞めたし、電話番号も変えちゃったんだと思うんだ。だから、連絡も取れない」

それで携帯の番号を知らない、と言っていたのか。

「そうか、ごめん。誤解してた」

早樹が沈む番だった。美波を疑って、申し訳ないことをした。

「いいの。あたしも、早樹にはあまり言いたくなかったから」

「どうして」

「だって、庸介さんや幹太たちと、楽しく遊んでいたのは事実だし、早樹は再婚したから、違う世界に行っちゃったもの」

克典との再婚は、違う世界に入ることだったのか。その発想は、菊美も美波も似ていると早樹は思う。

「幹太さんは、今どこにいるのかしら」

「知らないし、知りたくもない」

しかし、美波のことだから、すでに調べはついているのではないだろうか。

真矢が今、何をしているのか突き止めようと提案されたことがあったと思い出す。

「知っているのなら、教えてくれない？」

「何で」

「だって、いろいろ訊きたいもの」

車内が寒くなったので、早樹はエンジンをかけた。

「幹太に何を訊きたいの？」

美波が疲れた声を出した。

「庸介のことよ」

「庸介さんの何を知りたいの？　早樹は奥さんじゃないの。早樹の方が知ってるよ」

「ううん、違う。奥さんだからこそ、知らないこともあるのよ」

「結婚って、そんなものよね」

離婚訴訟を多く扱っているせいか、美波が鼻で嗤《わら》った。

「幹太さんてどんな人なの？」

「釣りが大好きで、釣りのことしか頭にない人よ」

美波が即答した。

「庸介とは仲がよかったんでしょう？」

「釣り部では、一番仲がよかったかもね。だから、よく三人で釣りに行ったものよ。早樹には悪いと思ったけど、楽しかった」

「泊まりもあった？」

「それはなかったわね」

しかし、庸介は土曜から出掛けることも少なくなかった。日曜の朝早く釣り船に乗るからと言って。

「ねえ、知っていることがあったら、正直に教えてくれない？」

「いいけど、何を知りたいの」

「庸介は誰かと付き合っていたんじゃないの？」

美波が暗く笑った。

「どうしてもそこにいくのね」

「悪い？」

「悪くない。ただ、そればかり考えると地獄だよ」

「どうして地獄だって知ってるの？」

「あたしがそうだったから」

過去形ではないか。だったら、まだいい。自分は渦中にいて、取り返しのつかない昔のことに気を揉《も》んでいる。

「もう、美波は元気になったのね？」

「まあね。だから、猛勉して司法試験に受かったんじゃない。弁護士になってやろうと思ってさ」

美波は、メーカーに勤める総合職の身で、司法試験に挑戦していたのだ。

「頑張ったのね」

「そうでもしないと耐えられなかった」

「美波、ありがとう。また仲良くしようね」

早樹は、美波の返事を聞く前に電話を切ろうとした。すると、美波の声がした。

「ちょっと待って。教えてあげる」

早樹は沈黙した。

「幹太は、あなたの家の割と近くにいるよ。結婚した相手と二人で、居酒屋やってるって聞いた」

「場所はどこ？」

「逗子よ。だって、奥さんはそっちの方で飲食店をやってる人の娘だもの。店の名は、『かんたろう』というの」

幹太はこんなに自分の近くにいたのだ。早樹は礼を言うのも忘れて呆然としていた。

3

母衣山に帰ったのは、午後四時過ぎだった。克典の姿が見えない。そんな時は大概、庭を散策しているはずである。

早樹はガラスドアを開けて、庭を眺め下ろした。果たして、陽が沈みかかった庭に、克典がいた。灰色のカーディガンを羽織って、藤棚のところにしゃがんでいる。

早樹が手を振ると、克典が気付いて母屋に戻ってきた。

「お帰り。買い物？」

「ええ、ヨガウェアを買いに行ったんだけど、気に入ったのがなかったから、帰ってきちゃった」

「どこまで買いに行ったの？」

克典は庭土をいじったのか、テラスの前で手を払うような仕種《しぐさ》をしてから、家の中に入ってきた。寒いので、早樹はすぐにガラスドアを閉めた。

「藤沢のモール」

「横浜の方がよかったのに」

早樹は曖昧《あいまい》に微笑んだ。

横浜まで買い物に行けば、帰宅が遅くなる。克典は予定を知らないから、気を揉むに決まっていた。途中で連絡しても、横浜なら自分も買い物があったから同行したかった、と機嫌を損ねるかもしれない。

気紛《きまぐ》れなことなど何もできず、あくまで克典の時間の中での自由だった。

「それより、あそこで何をしてたの。急に寒くなったのに」と、早樹は話を変えた。

克典が、風で乱れた白髪を手櫛《てぐし》で整えながら、のんびり答える。

「いや、藤棚の石組みに蛇が棲《す》んでいるって話を思い出してさ。もう冬眠したかなと思って、覗いてたんだ」

「昼間は暖かかったから、まだ眠ってないんじゃないの」

早樹の言い方が可笑《おか》しかったのか、克典が笑った。

「ところで、夕飯はどうしようか。何か準備してるの？」

「克典さんと相談してからと思って、買い物しなかった」

「そうか、どうしようかな。何を食べたい？」

克典が早樹の顔を見た。

「ねえ、逗子の居酒屋に行ってみない？　評判がいいらしいの」

早樹は、思い切って提案した。

佐藤幹太は、家に遊びに来たことはないが、庸介の捜索の時に何度か会っていた。店で顔を合わせたら、庸介の妻だとわかるだろうが、それならそれで偶然を装うつもりだった。

「居酒屋か。早樹にしては珍しいね。何ていう店？」

克典が驚いた顔をした。

「『かんたろう』っていうの、知らない？」

「聞いたことないな。新しい店じゃないのかな」克典は首を傾《かし》げている。「どうして、その店に行ってみようと思ったの？」

「ネットで見たのよ。お魚が美味しいって書いてあったから、一度行ってみたいなと思ってた」

実際、美波から聞いた後、すぐにネット検索した。確かに、新逗子駅のそばに、「かんたろう」はあった。店主が釣ってきた魚を出すので、魚が新鮮で旨いと評判がよく、グルメサイトの点数も高かった。

「ネットか。長谷川君にでも聞いたのかと思ったよ。最近のオススメは、何でも長谷川君だものな」

克典がふざけて言った。庭のオブジェや子犬のことを思い出しているのだろう。

「違うの。近くのお店を探していて見つけたの」

「じゃ、そこに行こうか。居酒屋は好きなんだ」

克典が嬉しそうに言うので、早樹は釘を刺した。

「お昼にたくさん飲んだんだから、お酒、飲み過ぎないでね」

「わかってるよ」

克典が煩わしそうに真顔になった。普段温厚な克典にしては珍しい、と早樹はその横顔を窺《うかが》った。何か屈託があるのだろうか。

「かんたろう」には、予約せずに行くことにした。入れなければ、様子だけ見て帰るつもりだ。一人で居酒屋には入りにくいから、克典が行く気になってくれて助かった、と早樹は思う。

だが、「かんたろう」は、居酒屋と呼ぶには申し訳ないような、凝った造りの洒落《しゃれ》た店だった。コンクリートの打ちっ放しに、白木の引き戸。入り口に、盛り塩がしてある。居酒屋というよりは、割烹《かっぽう》のようだ。

「へえ、いい店じゃない。知らなかったな」と、克典が驚いている。

早樹は、庸介の「釣りの先生」で、美波を裏切った佐藤幹太が中にいるのかと思うと、さすがに動悸がした。

自分が庸介の何について訊きたいのか、よくわからなかった。幹太らが庸介の捜索のために、毎日のように海に出てくれた時は、顔を合わせるたびに頭を下げていたが、詳しい話はしなかったのだから、何を今さら、と言われそうでもある。

そして、まだ傷の癒えない美波の口ぶりを思い出して、幹太の不実を責めてしまいそうでもあった。

しかし、庸介の海難事故を契機に、見事にばらばらになった「釣り部」の「部員」たちのことは、何となく腑に落ちないものがある。

「釣りマニア」の編集者だった幹太や、少し距離のある大学職員の高橋はともかく、小山田も丹呉も美波も皆、釣りをやめてしまったし、相互に連絡も取り合っていないのはどうしてか。いかに庸介が中心となった「部活」とはいえ、納得がいかない。

「予約してないけど、いいですか？」

克典が先に店に訊きに行った。早樹が外で待っていると、「空いてるよ」と、克典が手招きしたので、続いて中に入る。

開店したばかりらしく、他に客はいなかった。カウンター席とテーブルが三つ。十五、六人も入れば満席になりそうだが、店内は明るく、まだ真新しく見える。

店の壁には、魚拓と写真が何点か飾ってあった。

大きな魚の尾を掴《つか》んで笑っているのは、幹太自身のようだ。

近くでよく見たかったが、入るなり写真を凝視するのも憚《はばか》られて、早樹は所在なげに立っている。

「いらっしゃいませ」

レジの後ろから澄んだ高い声をかけてきたのは、幹太の妻のようだ。

早樹よりも若く、大きな目をした可愛らしい女だった。茶髪をバレッタで留めて、黒いセーターにジーンズ、その上に割烹着、という飾り気のない格好をしている。

妻は克典をひと目で上客と判断したのか、奥の席に案内した。

「奥が空いていますから、どうぞ」

「いいお店ですね。知らなかった」

克典が世辞を言うと、妻は嬉しそうに笑った。笑顔があどけないことから、まだ三十代前半かもしれないと、早樹は思う。

「前は大船《おおふな》でやらせて頂いてたんですけど、二年前から、こちらに移らせて頂いてるんですよ」

客あしらいは慣れているようだが、謙譲語の使い方が妙で、その話しぶりは幼い。

克典が出されたおしぼりで手を拭きながら、心得顔に頷いている。

厨房から暖簾《のれん》越しに、誰かがこちらを覗いているような気がした。目を向けると、人影は消えた。幹太か、と緊張する。

だが、暖簾を掻《か》き分けて出てきたのは、作務衣《さむえ》のようなものを着た若い男だった。

「いらっしゃいませ」と、克典の前に品書きを広げた。

「本日の魚というのは何？」

老眼鏡を掛けて、品書きを熱心に見ている克典が訊くと、男がすらすらと答えた。

「今日はキハダです。三日寝かせてありますので、今が一番食べ頃です。あと、イカは獲れたてですよ」

克典は刺身と焼き魚の注文を済ませてから、早樹の顔を見た。

「他に何か食べたいものある？」

早樹は首を振った。作務衣の男が厨房に消えた後、妻が瓶ビールを運んできて言う。

「キハダもイカも、うちの主人が釣ってきた魚なんですよ」

「今の方がご主人ですか？」

克典の質問に、妻が笑った。

「いえ、あれは私の弟です。板前をやってるんです」

「そうか。でも、魚の店を出すくらいなんだから、ご主人は本当に釣り好きなんだね」

何も知らない克典が、感心したように妻に言う。

「ええ、もともとは釣り雑誌の仕事をしていたんですけど、私の実家が飲み屋をやらせてもらっているものですから、一緒にやろうということで仕事を辞めてもらったんです」

克典はさして興味がないらしく、「へえ、そうなの」と言ったきりだ。妻はまだ話したそうだったが、早樹も何も言わないので離れていった。

夫婦で店をやっていると美波は言っていたが、妻の弟が手伝っているのでは、幹太は毎日釣りをするだけで、厨房にはいないのかもしれない。

この店に来ても、幹太に会うことができないのならどうやって連絡しようかと、早樹は少しがっかりした。

「釣りの話をしちゃったけど」

妻が行った後、克典が申し訳なさそうな顔をした。庸介の事故のことを言っているのだ。敏感で人一倍気を遣ってくれる克典に、この店を選んだ本当の理由を言わないことが申し訳なくなる。

早樹は微笑みながら首を振った。

「全然、平気よ。気にしてくれてありがとう」

克典にビールを注いでもらって、二人で乾杯の真似をする。

「早樹は最近変わったね」

ビールをひと口飲んだ後、克典が突然、そんなことを言いだしたので早樹は驚いた。

「どういう風に？」

「前は何となく悲しそうだったけど、最近は少し逞《たくま》しくなったというか、たけだけしい感じがする。きっと庸介さんが亡くなる前は、そういう人だったんだろうなと思った」

「たけだけしい？　私がたけだけしいの？」

早樹は繰り返して笑ったが、克典の指摘は案外当たっているかもしれないと心の底では思っていた。

「うん、悪い意味で言ったんじゃないよ。勇気があるという意味だ」

早樹が就職を決めた時、アメリカ文学の研究を続ければいいのにと言って、庸介は失望したようだった。

だが、早樹は研究よりも仕事の方がはるかに面白かった。それこそ、飢えた野獣が密林を動き回って獲物を探すように、がつがつと動き回っては新しいことを探した。

初めてやる仕事も怖《お》じけずに楽しめたし、初対面の人間と話すのも好きだった。

「私が悲しそうに見えたの？」

「見えたよ」と、克典が頷いた。

「克典さんも悲しそうだったよ」

早樹は思い出しながら言う。あの母衣山の家で初めて会った時、克典は今よりももっと悄《しょう》然《ぜん》として老けて見えた。

「それが今じゃヨガをやるって言うし、車であちこち出掛けるし、変わったなと思った。でも、いい変化だと思うよ。僕は早樹に悲しい顔をしてほしくないんだ」

「だって、もう悲しくないもの」

そう、悲しくはない。戸惑いと疑念が自身の中で膨らみつつあるだけだ。いったん戸惑いが生まれると、やがてそれは疑念に育つ。疑念は、答えを探すために人を動かすのだ。そのエネルギーが自分をたけだけしく見せているのかもしれない。

そんなことを考えている早樹に、克典が静かに言う。

「悲しくないなら、よかった」

お通しが運ばれてきた。ビールを飲み干した克典が、弟に焼酎の緑茶割りを頼んだので、早樹も同じものを注文する。

注文を聞いた弟がテーブルを離れた途端、早樹は思い切って言った。

「でもね、克典さん。私がヨガをやろうと思ったのは、悲しくなくなったからじゃなくてそこで真矢さんに会えるかなと、思ったからなの」

克典が驚いたように顔を上げた。

「長谷川君の奥さんのところで、真矢がまだヨガやってるの？」

「いいえ、もうおやめになったって。でも、時々遊びにいらっしゃるっていうから、偶然会わないかなと思って」

「真矢に会ってどうするんだ？」克典が不機嫌な顔をする。「結婚式にも来なかったし、食事会をやろうと誘っても連絡もない」

「そうよね。だから、私は直《じか》に会って、あのブログをやめてもらおうと頼むつもりだったの。でも、今は私が会わなくてもいいかなと思い始めてる」

「どうして、そう思うようになったの？」

克典が不安そうに訊いた。

「だって、これって、あなたと真矢さんの問題だもの。私はそのとばっちりを受けているだけだなと思って。だから、私が会っても無駄だと思ったの」

早樹は率直に言った。

「その通りだよ。真矢と僕の確執なんだ。前も言ったけど、あの子だけはあまり愛せなかった。僕が冷たいんだろうね」

克典が早樹の視線を受け止めて頷く。

「それは、真矢さんが美佐子さんと似てるから？」

言い過ぎたかと思ったが、克典は「それもあるのかな」と、首を傾げる。

「もともと娘が欲しいと思ったことはないんだよ。息子は欲しかった。跡継ぎだし。だから、最初に男の子が生まれた時、嬉しかったよ。二人目の亜矢は、あれはあれで結構面白いところがあるから、まあ可愛い。だが、真矢は性格が駄目だ。弱虫だし、頭が悪い。そして、そんな自分を正当化している」

「真矢さんには厳しいのね」

「厳しい？」克典が意外だという顔をする。「そうだろうか。正当な評価だよ」

「普通、親は子供を評価なんかしないと思う。それは社員に対する考え方よ」

「そうかな」

克典が気分を害したような口調になったので、早樹も感情的になった。

「私は克典さんが真矢さんと会って、ブログをやめさせないといけないと思うの。それをしないのなら、私も考えていることがある」

「何を考えてるんだ」

克典が怪訝《けげん》な顔をする。

「離婚してもいいとさえ思った」

思わずそんな言葉が出たので、自分でも驚いた。

「えっ」と、克典が真偽を確かめるように早樹の目を見る。

「そのくらい、あのブログは嫌なの。私のことを、さも財産目当ての狡《ずる》い人間のように書いてあって、ものすごく傷付いた。周りの人でも、そう思っている人はたくさんいると思うけど、そういう人たちがあれを見たら、ああやっぱりと思うでしょう。それも他人じゃなくて、あなたの実の娘が書いているんだから、もう耐えられない」

言う端から、涙がこぼれそうになった。克典が少し慌てている。

「そんなにたいした問題だろうか」

早樹はきっと顔を上げた。

「克典さんは会社さえ安泰ならいいと思っているんじゃない？」

「そんなことはないよ」

「でも、放っておいて、一切手を打ってくれないのは酷いと思う」

「わかった。何とかしてやめさせる。申し訳なかった」

克典が謝った。いつの間にか、深刻な話になったのが伝わったのか、妻も弟も近くに寄ってこない。

「早樹、誰かいるの？」

突然、克典が低い声で言った。早樹は、一瞬何を言われたのかわからなかった。

「何のこと？」

「早樹は若いんだから、誰かいるのなら、喜んで身を引くよ」

早樹が慌てる番だった。よほど、庸介のことで悩んでいると言ってしまおうかと思ったが、まったくの杞憂《きゆう》かもしれないのだから、その場合、克典との間に亀裂が入るのが嫌だった。

早樹は、やはり克典には内緒でいようと決意した。しかし、この間の早樹の動揺は、やはり克典に伝わっているようだ。

早樹は顔を曇らせた。

「克典さん、そんなことを考えていたのね。心外だわ」

「心外か、それはすみません」

克典は、冗談とも本気ともつかない様子で笑いを浮かべた。

「私、そんな人間に見える？」

早樹は真剣に克典の顔を見る。

「見えないよ」

克典は笑いを引っ込めて、熱い緑茶で割った焼酎を口に運んだ。

「じゃ、どうしてそんなこと言うの。真矢さんの話から、何でそうなるのかわからない」

言ってもなお、早樹はまだ機嫌を損ねている。克典と、これまで一度も喧嘩したことはなかった。ぶつかりそうになると、どちらかが引いて相手に合わせた。それは主に早樹の役回りだったのに、今回は早樹が強硬に言い募ったので、克典は意外に思ったらしい。

「ごめん。急に真矢のことで責められて、挙げ句、離婚してもいいなんて言うからさ。僕もちょっとむっとしたんだ。離婚なんて、簡単に言っちゃいけないよ」

「それは私も悪かったわ。そんな気はまったくなかったのに、思わず言ってしまったの。すみません」素直に謝ってから、早樹は顔を上げた。「でもね、克典さんは、私のことをたけだけしいって言ったけど、克典さんだってそうなんじゃないのかな。仕事をしていた時は、すごく怖い人だったと聞いたことがあるわ」

「あ、そうか。僕が、たけだけしいって言ったことも、気に障ったんだね？」

指摘されて初めて、居心地の悪い言葉だったと気付く。当たっているからだろう。だが、認めたくなかった。

「それもちょっと心外に思った」

「悪かった。謝るよ」

克典が気まずそうに頭を下げた。

「私もごめんなさい」早樹も、もう一度謝った。「真矢さんは結婚式に来てくれなかったし、一度も会いに来てくれないから、私のことが気に入らないんだろうなって、ずっと引っかかっているの。克典さんが、私と結婚したことが許せないんだろうなと」

「娘にそんなことは言わせないよ」

「わかってるけど、現に彼女はブログで言ってるじゃない」

早樹は低い声で早口に言った。

また話が元に戻ってしまった。

「そのことだけど、すぐに何とかするよ。ところで、最近は更新してないんだろう？」

早樹はバッグからスマホを取り出したが、そのまま見ないでテーブルに伏せた。

「多分してないと思う。あまり見たくないから、しょっちゅうチェックしているわけじゃないし」

その時、妻と弟の手によって、料理が運ばれてきたので、たちまちテーブルがいっぱいになった。

弟が、簡潔に料理の説明をしてくれる。頷いて聞いていた克典が早樹に勧めた。

「話は後だ。先に食べようよ」

「ええ」と、早樹は素直に応じた。言いたいことを言って、すっきりした気持ちになっている。克典も同じと見えて、目が合うと愉快そうに微笑んだ。

「最近の早樹は、地が出てきたね」

「また、失礼なことを言うのね」

早樹は苦笑いをした。

「いや、そんなつもりはない。僕はあんまり遠慮しないでいてほしいなと、いつも思ってるんだよ」

克典が、イカの刺身を小皿に取り分けながら言った。

「遠慮なんかしてないけど？」

「いや、してるよ。僕の都合に合わせているから、ちょっとうんざりしているだろう？　もっと自由にやりたいって。こんな秘書みたいなことしたくないわって」

図星だった。早樹が黙っていると、克典が続けた。

「僕は、できる限り二人で一緒にいたいと思っているけど、早樹の自由を縛る気はないよ。本当に何かして、好きなように暮らしてくれる方が嬉しいんだ」

「じゃ、仕事をした方がいいの？」

早樹は思い切って訊いてみた。

「フリーライターかい？」

「いいえ、何でもいいの。近くのお店で働いてもいいし」

「どうせやるなら、前の仕事がいいんじゃないの。キャリアが積める方がいいよ」

「私にできることはそれくらいしかないけど、あれはあれで時間が取られるわ」

「それでも僕に止める権利はないよ。なるべく一緒にいてほしいとは思うけど」

「じゃ、やめます」

早樹の言葉に、克典が慌てた。

「いや、そういうことじゃない。それは僕の勝手な願望だよ。一年以上、片時も離れずに過ごしてくれて、本当に有難いと思っているんだよ」

そこまで言ってくれるのなら、仕事に復帰しようかと早樹は思った。取材などで留守にする時は、克典に迷惑をかけるかもしれないが、確かに四六時中、一緒にいる必要はない。

「私が仕事を始めたら、克典さんは困るんじゃない？」

「いや、船に乗ったり、ゴルフをしたり、僕は僕で、これまで中断していたことをするよ。互いに違う世界を持つのも悪くない。だって、早樹は、僕が死んだ後も生きていかなきゃならないわけだよ。子供はつくらなかったし、僕の子供たちは当てになんかならない。最後は一人で生きていくしかないのなら、何か生き甲斐が必要になるだろう。それは仕事かもしれないし、趣味か何かかもしれない。今、僕が元気なうちに、それを見つけた方がいいような気がするんだ。だから、仕事をするのも手だと思う。もちろん早樹次第だけれど」

早樹にとって克典との結婚は、辛い現実からの逃避でもあったし、どこか契約のにおいもした。だが、克典は早樹の未来を見ている。

「ありがとう。考えてみる」

「その方がいい。僕も真矢のことは何とかするよ。早樹がそれほど嫌な気持ちになっていることに気付かなかった」

その時、厨房の暖簾の向こう側から、こちらを覗いている男の顔があった。弟は後から来た客に、魚の説明をしている。だったら、男は佐藤幹太ではないか。早樹は息を吞んだが、よく見えない。

克典が、早樹の視線に気が付いて厨房の方を振り返ると影は消えた。

「どうしたの」

「あの人がここのご主人かしらと思って」

「釣り好きだという？」

ええ、と早樹は軽く頷いた。

「庸介さんが事故に遭わずに生きていたら、早樹はどんな暮らしをしていたんだろうね」

「どういうこと？」

唐突だったので、早樹は驚いて、克典の顔を見た。しかし、克典は暢気《のんき》に続けた。

「時々想像するんだよ。あんなことがなかったら、早樹は庸介さんの子供を産んで、仕事もして、喧嘩したりなんだり、慌ただしく暮らしていたんだろうなと思ってね。そういう早樹を想像すると、何だか愛おしいんだ」

克典の言葉を聞いていたら、早樹は不覚にも、また涙ぐみそうになった。

克典の寛容さをいいことに、庸介のことばかりにとらわれている。

生存説。そんな不確かな情報など、捨ておけばよかったのだ。しかし、心に鋭い棘《とげ》のようなものが刺さっていて、一向に取り除けない苛立ちがある。

「どうしたの、放心してるね」

克典に言われて、早樹は我に返った。

「克典さんが優しいから、つい甘えてしまう。私が庸介と結婚していた時は、何だか互いに苛々してて、始終喧嘩していたの。今みたいな私じゃなかった」

「何だか信じられないね」と、克典は笑った。「でも、まあ、若い時は得てしてそんなものだろうけど」

「どうしてかしら」

諍《いさか》いやゆき違い。それらの原因を、何と言葉に表せばいいのだろう。

庸介の心を摑まえきれなかった不如意《ふにょい》な感覚を。そして、自分のことを真剣に考えてもらえない苛立ちを。

そのせいで、菊美が占い師に頼んで行方を捜し回っていた時も、早樹の心はどこか虚ろだった。いつか、庸介が自分から逃げていくのではないかと、どこかで納得していたようにも思う。

「結婚する前は、仲がよかったのよ。でも、私が仕事にのめりこんで、あちらが釣りに夢中になってから、だんだんと違う方向を向くようになった。だから、子供を持つこともないし、そんなに仲良く暮らせていなかったと思うの」

思い切って言った、というよりも、言葉の方が勝手に洩れ出た感じだった。

「そうなのかな」

克典が静かに応じた。

「ええ。だから、私はね、時々思うのよ」

早樹は言葉を切って、克典の顔を見た。

「時々、何を？」

克典はもの問いたげに首を傾げたが、それ以上何も言わなかった。

「時々なんだけどね。そう、いつもじゃないのよ」

早樹はもう一度繰り返してから、躊躇いを捨てて、一気に喋った。

「私ね、庸介は自殺したんじゃないかなと、考えることがあるの」

とうとう克典に告げた。

「そんなことないだろう。よくある海難事故のひとつだと思うよ」

克典は首を振って、はっきり否定した。

「でもね、当時のことを考えると、そういう可能性もなくはないの。実際、そうじゃないかと言う人もいるし」

小山田もそう言ったし、丹呉や高橋も認めはしなかったが、内心では自殺の可能性もあると思っていたはずだ。

「もっと飲もう」

早樹は湯飲みに口を付けたが、焼酎はとうに空になっていた。持ち重りのする湯飲みを、テーブルの上に力なく置く。

克典が、カウンターの前に立っていた妻の方に、お代わりを頼んでくれた。

「いや、多分違う。話を聞いた限りでは、庸介さんのは不幸な事故だと思うよ。そういう憶測は、事情をよく知らない人が無責任に言うんだよ」

「無責任？　そうかしら。そうも言えないんじゃないかな」

早樹はそう言いながら、壁に貼ってある魚拓を見遣った。

『最近は電子魚拓があるらしいよ』と言って笑った庸介。笑うと目尻が下がり、菊美によく似ていたと思い出す。

「人の意見なんか、気にすることはないよ」

克典が焼酎を呷《あお》った。

「気にしていない。だって、自分でもそう思うんだもの」

早樹は克典の目を見つめた。克典が嘆息してから、視線を逸《そ》らした。

「だから、やめなさい。そう考えるのは」

「無理よ。庸介が自殺したんじゃないかと思うと、遣《や》り切れなくなるの。私のどこが悪かったんだろうと思って。そして、あの時、ああしたらよかったのか、こうしたらよかったのか、こんなことを言えばよかったのか、と考えるんだけど、それがもう、とりとめがなくて嫌になるの」

だから、自分は生存説に拘泥《こうでい》しているのかもしれない。もし生きているのならば、時間を戻して、やり直したいと思うことだってあるのだった。

「早樹、そんなに自分を責めることはないよ。自殺と決まったわけじゃないし。それにもう、終わったことじゃないか」

克典が気の毒そうに言った。

「そう、しょっちゅうじゃないから、心配しないで、時々だって言ったじゃない」

早樹は小さな声で言った。悪酔いしそうな予感がした。

「万が一、自殺だとしても、早樹に落ち度はないんだよ。悪いのは、そういう手段を選んだ庸介さんじゃないか」

「いい悪いの問題じゃないのよ」

早樹はそう言って、熱い頬に手を遣った。

「酔った？」

「ええ、ちょっと」

「珍しいね」

克典がそう言って、水の入ったグラスをそっと押しやった。

男ばかりの客と談笑していた弟の方が、急に振り返ったので、目が合った。歳の違う男女が、いったいどんな深刻な話をしているのだろうと、訝《いぶか》っているのかもしれない。

早樹は水を飲みながら、厨房の方を眺めた。藍染めの暖簾の向こうに、男の姿はない。

やがて、暖簾を掻き分けて妻が現れ、克典と早樹の分の焼酎を運んできた。

「お待たせしました」と、分厚い湯飲みを二人の前に置く。

克典が自分の湯飲みを引き寄せた。

「早樹はそう言うけど、僕は、勝手に死ぬのは、悪いことだと思う。生きている人間が、そのために苦労するんだからさ。死ぬ人間は、残る人間に何の愛情もないんだよ」

その通りだ。だから、何とか自殺説を忘れようと努めてきたのに、ここにきて生存説だ。

早樹はいっそ克典にすべてを打ち明けて、相談しようかと口を開きかけた。だが、不意に、克典が深刻な口調になった。

「早樹、今まで言わなかったけどね」

早樹は驚いて克典の顔を見た。

「美佐子のことだけど、彼女は自殺だったんじゃないかと、実は僕も時々思うんだよ」

早樹は驚いて克典の顔を見た。焼酎を数杯飲んでいるのに、顔色は青白い。

「そんなこと、初めて聞いたわ」

「誰にも言ったことはないよ」

「でも、美佐子さんは脳溢血《のういっけつ》で、脱衣場に倒れていたって、言ってたじゃない」

「警察の判断ではそうだった。でも、何だかそんな気がするんだ。あの人は睡眠薬を常用していたから、僕の留守中を狙って、どうにでもなれと思って、いつもよりたくさん飲んだんじゃないかと思うんだよ」

早樹は、それが本当ならば、怖ろしいことだと思った。

「何が理由でどうにでもなれと思うの？」

克典が肩を竦めた。

「前にも言ったが、うまくいってなかった」

「それだけで？　その原因は何？」

「じゃ、早樹は庸介さんのことがわかるの？　なぜ自殺したなんて思うの？」

早樹は目を伏せた。理由がわからないからではなく、的確な言葉を探している。

「庸介は悩んでいたと思う。学生が自殺したという噂があった、と後で聞いたわ。そのことを気に病んでいたらしいし、あるいは」

自分とのことが原因かもしれない、とはどうしても言えなかった。

「全部、憶測だから辛いんでしょう？」

「そうよ。だって、相手は死んでるもの」

『死んでる』と言った時、少し躊躇いを覚えたが、何も知らない克典は頷いている。

「じゃ、克典さんは、美佐子さんがどうして自殺したと思うの？」

さあ、と克典は首を傾げる。

「何となくだよ」

「でも、脱衣場で倒れていて脳溢血だったんでしょう。早かったら助かったとも。解剖はしなかったの？」

「CTだった。死因は脳溢血と聞いているけれど、本当のところはわからない」

「そのこと、お子さんたちには言った？」

克典は頭を振った。

「誰にも言ったことがない。たまたま庸介さんの話になったので、僕もしただけさ」

「どうして、誰にも言わなかったの？」

克典が声を潜めた。

「だって、夫婦のことは、夫婦にしかわからない。そうだろう？」

「もしかすると、真矢さんは、お母さんが自殺したと思っているんじゃない？」

「かもしれない」と克典が頷いた。

ああ、だから真矢は父親を許さないのだ。ようやくパズルが解けたような気がしたが、悲しい回答に早樹は項垂れた。

「でも、誰にも僕の疑念を言うつもりはないよ。僕と美佐子のプライベートなことを、子供たちは知る必要はないんだ。だから、僕は庸介さんと早樹の間に何があったのかなんて、訊かないよ。言葉にしたところで、本当のことを言い当てているとは思えないし、死者に失礼だとも思う」

確かに、子供は両親の関係の子細を知る必要はない。また、その機微を知ることもできない。だが、子は子なりに、母親の死について知ってもいいはずだ。

「弱っているのかなあ、僕は」

克典が独りごちたのが聞こえる。早樹が克典の目を見ると、そっと視線を外された。

「こんなことを考えたことはなかったんだけど、ある日、ふと美佐子は自殺だったんじゃないかって思ったんだよ。そしたら、その考えが勝手に芽吹いて育っていくんだ。小さな芽がどんどん伸びて、枝葉を付けて根付く。夜中に目が覚めて思い出すと、もう駄目だ。眠れないんだよ。だから、早樹の話を聞いて、ああ僕と同じだ、と思った」

早朝に目を覚まして動画を見ている、という克典の言葉を思い出す。

「私たち二人とも弱っているのね」早樹は静かに言った。「すごいダメージを喰らったのに、弱った顔ができないから、平気なふりをして生きている。そのことに疲れたのね」

克典が苦く笑った。

「その通りだね。僕は早樹と暮らし始めて、忘れていることも多かったんだよ。なのに、真矢のブログを見て、またダメージを喰らったよ。今度はガツンときた」

『真矢は性格が駄目だ』などと、厳しいことを言っていたが、実の娘に自分たち夫婦の悪口を書かれて、克典も弱ったと見える。

「克典さん、私たち、過去を振り返るのはやめにしなくちゃね」

「僕は二度と言わないよ」

「真矢さんのことも放っておく？」

「そうだな」

克典は微笑んでから、手洗いに立った。

早樹はその後ろ姿を目で追う。そうは言うものの、自分は後ろを向いたままではないか。不正直な自分を恥じて、目を伏せた。

その時、俯《うつむ》いた早樹の脇に、太った大きな男が立った。弟と同じく作務衣姿だ。

「あの、もしかすると、早樹さんですか？」

顔を上げた早樹は、その男が誰かわからなかった。怪訝な顔で見上げると、男が声帯まで肉の付いたような重たい声で言った。

「お久しぶりです。佐藤幹太です。もっとも婿《むこ》に入ったので、今は吉永《よしなが》幹太といいますが」

幹太は、体重を二、三十キロ以上は増やしているように思えた。擦《す》れ違ってもわからないほど膨れた顔に、昔の面影を見つけることはできなかった。

早樹は驚いて、レジの前に立つ妻や、他の客と話している弟の方を見遣ったが、二人とも愛想を尽かしているかのように、幹太から顔を背けている。

「結婚されたんですね。それはおめでとうございます」

「いや、まあ、成り行きで」

美波のことで遠慮しているのか、幹太の口は重かった。それ以上言わず、きょろきょろと落ち着きなく、店内を見回している。

折から、常連らしい三人連れの騒々しい客が入ってきて、カウンターに座った。幹太が目顔で挨拶する。

早樹は、克典がトイレから戻ってくるのではないかと、気もそぞろになった。すると、幹太が太くなった指で、トイレを指差した。

「ダンナさんですか?」

「そうです。再婚したんです」

「それはよかった」

幹太は口の中でもごもご言った。太ったせいか、音が巨大な体内に籠もって聞きづらかった。もともとがっしりした体型だったが、当時の筋肉質だった面影はなく、酒と大食で膨ませたような不健康な印象がある。

「俺、太ったでしょう?」

早樹の驚きを目にしたのか、それとも誰からも言われるのか、幹太の方から訊いてきた。

早樹はそれには答えず、素早く手を出した。

「幹太さん、名刺かなんか頂けませんか？」

幹太が、小汚い作務衣のポケットから、革製の手擦《てず》れた名刺入れを出して一枚くれた。

名刺も長いこと入っていたのか、擦れていて角が丸まっていた。「吉永幹太」という名と
店名、携帯電話の番号などが書いてある。早樹はバッグに突っ込んだ。

「すみません、これも何かのご縁なので、ご連絡させて頂きますね」

「はあ、どうぞ」幹太が頭を下げた。

幹太が現れるまで愛想のよかった幹太の妻と義弟は、接客に夢中のふりをして、こちらを
振り向かない。幹太が妻たちに疎《うと》まれる理由でもあるのだろうか。

幹太が巨体を揺らして厨房に消えた後、克典がトイレから戻ってきた。

「克典さん、帰りましょうか」

克典は何ごとも気付かない様子で頷いた。

「ああ、車呼んでもらって」

早樹は、妻にタクシーを頼み、勘定をした。妻がレジを打ちながらぶつくさ言う。

「あれがうちの主人なんですよ。今頃出てきちゃって」

何と答えたものかと迷ったが、「感じのいい人ですね」と小さな声で適当に言う。すると、妻はうんざりしたように嘆息した。

「すごい太っちゃったんですよ。契約違反ですよね」

まだ三十代前半の妻にとって、年上の夫の、過度の肥満は裏切りに近いのだろう。

早樹は首を捻《ひね》って厨房を振り返った。

妻は、美波の存在を知らないのだろうか。時折、こちらを覗いていた男の影はもうない。

ふと告げてやりたい気がしたが、早樹はそれはすまい、と唇を噛《か》んだ。

その夜、克典は喋り過ぎたと思ったのか、急に無口になって寝てしまった。早樹はキッチンで、パソコンから美波にメールした。

今日、「かんたろう」に行ったので、ご報告します。

幹太さんに会いました。でも、すごい太っていて、ちょっと見では全然わからないほどでした。100キロ以上、体重があるように思います。

名前も「吉永幹太」になっていました。吉永家の婿養子になったということね。

名刺をもらったので、携帯の番号を書いておきます。

庸介の件で、ちょっと会って、訊いてみるつもりです。

酔っていたせいで、短めのメールしか書けなかったが、送信した直後に、義弟がいるのに、なぜ幹太は養子になったのだろうと不思議に思った。　早樹

深夜にも拘わらず、美波からは簡潔な返信がきた。

なるほどね。名字が変わっていたから、捜してもなかなかわからなかったんだね。

「かんたろう」という店は、釣り船の人に聞いて調べたのよ。

デブになったと聞いて、ちょっと溜飲が下がった。いい気味だから、見に行ってやろうかな。　美波

いくら幹太に恨みのある美波とはいえど、今の幹太を見たら、溜飲を下げるどころではなく、痛ましさに胸が潰れるのではないかと思われた。それほどまでに、幹太の変貌は内部の崩壊を予感させた。

早樹はリビングに行って、赤ワインを開けた。興奮が収まらず、眠れそうもなかった。とうとう釣り部の部員全員と再会することができたのだ。

第七章　釣り部

1

少し曇りの月曜日、いつものように長谷川園が軽トラで現れた。

アシスタントと若い衆を連れた長谷川が、母屋に寄って挨拶してから、庭に散って樹木の手入れを始めた。

「ちょっと見てくるよ」

午前中は書斎に籠もっているはずの克典が、長谷川と話すために庭に出て行った。

早樹がキッチンの窓から見下ろすと、見事に咲いた皇帝ダリアを見上げながら、克典と長谷川が談笑していた。秋の花が咲き誇る庭にいる克典は、幸せそうである。

「かんたろう」で、美佐子の自殺を疑っている克典の気弱な表情を思い出し、自分もそんな顔を見せていたのだろうか、と早樹は胸が潰れそうになった。

互いに配偶者の自殺が事実だったとしたら、自分たち夫婦は、孤独な、置いていかれた者同士の結び付きなのだ。それを踏みにじって貶《おとし》めようとする真矢には、改めて怒りを覚えるのだった。

月曜日の今日、憂鬱な気分で開いた真矢のブログは更新が止まっていた。安堵するとともに、これから何が出てくるのだろうと警戒する思いもある。

克典も、書斎でネットを見たに違いなく、庭で見せる晴れやかな笑顔の裏には、今朝はブログの更新を読まずに済んだ、という安らかな気持ちがあるのだろう。まったく人騒がせな娘だ。

克典と長谷川は、藤棚の下に移動して、二人で石組みを見つめている。

石組みに潜むという蛇は、真矢のようでもある。捕まえようとすれば、するすると冷たい石の暗がりに逃げ込んで、姿を現さない。

いっそ冬眠してしまえ、と早樹は心の中で叫んだ。老いてからダメージを喰らった克典を、さらに傷付けようとする「蛇」をいっそう憎いと思う自分がいる。

早樹はスマホを取り出して、庭を見ながらある番号に電話した。幹太と話したかった。だが、幹太は一向に電話に出ようとしなかった。

一人で釣りに出ているのなら、話しやすいだろうと思ったのだが、まだ昼前なので、釣りに行かずに、寝ているのかもしれない。

幹太は早樹と同い年だから、初めて会った頃は、まだ二十代の終わりだったはずだ。

庸介の話では、彼は若いのに、皆の「釣りの先生」で、「釣りマニア」の仕事をこよなく愛し、釣りに関わる仕事は天職だ、と楽しそうに話していたそうだ。

背が高くて筋肉質の体型は誰からも頼りにされ、いつも闊達で明るいので、年上の庸介たちに可愛がられていた。

美波と何があったにせよ、今では好きな釣りと魚で商売ができているのだから、もっと幸せそうでもいいのに、と思う。

早樹は、リビングに置いてあるたくさんの植木鉢に水を遣ってから、もう一度、幹太に電話をかけてみた。

しばらくコールが鳴ったが出ないから、諦めて切ろうと思った時、あの重たい声がした。

「はい、どちら様？」

声はさらに、寝起きのように鼻にかかっていた。

「こんにちは。塩崎早樹と申します」

「ああ、どうも」

ようやく相手がわかったらしく、幹太はやや面倒くさそうに答えた。

「先日はご馳走様でした」

「いえ、また来てください」と、素っ気ない。

「今、話しても大丈夫ですか？」

「いいですよ、どうぞ」

煙草《たばこ》を引き寄せるような、カサカサと紙の音がして、ライターの着火音。続けて煙を大きく吸い込むような音が聞こえた。

幹太の呼吸が、スマホを通して耳許《みみもと》で感じられるようで、早樹は微かに身震いをした。邪気ではないが、嫌な気配がする。

「先日はお邪魔しました。偶然なのでびっくりしました」

「いや、偶然じゃないでしょ」と、不機嫌に言われて驚く。「美波に聞いて、見に来たんじゃないですか」

何と答えていいものか、早樹は迷ったが、正直に言った。

「お店のことは美波から聞いたけど、私の用件はそういうことじゃないんです。だって、幹太さんと美波のことも、ついこの間まで、全然知らなかったんです」

「おや、そうなんですか」

信用していない様子だった。

早樹は、幹太に信用されたいと思って、言いたくないことまで言う羽目になったが、必死だった。

「私はむしろ、美波が庸介と付き合っていたのかなと思ったんです。だって、美波が釣りをしていたなんて、庸介からも美波からも、全然聞かされていなかったからです。最近それがわかって、ショックを受けたところです」

幹太が、呆れたような太い声で言った。

「庸介さんと？　それは絶対あり得ないですよ」

「そうですか、それを聞いただけでもよかったです。私は美波があなたとお付き合いしていたことも知りませんでした。まったく疎かったんです」

しかし、幹太は明らかに迷惑そうだ。声に険があった。

「まあ、それはもういいですよ。いいけど、何で今頃、そんなことで電話してくるんです？」

「すみません。それとは別件で、少々伺いたいことがあるものですから」

「それは何ですか」

言い方は素っ気ないが、幹太は興味を抱いたらしく、声は急に真剣味を帯びた。

「電話では詳しく話せませんので、どこかでお目にかかれませんか？　いろいろ伺いたいことがあるんです」

「俺は、美波の話は一切したくないんですよ。しなくていいという条件なら、いいですけどね」

「もちろんです。彼女のことは関係ないので」

「そうですか」と、彼はほっとした様子だ。

「美波と何かあったんですか？　私は彼女から詳しいことは何も聞いていないんです」

逆に訊ねると、幹太が苦笑いをしたようだった。

「いや、いろいろ酷い目に遭ったんでね」

「酷い目って？」

「それは言いたくないな」

声音は憮然《ぶぜん》としている。

結局、以前と印象をまったく違えた幹太の機嫌を取るような頼み方になってしまった。

「ええ、彼女の話はしません。だって、美波とあなたのことは、興味がないですし。だから、是非お願いします」

「わかりました。なら、いいですよ。ええと、じゃあ、どうしましょうか。うちの店じゃ駄目ですか？」

幹太が渋々承知してくれた。

「お店ではあまり話せないのではないですか？」

「昼間なら大丈夫ですよ。うちは夜からしか開けないんで。それに昼は、かみさんは実家の手伝いに行ってますからいません」

「では、今度の土曜日のお昼頃はどうですか？」

ヨガ教室に行く前に、「かんたろう」に寄れたら有難い。

「多分、大丈夫ですよ。釣りに行くようなことになったら、こちらの電話番号にショートメールしますから」

「お願いします」

ほっとして切ろうとすると、幹太がぽつんと言った。

「早樹さん、お元気そうでよかったです」

「嫌な気配」などと勝手に感じていたのに、思いがけない言葉を聞いて、さすがに胸に迫るものがあった。

「ありがとうございます」

礼を言う声が少し震えた。だが、幹太は早樹の感傷を断ち切るかのように、さばさばと話を変えた。

「じゃ、土曜の昼は店にいますから」

もう一度礼を言おうと思った瞬間、幹太の方から電話が切られた。小山田も丹呉も、そして現実的な高橋でさえも、親身に感じられただけに、幹太だけは肌合いも温度も違う気がして戸惑った。


早樹は八年前のことを思い出した。

庸介が行方不明になって一夜明けた早朝は前日の穏やかな曇天が嘘のように、今にも雨が降りだしそうな、肌寒く陰鬱な天気だった。

船宿に泊まった早樹と菊美は、夜が明けたので、捜索の船に乗る武志《たけし》と、友人・有志たちを見送るために、冷たい風の吹く港に立っていた。

そこに、車を飛ばして駆け付けてきたという幹太が現れた。捜索に加わるために、船釣り用の服装をしていた。

幹太は真っ先に、港に立つ菊美のところに駆け寄って、キャップを取り深々と頭を下げた。

「お母さん、僕が庸介さんを釣りに誘ったばかりに、こんなことになってしまってすみません」

「あなたのせいじゃないわよ。庸介とたくさん付き合ってくださっただけじゃないの」

菊美は、幹太を優しく慰めた。

あの時の菊美は、まったく希望を捨てていなかったのだ。

「いや、僕がいろんな釣り場とか教えて、誘ったりしたから、庸介さんは一人で釣りに出たんだと思います。本当に申し訳ありません」

幹太は、前の晩は校了で徹夜だったとかで、青白い顔をしていた。

「いや、きみのせいじゃない。庸介が不注意なんだよ」

庸介の釣りのウェアを着た武志が、幹太を宥《なだ》めた。

「いや、僕が悪いんです。一人で沖に出る時の注意とか、庸介さんにちゃんと教えていなかったかもしれません。先生なんて言われて、いい気になって、一緒に遊んでいるだけでした。すみません」

幹太は、武志と菊美に土下座せんばかりだった。

「いやいや、いいんだよ」

武志が、幹太の手を取りながら、捜索に加わってくれる有志や、集まった友人たちに向かって頭を下げた。

「皆さん、本当にお騒がせしてすみません。またお仕事を休んで、捜索を手伝ってくださる方、本当に申し訳ありません。倅《せがれ》はきっと生きていると信じています。どうか、もう少し、手伝ってください。倅を見つけてください。どうぞよろしくお願いします」

「よろしくお願いします」

菊美も声を合わせた。

菊美の隣に、早樹も項垂れて立っていたが、その場の主役は庸介の両親だった。菊美が何度も繰り返した。

「私も希望を捨てていません。すみませんが、どうぞもう少し、庸介を捜してやってくださ い。何卒よろしくお願いします。私は希望を捨てていません。もう少しだけ、庸介を捜してやってください。よろしくお願いします」

早樹はその声を聞きながら、鈍色《にび》の空に覆われて水平線も定かではない海原の向こうを見つめていた。

庸介が帰らないという事実が、本当のことと思えず、現実感がなかった。

「早樹さん、大丈夫ですか？」

一人、小山田が気を遣ってくれたが、早樹はぼんやりと頷いただけで、こんなことが起きてしまってどうしたらいいのだろうと途方に暮れていた。

ようやく血の気が戻ったのは、早樹の両親と弟が到着してからだった。

あの時感じた微かな違和の正体が何だったかを、早樹は考えている。

行方不明になって、まだ一日。あくまでも希望を持ち続けている庸介の両親に比して、幹太の嘆きと悔いが、あまりにも早過ぎたことではなかったか。

早樹自身、庸介はまだ死んだと決まっていないのに、と幹太の動揺ぶりに、内心むっとしたものである。

しかし、自分は海の事故については無知だから楽観視しているだけで、幹太のような釣りのベテランからすれば、絶望的な状況に違いないのかとも思い、たいそう落胆もしたのだった。

ダイニングテーブルの前に座り、ぼんやりと当時のことを思い出していた早樹の耳に、談笑しながらガラスドアを開けてリビングルームに入ってくる、克典と長谷川の大きな声が聞こえた。

早樹は立ち上がって、挨拶に向かった。

「長谷川さん、お世話様です」

長谷川は、頭のタオルを取って頭を下げた。

「こんにちは。お邪魔しています」

「先週の土曜日からヨガに行こうと思っていたのに、さぼってしまいました。菜穂子さんに謝っておいてください」

「いいんですよ、いつでも。気が向いた時に行ってやってください」

長谷川が磊落《らいらく》に言って、陽に灼《や》けた手を振った。

「いや、この人はね、気に入ったヨガのウェアが手に入らなかったんで、行かなかったんだよ」と、克典が暴露する。

「嫌だわ。そんなこと言って」

早樹は笑って否定した。

「何でもいいんじゃないですか。皆さん、ユニクロのジャージとかですよ。それにスタジオでも少し売ってるみたいです」

「では、手ぶらで行きますね」

「お気軽にどうぞ。うちの奥さんも楽しみにお待ちしているようです」と、長谷川。

「長谷川さん、座って話しましょうよ」

克典が長谷川にソファを勧めて、自分も椅子に腰掛けた。これから庭木の手入れの相談でもするつもりなのだろう。

「お茶でも淹《い》れましょうか？」

「すみません。コーヒーは飲んだばかりなので、嬉しいです」

長谷川は率直に好みを言う。

煎茶を淹れてリビングの二人のところに運んでいくと、ちょうど雑談をしていたらしく、克典が笑いながら振り向いた。

「長谷川君から、ご招待だよ」

「何ですか？」

早樹も、椅子に座って話を聞く格好になった。

「中神《なかがみ》さんて、あの『海聲聴《かいせいちょう》』を作った人なんですが、今年、イタリアの彫刻の賞をもらったので、遅まきながら祝賀パーティをやることになったんです。時期が時期だから、忘年会も兼ねているんですが、中神さんが、ぜひ塩崎さんご夫妻もご出席して頂けないかと言っているので、いらして頂けませんか？　マリーナのレストランでやりますので、気の張らないパーティです。もちろん菜穂子も発起人ですので、奥さんにもぜひいらして頂きたいと言ってます」

早樹はまず意向を聞こうと、克典の顔を見た。

克典は隠居してから、公私ともに晴れがましい席には極力出ないようにしている。とかく挨拶を頼まれるのが面倒だ、というのがその理由だが、本音のところでは、早樹との生活を余計な詮索から守りたい、という気持ちが強いのだろう。

案の定、克典は煎茶をひと啜《すす》りしてから、のんびりと言った。

「僕は遠慮するよ。若い人が中心なんだろうから、早樹一人で行きなさい」

「私だけなの？　克典さんは？」

わかってはいたが、苦笑いして訊き返す。

「いいじゃないですか。塩崎さんも、ぜひいらしてください、お願いします」

だが、長谷川の懇願を無視して、克典がきっぱり言った。

「塩崎家代表は早樹だよ」

早樹は仕方なく了承した。

「わかりました。じゃ、私が出席させて頂きますね」

「よかった。奥さんがいらしてくださったら、中神さんも喜びますよ」

長谷川が胸を撫《な》で下ろす仕種をした。

「いつですか？」

「十二月の第一土曜日の夜です」

「あら、もうじき十二月なんですね。師走はあっという間に過ぎるのよね」

早樹は誰にともなく言った。庭に「海聲聴」が設置されてから、様々なことが起きているような気がする。

「時が経つのは早いね」

克典も同じことを考えていたのか、庭の方をしばらく見ていた。そして、呟いた。

「いつまで、こうやっていられるのかな」

「塩崎さん、花も木も手入れがよければ、ずっと保《も》ちますよ。庭は永遠です」

長谷川が冗談めかして言う。

「庭は永遠か」

克典は早樹の方を見て笑った。人間は違うよ、と言いたそうだ。

「だから、犬も飼いましょうよ。

長谷川が口を滑らせたことに気付いて、咄嗟《とっさ》に苦味を感じたような顔をした。

「あれは小さかったからね」何気ない調子で、克典が受けた。「早樹、長谷川君は自分が若いもんだから、犬なんか勧めるんだよ。僕は、最後まで面倒を見られるかどうかわからないのに」

「何言ってるの」

早樹が笑う番だった。

「いや、本当だよ。最近は犬も長生きするからな」

「大丈夫ですよ。犬を飼っている人の寿命は、ストレスフリーで長くなるそうですから。ハスキーはどうですか？　可愛いですよ」

長谷川は性懲りもない。

「じゃ、ハスキーは何年生きるの？」

「知りませんよ、そんなの」

「何だ、無責任だな」

克典も、長谷川との会話を楽しんでいるようだ。

早樹は盆を持ってキッチンに戻った。

パーティは好きではないが、長谷川夫婦や中神など、同年代の人たちと会って話すのは楽しそうでもある。少しだけ、心が動いている。

克典は、自身が面倒ということもあるのだろうが、自分に付き合って閉じ籠もっている早樹のために、気を回してくれたのかもしれない。

「ごめんなさいね」

長谷川が庭仕事に戻ったのか、煎茶碗と茶托《ちゃたく》をまとめて持ってキッチンに入ってきた克典に、早樹は謝った。

「何が？」と、克典はきょとんとしている。

「中神さんのパーティ、私だけが行くなんて。本当は二人とも出ない方がいいのに、私に気を遣ってくれたんでしょう？」

「いやいや、本当にいいんだよ。僕は芸術家という人たちが苦手なんだ」

克典がいたずらっぽく言う。

「私だって苦手よ」

「じゃ、二人でやめるか？」

「長谷川さんに、行くって言っちゃったじゃないの」

「じゃ、行きなさいよ」

話は終わったという風に、克典が笑いながら言った。

克典は決断が速く、一度決めたことは覆らない。そんな克典が、美佐子のことでは珍しく引きずり、悩んでいたと早樹は思い出す。

「ところで、お昼ご飯どうします？」

「蕎麦《そば》がいいね」

「逗子のお蕎麦屋さんでいい？」

「うん、予約頼む。一時前に出よう」

克典が腕時計を見ながら言った。

今日の克典は、午後の庭仕事を見守るために、蕎麦屋でもあまり飲まずに帰ってくるつもりなのだろう。

克典が書斎に引っ込んだ後、早樹は久しぶりに丹呉にメールして幹太の居所がわかったと報告しようかと思った。

だが、菊美にかかってきた無言電話のことや、美波と幹太とのことなどを説明するのが面倒で、結局やめてしまった。

午前中、早樹は、風呂場のタイルの貼り替え工事と、毎月行うガレージ点検などのスケジュールを決めたり、掃除に来る女性の人選の打ち合わせなど、珍しく家の仕事に忙殺された。

その電話がかかってきたのは、タイル工事業者との電話が終わって、買い物リストを作るために、冷蔵庫の食材を点検している最中だった。

また、業者からの電話かと思って冷蔵庫のドアを閉め、テーブルの上のスマホを取り上げた。

「公衆電話」と表示されているのを見て、一瞬、戸惑ったのは、工事業者とは、家の電話で打ち合わせをしていたからだ。

しかし、三つの業者とさんざん電話で話した後だったので、関係者が外から電話しているのかと思った。

それで、「はい、塩崎です」と答えた後、相手が答えないことに面食らった。

「もしもし、もしもし」

しばらくして、これが例の無言電話ではないかと気付いた時、ざわざわと鳥肌が立った。

もしかすると、受話器の向こうに、死んだはずの庸介が佇んで、聞き耳を立てているのかもしれないと思うと、懐かしさどころか、寒気がした。

水を滴らせた全身濡れ鼠《ねずみ》の男が、項垂れて立っているような気がしたのだ。

その恐怖の源泉のひとつは、幹太の変貌にもあった。八年ぶりに再会した小山田も、かなり体重を増やしていたが、小山田は家族に囲まれて、栄養ある食事と旨い酒に満足しているような安泰の感があった。

対して、幹太には、破れかぶれの飽食と悪い酒を飲んでいるような暗い夜の臭いがする。それに似た、饐《す》えた吐息が漂ってくるような、不快な無言だった。

「もしもし、どちら様ですか」

早樹は、書斎にいる克典の耳を怖れて、低い声で訊ねた。

相手の背後からは、街の騒音も、人の声も、風の音も、鳥の鳴き声も、一切聞こえない。

そこだけが闇夜の電話ボックスから、今の早樹の様子を窺おうとする、庸介の痩《や》せた横顔が想起されて、早樹は思わず身震いした。

「もしかして、庸介？　庸介なの？」

無言が続く。

「庸介じゃないのなら、いったい誰ですか」

早樹は「庸介」と名前を呼んだことで、急に無言電話の相手に、腹が立ってきた。

「もし、あなたが庸介で、皆を騙して生きていたのなら、早く出てきてください。いろんなところに現れたり、こんな電話をかけたりしているのは、迷惑だからやめてください。お願いだから、出てきて」

思い切って言うと、電話は切れた。

今のは、本当に庸介なのだろうか。それとも誰かが、早樹が怯《おび》えることを知って、わざとかけてきたのか、自分が菊美にしたように。

それは邪《よこしま》な者だ。そう思った途端に、がたがたと震えがくるほど怖ろしくなった。いったいこの八年間は、何だったのか。

早樹は、優しい克典との穏やかな生活を守るためにも、邪な者は退治せねばならないと思うのだった。

庭の石組みに棲む蛇は、真矢でもあり、庸介の幻でもあった。庭の蛇を退治しましょうと長谷川が言った時は、可哀相だからやめてほしいと止めたくせに、今の自分は、蛇を一掃しようとしている。

蕎麦屋から帰った克典は、やはり麦わら帽子を被り長靴を履いて、嬉しそうに庭に出て行った。

長谷川の後について説明を受けながら、剪定鋏《ばさみ》を握っている。

早樹は一人で食料の買い出しに出掛けた。鎌倉にあるスーパーの駐車場から、思い切って菊美の携帯に電話をした。

克典が、『連絡しないでくれ』と言ってしまったので、表示された早樹の名を見て、菊美が出るかどうか、一抹の不安があったが、菊美は何ごともなかったかのように話すだろうという確信があった。今まで何度もそうだったからだ。

果たして、菊美が明るい声で出た。

「もしもし、早樹ちゃん？　元気だった？」

克典から二百万せしめたことも忘れているのかと思うほど、平然としていた。逆に、早樹が戸惑うほどだ。

「ええ、お母様はどうですか？」

「あたしはチョー元気よ」と、弾んだ声で答える。

「あの後、庸介さんらしき人物は、現れましたか？」

「残念ながら、ないわね」急に半音下がったような、落胆した声で答える。「あなたのところはどうなの？」

「いいえ、うちには一度も現れていません」

「おかしいわね。この間、電話がかかってきた時に教えてやったんだけどね」

あたかも道を教えたかのように言うので、早樹は驚いた。

「あれですか？　無言電話の人に、ですか？」

「そうよ。相手は黙っているけど、庸介に決まっているもの。だから、いろいろと教えてあげたのよ。三年前に、お父さんがガンで亡くなったこととか、早樹さんは再婚して、玉の輿《こし》に乗ったのよって。今頃、湘南の海の見える大豪邸で、あなたのことなんか忘れて悠々自適ですよって。そしたら、全然切ろうとせずに聞いていたわよ」

相変わらず、突き刺さるような棘があったが、早樹は素知らぬ顔で、なおも訊ねた。

「相手は何か言いましたか？」

「いいえ、ひとことも」

「その相手には、塩崎の名前とかも、伝えたんですか？」

「もちろんよ。だから、今に、そちらに向かうかもしれないわね」

「そうですね。現れたら、どうしましょうか」

「時間を戻せばいいんじゃない」

にべもなく言われ、早樹は呆れて電話を切った。

庸介が本当に生きていて、無言電話の主だとしたら、早晩、母衣山にも現れるかもしれない。新たな覚悟が必要だった。

が、その覚悟が何かはわからない。


土曜日は、木枯らしの吹く寒い日だった。

早樹は、克典にハムとチーズのトーストサンドを作ってから、昼前に家を出た。

目指すは、新逗子駅そばにある「かんたろう」だ。近くのパーキングに車を停めて、徒歩で向かった。

外から店を見ると、二階は住居らしく、窓にカーテンが掛かっていた。そこに幹太は、若い妻と一緒に暮らしているのだろうか。店を出す金は、妻の実家が出したに違いない。

そんなことを考えながら、暖簾の掛かっていない店の戸を開けて、奥に声をかけた。

「ごめんください。塩崎です」

「はい、どうぞ」

奥の薄暗がりから重たい声がした。

目を凝らして見ると、早樹と克典が座った奥の席に、小山のような幹太がいた。

太った体には椅子が小さ過ぎるのか、浅く腰掛けて両脚を大きく広げている。

前に見た時と同じ、小汚い作務衣を着ていた。

テーブルの上には、ビールの小瓶とコップ、灰皿があり、早くも飲んでいたらしい。

「こんにちは。お時間作って頂いてすみません」

「いいですよ」

幹太が煙草に火を点けながら、手だけで目の前の椅子を勧めた。

早樹はテーブルから少し椅子を離して座った。

「ビール、飲まれますか？」

「いいえ、結構です。お構いなく」

「本当に構いませんよ」

「ええ、結構です」

煙草の煙を長く吐いた幹太が、正面からまじまじと早樹の顔を見た後に頭を下げた。

「すみません、ご無沙汰してました。俺、この間、厨房の中からお客さん見ていて、あれ、早樹さんに似てる人がいるなあと思って、思わず声をかけちゃいました」

早樹も挨拶を返す。

「覚えていてくださって、ありがとうございます」

「いやあ、忘れられませんよ。本当にお元気そうで、何よりです」

幹太は一瞬、人懐こそうな笑い顔を見せた。飲み会で会っても、明るくて愛嬌のある男だったと思い出す。

「ありがとうございます。幹太さんもお元気そうですね」

「元気も何も」と、幹太は自らの太鼓腹を掌でさすって、自嘲的に言った。「太り過ぎですわ。わかっているんですけど、酒飲んで、刺身食って、どんぶり飯喰らって、やりたい放題やってたら、こんなになっちゃったんですよ。もうどうにもならないってね。痩せたいけど、酒だけはやめられませんからね。肝臓もやられてるのに、依存症だそうです。もう俺、余命はあまりないですよ」

ぺらぺらと喋って、ビールを飲み干した。水代わりなのだろう。

妻の嫌気もわかるような、やる気のない言葉だった。

「そんな状態なのに、どうしてお酒をやめないんですか」

思わず訊ねると、幹太は首を捻った。

「何でですかね。自分でもよくわからないんですけど、釣りに行く時以外は、酔っ払っていようと思いまして」

「釣りの時は、飲まないんですか？」

「さすがに、飲みながらなんてやりませんよ」

少し憮然として答えた後、幹太は我に返ったかのように早樹に訊いた。

「何か訊きたいことがあるって何ですか」

飲み続ける幹太と話し続けるのは、苦痛になりそうな予感がする。早樹は勿体ぶらずに、性急に訊いてみることにした。

「庸介が生きているんじゃないかって、言われているのはご存じですか？」

「えっ」と、幹太は度肝を抜かれたような顔をした。「マジすか？」

「誰もはっきりと姿を見たわけじゃないんです。でも、加野のお母さんは二度ほど見たと言ってますし、うちの実家の父も、似た人を見たと言ってます。ただし、今の歳からしたら若過ぎるそうですが。あと、無言電話が何回かかかっているようです。実は、今週の月曜、私のところにもありました」

カタカタとテーブルが小刻みに揺れた。何ごとかと思って下を見ると、幹太が貧乏揺すりをしているのだった。

体が大きいから揺れも激しいが、本人は気付いていないようだ。

「でも、小山田さんは、加野の母の見間違い、あるいは思い込みではないかという説でした。私も最初はそう思っていたのですが、無言電話なんかがくると、もしかするとそうじゃないかと思えてしまって、何とも落ち着かないのです」

幹太の貧乏揺すりが止まった。

「つまり、俺が何か関係してると思ってるんですか？　それで、早樹さんはわざわざうちまで来たんですか？」

まるで怒っているかのような言い方に、早樹が驚いた。

「幹太さんが関係してるなんて、誰も思っていません。ただ私は、こうなったからには、調べてみようと思っているだけです。庸介の遭難当時、私は動転していて、皆さんにちゃんと話を聞いてなかったものですから」

早樹の語尾に被せるように、幹太がまくしたてた。

「話なんか、何もないですよ。遭難は遭難です。ただ、遺体が還《かえ》ってこなかったということでしょう。でもね、俺は庸介さんに可愛がってもらったじゃないですか。だから、調子に乗って、海釣りにがんがん誘ってしまったんですよ。海釣りの面白さを教えちゃった。挙げ句、庸介さんは遭難した。だから、すっごい責任感じてるんです。申し訳なくて仕方ないんですよ。反省してますから、あまり責めないでください」

幹太は被害妄想ではないか。早樹は慌てて言い添えた。

「責めてなんかいないです」

「いや、責めてますよ」

幹太はそう言って大きな溜息を吐き、横を向いた。幹太の巨体を被膜のように覆っているのは、頼むから俺を責めないでくれ、という拒絶と逃避だ。

美波から不実を責められ、妻からは過度の飲酒と肥満を責められ、早樹からも事故のことで責められている、と本人は思っているのだろう。

「幹太さん、私は幹太さんを責めるために来たんじゃないんです。だって、幹太さんは悪くないもの。そうじゃなくて、釣り部で何があったのか知りたいと思っているだけなんです。私は釣りをしないから、まったく蚊帳《かや》の外で、美波があなたと釣りに行ってることも全然知らなかったんです」

「それはね、あいつが早樹さんには内緒にしようって言ったんですよ」

幹太はそう言い捨てると、意外に機敏な動作で立ち上がり、暖簾の奥に消えた。やがて芋焼酎の瓶とグラスを持って現れた。

「飲みますか？」と、早樹に手で示す。早樹は頭を振った。

「車ですから」

「この近くに住んでるんですか？」

腰を下ろした幹太が、グラスになみなみと焼酎を注いだ。透明の液体がとろりと揺れて、テーブルに零《こぼ》れた。幹太が首を伸ばして、表面張力で盛り上がった焼酎に口を付ける。

「ええ、母衣山にいるんです」

「ほう、超高級住宅地じゃないですか。いいなあ、あそこは見晴らしがいいですよね」

焼酎を飲み始めると、幹太の口調も表情も少しやわらいだ。幹太の気分が変わらないうちにと、早樹は急いで話を戻した。

「ちょっと話を戻しますが、あいつって美波のことですか？　だったら、美波はどうして、私に内緒にしようって言ったのかしら」

幹太は焼酎を一気に飲み干すと、またグラスになみなみと注いだ。

「対抗意識じゃないですか、早樹さんへの」

「なぜ対抗意識があるのかしら」

「奥さんは知らないのに、自分は庸介さんやその仲間と親しく釣りに行っているというのが、奥さんであるところの早樹さんを出し抜いているみたいで楽しいんでしょう。あいつはそういう女ですよ」

「そうでしょうか。つまり、私が美波には嫌われていたということですね」

早樹は苦笑した。本人にこの質問をぶつけてみたら、美波のことだから、案外正直に答えてくれるかもしれない。

「嫌われてるっていうか、そういうんじゃなくて、何て言ったらいいんだろう。美波は何か居場所がないっていうか、そういう落ち着かない感じの女でしたね。だって、早樹さんはそんなことなかったでしょう？　情緒は安定していて、仕事もできてね。まさか、本当は男がいたとか」

幹太が下卑《げび》た口調で言ってから、そんな自分を嘲笑《あざわら》うかのように嘆息した。

「すみません」と、小さな声で謝る。

「いいえ、気にしてません。では、美波にとっては、釣り部が居場所だったんですか？」

「知りませんよ、そんなの。本人に訊いてくださいよ。まだ友達なんでしょう？」

「ええ、そうね。あなたに訊いても仕方がないものね」

早樹が皮肉な口調で言うと、幹太はさすがに反省したのか苦い顔をする。

「今、美波はどうしてるんですか。まさか結婚したとか」

「いいえ、独身ですけど、司法試験に受かりましたよ」

「へえ、それはすごいや」幹太が口を歪《ゆが》めて笑い、乾杯の真似事をした。「彼女は検事にでもなるとぴったりだね」

早樹は、幹太の厭味を聞き流した。

「幹太さんは、今の奥さんと美波を、二股かけていたんですか？」

思い切って訊ねると、幹太が「いやあ」と肩を竦めるような仕種をしたが、首が肉に埋もれているせいか、あまり効果がなかった。

「俺は二股かけるほど、もてていなかったと思いますよ。そんな甲斐性はなくて、ただ、ちょっと時期が重なってたことがあったんですよ。てか、女房の方が古い知り合いだからね。懇意にしている船宿の娘だったんです。そこに美波が割り込んできたという方が正解かな」

「何があったんですか」

これは庸介とは関係のない話だと思いながらも、あまりにも幹太の変貌が凄まじいので、思わず踏み込んでしまった。

「よくあるドロドロの話です」

幹太が簡単に言って、また焼酎を注ぎ足した。これ以上は訊けないだろうと思い、早樹は腕時計を見ながら世辞を言った。

「若くて可愛い奥さんですものね。弟さんとも仲がよくて」

幹太が少し黒ずんだ顔を上げた。

「あれ、弟じゃないですよ。うちの板前です」そして、早樹の眼前に親指を立ててみせた。

「ヤツは、女房のこれなんですよ」

「そんな話を聞きに来たんじゃないです」

幹太の醸し出す、泥濘《でいねい》のような暗く粘った感情に搦《から》め捕られそうになって、慌てている自分がいる。

「あ、そうですか、それは失礼」

海中から噴き出す赤い溶岩が、たちまち冷えて固まるように、幹太は取り澄ました口調になった。

酒を飲んでは嘆息し、嘆息しては酒を飲む。巨獣が何かを悲しみながら自傷行為をしているかのようで、早樹は重い気分になった。

「庸介は毎週、釣りに行ってましたが、釣り部の皆さんは毎週、というわけではなかったようですね」

「まあ、そうですね」と言ったきり、幹太は考え込んだ。辛抱強く答えを待っていると、やっと重い口を開く。「釣り部って言っても、ただの釣り好きが集まった同好会ですからね。規則があるわけじゃなし。来られる人が来るって感じで、ばらばらでしたからね」

「幹太さんが指導していたって聞きました」

「指導？」幹太が苦笑した。自嘲しているような苦い翳りがあった。「偉そうなこと言ってたんでしょうね、俺も。若かったですからね。でも、『釣りマニア』の編集やってる頃は楽しかったですよ。わいわい言って、盛り上がってね」

「楽しくなくなったのは、庸介の事故のせいでしょうか？　皆さん、事故の後、釣りをやめたって仰ってました。あ、大学職員の高橋さんは別でしたね。でも、最近はサッカーに凝っているとか」

早樹が、高橋の醒《さ》めたような表情を思い出して言うと、幹太の目が少し輝いた。

「やめたって言ったって、もともとそんなに熱心な人たちじゃないからね。庸介さんがあんなことになって、盛り下がったんでしょうよ。小山田さんは、あまり釣り好きではなかったな。みんなと集まって酒を飲むのが好きなんですよ、あの人は。丹呉さんはもっとやりたがっていたけど、金が続かなかった。高橋さんには、最近会ってないなあ。あの人は、一人だけ大人だったね。庸介さんが連れて来たんだけど、何か俺のことを気に入ってくれてね、『師匠』とか呼んでくれてさ。事故の後も、時々連絡がきて、二人で釣りに行きましたよ」

幹太が壁のあたりに目を遣った。釣られて早樹も振り返ると、写真パネルがあった。獲物の大魚を片手で持ち上げ、意気揚々と笑う幹太。初めて店に来た日に、早樹がもっとよく見たかった写真だ。

「あれはチヌですよ」と指差す。

「一緒に高橋さんが写っていらっしゃるんですか？」

早樹が立ち上がろうとすると、幹太が即座に否定した。

「いや、残念ながら写ってないです。高橋さんとはいいコンビだったんですけどね」

「高橋さんと、またご一緒したらいいんじゃないですか」

幹太は早樹と同い年なのだから、まだ四十一歳のはずだ。なのに、まるで老爺《ろうや》の思い出話を聞いているような心境になる。

「無理ですよ。俺、アルコール性肝炎なんです。いずれ肝硬変になって肝臓ガンになるって言われてます。じきに、早樹さんともおさらばですよ。実は釣りも前ほど行ってない。ばらしますけど、釣ったふりして、買ってるんです」

「だったら、余計なお世話かと思いますが、お酒はやめた方がいいんじゃないですか」

幹太は、早樹の声など耳に入らないかのように、また焼酎を注ぎ足した。幹太の妻の諦めた表情も理解できるような、自暴自棄ぶりだった。

早樹は思い余って口にした。

「幹太さんは、まるで死にたがっているように見えます」

「そんなことないすよ。俺、まだ四十一だし」

言葉とは裏腹に、口調には元気がない。

「ご病気をちゃんと治された方がいいと思いますが」

「いやあ、無理でしょ」と、口を歪める。「もう誰も心配してないしね」

「奥さんは心配してると思いますよ」

「いや、まさか」と、顔を顰めて手を振る。

先ほどの、親指を突き出した下品な仕種を思い出す。幹太の自暴自棄は、妻との間がうまくいっていないことにも原因があるのだろう。早樹は話を変えた。

「庸介は毎週末釣りに行くと言って、出掛けていました。それで夫婦喧嘩したことも、一度や二度じゃないんです。でも、釣りってお金がかかるそうですね。庸介はそんなに余裕はなかったと思うし、釣り道具もそんなに種類があったわけじゃありません。では、毎週、どこに行ってたんでしょう？　幹太さん、ご存じないですか」

幹太は焼酎を呷って答えない。

「いやあ、どこって、そんなことないと思いますよ」

やっと答えてから、煙草に火を点けた。紫煙と溜息を一緒に吐いて、相手をするのも面倒くさそうに厨房を振り向く。

「そんなことないって、どういう意味ですか？」と、早樹は食い下がった。

「一人で釣りに行ってたんじゃないですか、っていう意味ですけど」

そんな答えを聞きに、克典に内緒にしてまで、わざわざ幹太の店に出向いたわけではなかった。

早樹は、庸介の遭難を巡って釣り部の人々を訪ね歩くのは、辛い旅だと思っている。

知らなかったこと、聞きたくなかったことも耳に入る。今に、庸介の裏切りを知ることになるのも覚悟していた。

　庸介が生きているのか死んでいるのかを知る目的だったのに、いつの間にか、かつて夫だった人の、人となりを知る旅にもなっている。今さら知る加野庸介という人物。

　妻である自分が一番よく知っていると思っていたのに、他の誰よりも知らないのだった。それでも「囁《ささや》き」が聞こえる限り、その音源を探らなければならない。

「突然、夫が海から還らなくなったという経験がどんなに辛いかわかりますか？　七年経ってやっと死亡が認定されて、私は区切りがついたと思って再婚しました。あなたもこの店でお会いしたと思いますが、年上の優しい人です。これでようやく穏やかな生活を送れると思ったのに、今度は、庸介の亡霊があちこちに出るんです。だから、私は一人で、皆さんを訪ね歩いているんです。何か知ってることがあったら、教えてくれって。本当に、幹太さんは何もご存じないんですか」

　幹太は沈んだ面持ちで何も答えず、煙草を吹かしては焼酎を飲んだ。

　早樹はまた腕時計を見た。ヨガ教室に行く時間はとうに過ぎていた。もういい。ヨガは来週にする。早樹は左手の腕時計の文字盤を見まいと、右手で押さえた。

「庸介に頼まれたんじゃないですか。他の港から船を出してくれって。そして、洋上で落ち合ったんじゃないですか。高橋さんは、GPSがあるから、そんなことは簡単だって仰っていましたし、幹太さんならレンタルボート屋さんや船宿もたくさん知ってるから、できたと思うんです。あの日は曇っていたはずですから、人目に付かないようにするのは楽だったかもしれません。沖合なら何とかなったんじゃないでしょうか。その後、庸介はどこに行って、誰と暮らしているんですか。教えてください、お願いします」

早樹は幹太に頭を下げた。

「何でそんな危ない橋を渡らなきゃならないんです。誰もそんな手伝いしないよ」

幹太は不機嫌そうに言い捨てた。

「私は、別に警察に行くつもりも何もないです。死亡認定されるまで、苦しみ悩んだ七年間を返してくれなんて、理不尽なことを言う気もない。でも、何があったのか知りたいんです。そして、どうしてこんな形で、私から去って行ったのかを知りたいだけなんです」

「俺に言われてもわかりませんよ。相手を間違ってるんじゃないですか」

幹太は少し酔ったのか、やや回らぬ口で抗弁した。

「じゃ、誰に訊けばわかるんですか？　美波？　それともお宅の奥さん？」

「何で、うちの女房なの？」

幹太がぎょっとしたように、肉で埋もれた目を上げて早樹を見た。

「だって、奥さんのご実家は居酒屋をやっている船宿でしょう？　船を出すよう、無理を言ったんじゃないですか。あるいは奥さんも何かをご存じかもしれない。それで美波をふって、奥さんと結婚した。違いますか？」

「勝手に想像しないでくださいよ、まったく」

幹太が呆れたように苦笑して、また焼酎を呷った。

「だって、あなたが何も答えてくれないから」

「俺は何も知りませんよ」

幹太がまだ半分残っている煙草を捻り潰すようにして消した。店の中をいがらっぽい臭いが充満した。

煙草の臭いが嫌いな早樹は、顔を背けた。すると、突然、幹太が話しだした。

「俺ね、愛知の山間《やまあい》で育ったんですよ。叔父が釣り好きでね。よく川へ釣りに連れて行ってもらいました。釣った鮎やアマゴを串に刺して、塩をして焚き火で焼いて食べました。すごく楽しかったですよ。中学・高校時代は、ちょっと釣りをやめてました。そう、受験のためです。東京の大学に入ってから、釣りを再開しました。今度は海釣りです。夢中になりましたね。釣り糸を垂れて、海の中を想像するんですよ。それが楽しいんです。川とは比べものにならない広さと深さ。魚の種類の多さ。魚によって変える餌やギアも多彩で、本当に飽きることはありません。俺がね、一番好きなのはイカ釣りですよ。何で好きかって言うとね。感触が厚いんですよ、イカは。引きが種類によって違う。そこがいいんです。あれはほんと、やめられない。うちの女房は、よく行く船宿の娘だったから、あいつが小学校六年生の時から知ってるんですよ。ああ、あの子は俺のこと好いてるなって。わかるでしょう？　そういうのって。だけど、子供の頃から知ってるから、付き合いなんてできないと思っていたら、いつの間にか年頃になっててね。そこに、美波が現れたんですよ。美波は気が強くて、その割には寂しがりやのところもあって、惹かれましたね。まあ、その後は、今の女房との家を巻き込んでの、ドロドロの泥仕合になっちゃったんですけどね。あれはもう二度とご勘弁ですよ。ま、それは今の話とは関係ないんですが。でね、ある日、釣り船で漁場に向かっている時に、一人いなくなっちゃったんですよね。三十ノットくらいで走っているから、外に出るなと言われているけど、出ちゃう人もいるわけです。で、その人は事故か自殺かわからないけど、船から消えていなくなっちゃった。もう見つからないんです。海って、そんなものです」

とりとめのない話だった。

「そんなものというのは、海の事故は容易に起きるってことですか。あるいは、洋上では人は簡単に死を選べるということ？」

「そうです、そうです」

今度は、軽く頷く。話を片付けたがっているのかもしれない。

「つまり、庸介は自殺したということですか」

「いや、そうは言ってないです。そうかもしれないという程度です。俺が言いたかったのは、海はそんな場所だってことなんです。川釣りとは違う。見つかることもあるし、見つからないこともある。うっかり落水するヤツも、自分で飛び込むヤツも、海じゃ見つからなくても仕方がないってこと」

「諦めろってこと？」

「それに近いです」

「つまり、あなたの病気と同じだってことですか？」

「極論言うなよ」

突然、幹太がドスの利いた声で脅した。酔うと、短気にもなるらしい。

早樹は口を噤《つぐ》んだが、まともに返答しない幹太に苛立っていた。

「では、加野のお母さんが見た男は誰なんですか。それから無言電話は誰の仕業なんですか。電話は加野のお母さんと私のところにかかってきてるんですよ」

早樹が一気にまくしたてると、幹太は不快な顔をしたまま俯いた。

早樹は矢継ぎ早に質問した。

「幹太さんは、庸介が中学生の時に、家出した話はご存じですか？」

幹太は顔を上げずに、頭を振った。

「じゃ、教え子のゼミ生が自殺したかもしれないって話は？」

「何ですか、それ。俺は聞いたこともないですね」

早樹は幹太に質問を投げかけてから、妻だけが知らされなかったのは屈辱ではないだろうか、とまた改めて思うのだった。

「私もそんな話は全然聞いたことなかったんですよ。家出の話を教えてくれたのは、美波でした。飲み会か何かの時に聞いたというので、私はショックでした。ゼミ生の話は高橋さんです。こちらも大きな出来事なのに、庸介が話してくれなかったからショックでした。私はその程度の奥さんだったんですよ」

早樹はそう言って笑ったが、幹太は気付かないのか、ぼんやりした表情で太い首を傾げてみせた。

「俺はそんな話はまったく聞いたことがないですけどね」

「ところで、あなたに釣りを教えてくださった叔父様は、愛知のどちらにいらっしゃるんですか？」

幹太は戸惑ったように早樹を見た。何でそんなことまで答えなくてはならないのだというような表情だ。

「新城《しんしろ》市の田舎です」

「私は知らない地名ですね」

早樹も低い声で答えてから、右手で隠していた文字盤を見遣った。すでに二時を過ぎている。

「ところで、その叔父様はまだ、そちらにいらっしゃるんですか？」

「いますよ。釣り堀やってます」

幹太も、話にも酒にも飽きたかのように、低い声で答えながら、グラスの中を覗き込んでいる。

「幹太さんは、目の前に死んだはずの庸介が現れたら、何て言いますか？」

最後に訊ねると、幹太はぎょっとしたような顔をした。

「いやあ、久しぶりって言うでしょうね」

さすがに早樹は失笑した。

「じゃ、早樹さんは何て言うんですか」

「今頃何よ、って怒ります」

幹太は急に暗い面持ちになった。

「今頃何よ、か。その通りですね」

「幹太さん、庸介は生きているんですよね？　頷くだけでいいです」

だが、幹太は首を振って、重たい声で繰り返した。

「そうは思いません。思わないよ」

「じゃ、死んでるってことですね？」

後に続く言葉は呑み込んだ。では、安心していいのですね、と。

「かんたろう」には、二時間近くいたが、幹太との話は、たいした収穫もないままに終わらざるを得なかった。

しかし、終始、自分を責めるな、と言わんばかりに身を固くしている幹太には、逆にどうしても守りたい秘密があるように思えてならなかった。

2

「要するに、不審の念が残ったのね」

こう決め付けたのは、美波だ。

幹太の店を出てから、「今、幹太さんと会って話しました。後で詳しくメールします」と美波にLINEしたところ、早速、電話がかかってきたのだ。

「そうなのよ。何が不審なのかもわからないけど、幹太さんが何か隠しているような気がして苛々した。でも、思い過ごしかもしれないし、正直、決め手がないのよ」

「あのね、早樹。絶対に言わないと決めた人を落とすのは難しいよ」

美波は法律家らしく冷静な口調だったが、早樹は、美波もまた何か隠しているのではないかと疑っている。

「美波、明日、仕事がないなら、たまにはうちの方に遊びに来ない？　メールじゃ伝わらないかもしれないから、いろいろ話したいの」

思い切って誘ってみた。埼玉の実家に帰った時、美波の家に遊びに行ったが、幹太や庸介の話をすると美波は不機嫌になり、最後は諍いのようになったのだ。

美波は気難しいから、時には持て余すこともある。しかし、美波もまた、早樹の知らない庸介を知る一人なのだ。ここは我慢すべきだと、早樹は割り切った。

「えっ、塩崎家の大邸宅にご招待？」と、美波は笑って言ったが、まんざらでもなさそうだ。

「あたし一度も行ったことないものね」

「大邸宅じゃないけど、たまにはどうぞ」

「そうね。初冬の海でも見に行こうかな」

「うん、ぜひ来て。今頃だと何が釣れるの？」

さりげなく訊ねると、即答だった。

「アオリイカとかカワハギとか。あたし、イカ釣り大好き。イカはね、種類にもよるけど、引きがあって面白いのよ」

幹太も同じことを言っていた、と言おうとしたが、早樹は言葉を呑み込んだ。

今の台詞《せりふ》で、美波と幹太がいかに仲がよかったかが伝わってくるような気がした。

「じゃ、お昼一緒に食べようか」

「いいよ。塩爺《じい》抜きでお願いします」

はっきり言われて、早樹は苦笑した。

翌日は、雲ひとつない好天だった。気温も高い小春日和だ。相模湾には、たくさんの白い帆が見えた。

だが、美波からは、「二時頃になります。昼食は済ませるから大丈夫」という素っ気ないLINEがきた。

「ゆっくりどうぞ」と返信したが、早樹はこんなにいい天気なのだから、庭から存分に冬の海を眺めればいいのに、と残念だった。

十一月も終わりで、陽が傾くのが早い。二時過ぎに着いたら、あっという間に暗くなりそうで気が揉めた。

美波は酒は飲むが、もともと食べ物にはあまり関心がない。高校時代も、昼食はほとんどコンビニで買ったパンや弁当で済ませていた。たまに自分で作った弁当を持参することもあったが、白飯に薩摩揚げが一枚載っていたり、たこ焼きが入っていたりと豪快だった。蓋を開けると、予想外のものが現れることから、クラスでも評判になり、「美波の弁当」と、ギャグになっていたほどだ。だが、本人は大真面目だから、ギャグにされたことが心外だったらしい。いつまでも怒っていた。

美波は、そのくらい「空気」を読もうともしないのだから、実はユニークで魅力的な人物でもある。だからこそ早樹は、時には苛立ちながらも、付き合いが途絶えなかったのだ。

美波が日曜の昼に遊びに来ることは、前の晩に克典に伝えてあった。

「僕は邪魔はしたくないから、マリーナにでも行くよ」

「すみません、お天気がいいといいわね」

「それが、明日は絶好らしいんだよ」克典が嬉しそうにスマホを掲げて、早樹に見せた。

「世界中の風向きがわかるアプリだよ」

いつの間にか、早樹の知らないアプリをダウンロードしている。克典は再びクルーザーに乗ることに前向きになっているのだ。

「こんな便利なものがあるなら、釣りにもいいでしょうね」

「ああ。みんな、入れていると思うよ」

早樹は、庸介が知っていたらよかったのに、と思って言ったのだが、克典は気付かなかったらしい。

週末の湘南はどの店も混むので、ちらし鮨《ずし》でも作ろうかと思っていたが、美波が昼食を要らないのなら作ることもないと、早樹は簡単に済ませて美波の到着を待った。

やがて、二時過ぎにタクシーが停まったような気配がして、インターホンが鳴った。

「あたし、美波」

早樹は、玄関のドアを開けて請《しょう》じ入れた。

「いらっしゃい。遠くまで来てくれてありがとう」

美波はジーンズに、紺色のカーディガンを羽織っていた。地味な装いだが、珍しくファンデーションを塗っている。それだけでも、いつもより美しく見えて、早樹は嬉しく思った。

美波は元が綺麗なのに、まったく化粧もせず、服装にも頓着しないことが、友人として不満なのだ。

「美波、コーヒーと紅茶、どっちがいい？　ハーブティーもあるよ」

家の中では靴でいいと聞いて、スニーカーでおずおずとペルシャ絨毯《じゅうたん》を踏む美波が、にこりともしないで振り向いた。

「お酒ある？」

「あるよ。ビール？　ワイン？」

「ワインにする」

頷いて、キッチンに向かおうとした早樹に美波が話しかけた。

「趣味がよくて、素敵なおうちじゃない」

美波は、溜息混じりでリビングルームを見回している。壁に設《しつら》えられた飾り棚には、珍しい壺や陶器などが飾ってある。壁には絵画。もっとも、その蒐集《しゅうしゅう》品の大半を集めたのは、美佐子だった。

ふと、趣味のよい美佐子は、庭に置かれた「海聲聴」と「焔《ほのお》」を気に入らなかっただろうと、早樹は思った。

「あれ、何」

奇《く》しくも、庭を眺めていた美波が「海聲聴」を指差した。

「オブジェだって。『海聲聴』ってタイトルが付いているの。海からの聲《こえ》を聴けって意味だって」

「ねえ、すごく趣味悪くない？　誰があれを入れたの？」

美波が貶《けな》したので、早樹は笑った。

「もちろん、克典さんよ」

「何か宗教関係かと思ったわ」

「違うの。あのオブジェを作った人と、植木屋さんが懇意なので、勧められたのよ。それで、克典さんは、私のためだと思って買ったみたい」

「海からの聲を聴くから？」

美波が、庸介の事故を連想していることは、早樹にも伝わった。

「克典さんはあまり口に出しては言わないけど、庸介の事故のことを、私が引きずってると思っているのよ」

早樹は美波に並んで立ち、庭を見ながら言った。相模湾はまだ陽光に煌《きら》めいているが、すでに太陽の光には翳りが見えていた。

「あのこと、塩爺に言ったの？　庸介さんが生きているかもしれないってこと」

美波が鋭い眼差しで、早樹を見遣った。

「まさか。幻みたいな話だし、心配かけるから言ってない」

「じゃ、あれは慰霊碑か」

美波が庭の方に向き直り、「海聲聴」を指差した。慰霊碑という言葉に、早樹は実家の母の弁を連想した。

「うちの母は写真を見て、お墓みたいだって言ってた」

美波が嬉しそうに、また早樹を見た。

「あたし、昔から早樹のお母さんとは気が合うんだよね」

「二人とも、人が遠慮して口にできないことをずばっと言うからね」

早樹は笑って同意した。だから自分は、この気難しい友人を好きなのかもしれないと思う。率直さに苛立つこともあるが、心の底では通じ合うものがある。

「こんなに素敵な庭なのに、オブジェがマッチしてないね。早樹、どうしてあんなの買ったの。止めればよかったのに」

智典にも同じことを言われたと思い出す。

「私なんかには止められないわよ」

「どうして。奥さんじゃん」と、美波はしつこい。

「だって、克典さんの庭だし、克典さんの家だもの。克典さんの信頼している庭師さんの推薦だし、克典さんが自分のお金を遣うんだから、誰も文句は言えないじゃない」

「へえ、結婚生活って不自由なのね」

美波に断じられた早樹は苦笑いをした。

「そんなことはないわよ」

「庸介さんともそうだった？」

いきなり突っ込まれた早樹は、返事に詰まった。

庸介との暮らしは、もっと我慢していたように思う。それはどうしてだろう。答えを知っているのに、なかなか返答しない自分がいる。

「ワイン持ってくるね」

早樹がキッチンに行こうとすると、美波が一緒に来て奥を指差した。

「キッチン、そっち？　じゃ、そこで話そうよ。あたし貧乏性だから、あんな立派な部屋じゃ、緊張しちゃって話しにくいわ」

結局、二人はダイニングテーブルに差し向かいで座った。

「高い酒は色が違うね」

美波は、ワイングラスを傾いてきた陽にかざして嬉しそうに言う。

「美波、最近、飲み過ぎてない？」

美波はその質問ははぐらかして、幹太の話題に変えた。

「ねえ、幹太はそんなに変わっていた？」

早樹は頷く。

「こんなになった自分を、誰からも責められたくない、という感じで鎧《よろ》っていたように思う。アルコール性肝炎だって言ってたけど、ひっきりなしにビールとか焼酎を飲んでるし、見ててはらはらしたわ」

「自業自得だよ」と、美波は冷たい。

「お店は新逗子だから、帰りに寄ってみたら？」

「嫌だ。未練があるように見えるじゃない」

きっぱり言って、肩をそびやかす。

「いったい、幹太さんと何があったの？」

早樹は思い切って訊ねた。

美波はなかなか答えず、つまみのエポワスチーズをスプーンで掬《すく》い、子供のような不器用さでフランスパンになすり付けている。

「何がってほどじゃないの。あたしは幹太と結婚して、あの公団住宅を出たかっただけなのよ。姉も妹も結婚して出てってしまったから、あたしは母親と二人で残ったじゃない。このまじゃ、ずっとあの古い公団に二人暮らしで、あたし一人が母親の世話をするのかと焦る気持ちも、癪《しゃく》に障る気持ちもあった。当時は、司法試験を受けようなんて発想もなかったしね」

「もう弁護士なんだから、これから稼いで、二人で新しいおうちに住めばいいじゃない」

早樹の言葉に、美波は苛立ったようだ。

「そうだけどさ。早樹は、自分が結婚して家を出てるから、あたしの微妙な気持ちに気付かないんだよ」

早樹ははっとして、飲もうとしていたワイングラスをテーブルに置いた。

「ごめん」

「違うんだよ。マンション買って公団住宅を出て、母と二人で住もうよとか、そういう前向きのことじゃないの。母はもうあの場所が気に入ってるし、動きたくないのよ。変化が嫌なのよ。友達もいるし、病院も近いしね」

美波が話を続けた。

「あたしが独身でいるということは、母とずっと暮らすということなの。母が死ぬまで、あの公団住宅にいるということなの」

「そこから逃れるのが、幹太さんとの結婚だったってこと？」

早樹もはっきり訊いた。

「もちろんよ」と、美波は悪びれない。「結婚なら、誰も文句は言えないじゃない。母も喜んで独り暮らししてくれたと思うよ。でも、姉も妹も全部、あたしに任せたきりよ。二人とも、未婚のあたしの義務だと思っている。羨《うらや》ましいよ、好きに生きている姉たちが。あたしは、母の作るドアカバーや造花が気に入らなくても、トイレのタオルの趣味が悪いと思っても、母が飾り立てる、あの古い家にいなくちゃならないの」

病気の母親を放って、気ままな独り暮らしをしようと思えばできるのに、それをしないのは、美波の優しさなのだろう。

幹太が、美波には「居場所がない」と評していたことを思い出す。自分の生きる場所を得られない。自分には、そんな美波の苛立ちや焦りをわかってあげられなかった。だが、幹太は理解していたのだ。結び付きは強かったはずだ。

「幹太とは仲がよかったし、付き合いも続いていたし、そろそろ結婚しようかなと思っていたのよ。幹太だって、そんなことを言っていた。そしたら、突然、船宿の娘と結婚することになったからって、打ち明けられた。あんなにショックだったことはないわ。その子のことは知ってたけど、まだ二十代前半だし、まさかあんな小娘を幹太が好きになるはずがないと思った。だから、何か理由があるのかと詰問したけど、のらくら逃げ回るだけなの。その態度に頭にきたわ。文句を言ったら、今度は船宿のオヤジが出てきてね。あたしをストーカー扱いするの。要するに、船宿の方で、娘に居酒屋か何かの店を持たせたいと思ったらしいんだよね。それで、釣り雑誌の編集で懇意だった幹太に白羽の矢が立ったっていう話だったけど、どうにも信じられなかった。納得がいかないから、あたしもちょっと変になっちゃったのね。ストレスで鬱っぽくなったし、あの頃は結構大変だった」

「そんなこと知らなかった」

「庸介さんの遭難の後の出来事だから、早樹には何も言えなかったし、カッコ悪い話だからね」と、美波は照れくさそうに言う。

「そうだったんだ」早樹は嘆息した。「でも、その奥さんは今、板前さんと仲がいいみたいよ」

「いい気味だよ。どんどん不幸になればいい」

美波が口の端を歪めて笑った。

「本当に不幸そうだったから、美波の呪いは効いてると思う」

半ば冗談だったが、美波は吐き捨てるように言った。

「無茶なことすると、どこかに必ず歪みが出るんだよ。そのままの形を保てるわけがない。案件のほとんどはそうだよ」

美波が勢いよくワインを飲み干したので、早樹は注いでやった。

「ところで、釣り部のことだけどさ。私が、あなたが同行していることを知らなかったと言ったら、幹太さんが、あなたが私には内緒にしようと言った、と言うのよ。それは、本当なの？」

早樹はまだ幹太への呪詛《じゅそ》を吐きそうな美波に訊ねた。

美波が肩を落として、大きな溜息を吐いた。

「それはね、庸介さんに頼まれたのよ。早樹には言わないでって」

「どうして？」

早樹は驚いて、美波の少し酔いが回ったような潤んだ目を見た。

「この際だから、はっきり言うね。あたしが、飲み会の席で釣りを一度やってみたいって言ったら、庸介さんが、来てもいいけど、早樹には言わないでって。あたしがなぜかと訊いたら、早樹は嫉妬深いから、きっと勘繰るって言ってた」

早樹は衝撃で、テーブルに頬杖を突いた。

「だから、私には言わなかったのね」

「そうよ。早樹ってそういうタイプじゃないから、ちょっと変だなと思ったんだけど、庸介さんが頼んできたから、一緒に釣りしていることはずっと言えなかったの。早樹は嫉妬深くなんかなかったよね？」

早樹は頬杖を突いたまま、美波から目を背けて答えた。

「嫉妬深かったかもしれない」

なぜなら、庸介が自分以外の誰かを見ていることに気付いていたからだ。

あなたは今日、どこで誰と会うの、と毎日する詰問。

そのたびに、庸介は顔を顰めながらも、その日の予定を伝えてくれた。だが、早樹は信じられなかった。

日に何度も、庸介の携帯に電話を入れたし、本当に授業をしているのかと、大学の教務課に問い合わせたこともある。どころか、相手が学生かもしれないと、仕事の最中に大学に寄り、庸介が授業する教室をそっと覗いたことさえあった。

美波が驚いたように言った。

「嘘だよ。早樹はすごく庸介さんに愛されていたじゃない」

早樹は頭を振る。

「最初はそうだと思った」

結婚した当初は嬉しくて、庸介に言われるがままに振る舞っていた。驕慢《きょうまん》に見えるくらいがいいと言われれば、その通りに演技したし、仕事ができる女が好きだと言われれば、必死にキャリアを積もうと努力した。

いつからだったろう。庸介の視線が自分を素通りして、もっと遠くを見ているのではないか、と気付いたのは。

何かがおかしいと思うと、矢も楯もたまらずに証拠が欲しくなる。しかし、庸介は家には何も残さなかった。スマホもパソコンも始終変える暗証番号にロックされていて、覗くこともできない。

庸介が一枚上手だということが逆に疑念を呼んで、早樹は誰にも相談できずに、一人苦しんでいた。仕事に夢中になったのは、現実からの逃避もあったのだ。

「ねえ、釣り部の活動は毎週じゃなかったのよね？」

美波にも確かめる。

「庸介さんとは、月に一回くらいだった。ない月だってあったと思う。その間、あたしは幹太と二人で釣りに行ってたけどね」

「私には釣りだと言っていたのよ」

しばし沈黙があってから、美波がやっと打ち明けた。

「だからさ、早樹には言えなかったけど、釣り部に罪があるとしたら、皆で庸介さんのアリバイを作っていたことなのよ」

「あなたも、美波？」

「ごめん」と、美波が頭を下げた。「口裏合わせてくれと言われた時に、何か変だと思ったけど、承知せざるを得なかったの。それは、皆で泊まりがけで釣り旅行に行ったことにしてくれと、頼まれた時だったかな。何かがあったみたいで、必死だった」

「何があったのかしら」

早樹は庸介の切迫した顔を想像しようとしたが、できなかった。庸介のそんな顔は見たことがなかった。

「何があったかなんてわからない」と、美波。

「ねえ、それはいつ頃？」

「いつだったかな」と、美波が遠くを眺めた。「庸介さんが遭難する一年くらい前じゃないかしら。その頃、早樹には何も？」

「言わなかったわね、何も」

喧嘩が増えていた。早樹が証拠集めに必死だった頃だ。

庸介がたまに釣った魚を持ち帰ると、早樹が苛立って、私のキッチンを汚さないで、と怒鳴ったことがあった。

早樹の休みの週末に、一緒の時間を持とうとしなくなった庸介に、怒りを募らせていたからだ。以来、庸介は釣果を一切持ち帰らなくなった。

「庸介の心は私から離れていたのよ。相手は誰か知ってる？」

「知らない。誰も知らないと思う」

美波が俯いて答えた。

「そうだよね。庸介は今、そこにいるのかしら」

「考え過ぎだよ、早樹」

美波が俯いたまま静かに言った。

「でも、最近は生きているような気がしてるのよ。こないだ、私のところにも無言電話があったし」

美波が驚いたように顔を上げた。

「いつ？」

「つい最近」

「でもさ、たとえそうだとしても、もう関係ないじゃない」

「わかってる」

その時、「ただいま」という声とともに、部屋が明るくなった。

「電気も点けないで、どうしたの」

二人とも驚いて顔を上げた。入り口に、少し陽に灼けた克典が立っていた。

「こんにちは。お邪魔しています」

美波が慌てて立ち上がって挨拶した。その様が小学生のようで、早樹が思わず笑うと、克典もにやりとした。

「こちらは木村美波さん」

「お噂は聞いてますよ。弁護士さんですよね。早樹がいつもお世話になっています」

克典の「弁護士さん」という言葉が気になったのか、美波は愛想笑いをしているような、憮然としているような、何とも中途半端な表情をした。そして、そんな自分にうんざりしたかのように、素っ気ない返事をする。

「いえ、こちらこそ」

「ゆっくりしていってください。夜、一緒に食事に行きませんか?」

克典が誘ったのに、美波は硬い笑顔を作って手を振った。

「いや、明日早いから、適当に失礼します」

早樹は、頑なな美波に一人気を揉んでいたが、克典はそつなく提案した。

「じゃ、お鮨でも取ったらどうかな」

「そうね。お夕飯には早いけど、お鮨を取るからつまんでいって」

「うん、ありがとう」

美波は、今度は呆気なく承知して、またワイングラスを手にして座った。

早樹はスマホを持って克典の後を追って行き、バスルームの前で立ち話をした。

「克典さんもお鮨でいい？　黄金鮨《こがねずし》さんにするわね」

「いいよ。僕はちょっとシャワーを浴びてから、書斎でビールでも飲んでるからさ。二人でゆっくり話すといいよ。彼女、うちに来たのは初めてなんでしょう？」

「そうなの」と、早樹。

「若い人が来るのは楽しいからいいね」

克典は機嫌がいい。

「今日はどうだったの？」

「うん、気持ちのいい日だった。楽しかった」

克典は満足そうに答えてから、バスルームに入ってドアを閉めた。

早樹はその場で鮨屋に電話してから、キッチンに戻った。

すると、赤い顔をした美波が振り向いた。

「塩崎さんて、案外若いね」

早樹はからかった。

「塩爺じゃない？」

「まあ、お爺さんではあるけど、感じいい人だよね。あたしはね、塩崎さんには恨みはないのよ。ただ、早樹が楽しくている感じが嫌だったの」

克典と再婚してから、美波が自分と何となく距離をおいていることには気付いていたが、こうも率直に言われると腹立たしい。

「楽しちゃいけないの？」

「別にいけなかないけど、そんなに安楽な路線を選ぶのは早樹らしくないと思った」

では、自分が自分らしいとは、美波から見たらどういうことなのかと、早樹は反感を募らせる。

「安楽だから結婚したんじゃないよ。克典さんが好きだからよ」

「わかるけどさ。お互い配偶者を亡くした再婚同士で、相手は大金持ちってでき過ぎじゃないの。狙ってたの？」

美波は酔ったのか、急に偽悪的になった。憶測というよりは、ただ友人を傷付けたがっているように見える。

「美波、人の結婚を勝手に定義づけるのは失礼だよ。美波はさっき、私が結婚して家を出ているから、あなたの微妙な気持ちに気付かないと言ったけど、私も同じこと言うよ。美波は結婚して家を出ていかないから、私の微妙な気持ちに気付かないんだよ。つまんないこと言って、私の人生を貶めないで」

早樹が強い調子で言うと、美波が意外にも項垂れて素直に謝った。

「ごめん。その通りだね。ごめん」

美波には理詰めだと通用するのか、と早樹は可笑しかった。

完全に陽が暮れて、外は真っ暗になった。この闇の向こうに、庸介を呑み込んだ、もっと暗くて黒い海がある。そう思ったことは何度もあった。

早樹は立ち上がり、外の闇が部屋に侵入しないように、ブラインドを隙間なくきっちりと閉めた。

「美波、あまり酔わないうちに、はっきり言っておくね」

早樹が美波に向き直って言うと、美波が顔を上げて早樹を見た。

「何のこと？」

「私ね、庸介がいなくなる前は、喧嘩ばかりしてたの。何か様子が変だってわかっていたのよ。だから疑心暗鬼になって、責めては逆ギレされることの連続で、本当に辛かった。庸介が海から戻ってこないってわかって、皆も諦めた頃、ほっとした思いもあったのよ。ああ、これで私は醜い感情からやっと自由になれるんだって。庸介が死んだかもしれないことは本当に悲しかったけれども、実はそれだけじゃなかったの。これは私の正直な気持ちよ。あなたにしか話さない。これも結婚生活の一面なんだからわかってね。それで、克典さんと出会って、結婚するって決まった時、私は克典さんなら、嫉妬なんかしなくて済むと思って、心底安堵したの。克典さんに恋心を抱かないことが、私を救ってくれたのよ。克典さんも私と同じだと思う。私たちの間にあるのは、愛情のようなものだけど、少し違う。庸介に感じたような恋情ではない。だから、今は穏やかで、信頼もしていて、本当に幸せだと思っているの」

喋り終わって美波の目を見ると、酔った目許に知的な光が宿ったように見えた。

「つまり、それも私の知らない結婚生活だってわけね」

「うん、そうだと思う」

「じゃ、もし庸介さんが生きていたら、早樹はどうなの？」

「はっきり言って困る」

早樹の言葉に、美波が頷いた。

「よくわかる。やっと乗り越えたのに今さら、だものね」

「そう。私が考えていることを言うわね。それこそ、ただの憶測よ。信じなくてもいいし、一緒に信じてくれてもいい」

「どうぞ」

美波がまるでメモでも取りそうな、真面目な表情で、早樹の方を見遣る。

「私は幹太さんが、庸介に手を貸したんじゃないかと疑っているの。釣り部の中では、仲がよかったみたいだし、幹太さんにはそれができるだけの知識と船宿やレンタルボートの人脈があるでしょう。面と向かって訊いたけど、幹太さんは、自分がそんな危ない橋を渡るわけがないと誤魔化してた」

「確かに、幹太にメリットはないよね」

「ないけど、頼み込まれたらやるかもしれない。あるいは庸介がお金を積んだとか。庸介が遭難した時、彼の貯金はほとんどなかったの。どうしてないのか変だと思っていたけど、こんな騒ぎになると、いちいち思い当たるのよ。早くから準備していたんじゃないかって」

「他には何か、疑う材料がある？」

美波が真剣な顔で訊ねる。

「庸介のパソコンは、とうとうパスワードがわからなかった。大学では、パソコンが支給されていたけど、返還したし。携帯と財布はそのまま行方不明よ」

「免許証は？」

「お財布の中に入っていたんじゃないかしら。見ていない」

「でも、生きていても、今はマイナンバーがないと就職もできない時代よ」と、美波が唇を尖《とが》らせる。

「当時はマイナンバーもなかったけど、どうせまともな仕事には就けなかったでしょう」

早樹は頬杖を突いて言った。

「でも、マイナンバーを必要としない仕事も少なくはないのよね」と、美波。

早樹はワインで、口を湿らせてから喋った。

「幹太さんのことだけど、遭難した翌日に皆が三崎港に集まってくれたじゃない。その時、一人遅れてきて、校了で徹夜だったって言ってたよね。あれは本当だったのかどうか、美波は知らない？」

「覚えてるわ、その時のこと。幹太はすごく疲れていたね。あの時は、一緒に三崎に行こうという話になるかと思ったのに、幹太は会社にどうしても外せない用事があるということだった。だから、ばらばらに駆け付けたのよ。校了かどうかは、発行日とか決まっているんだから、調べればわかるんじゃない？」

「でも、もう『釣りマニア』は休刊したよ」

早樹はそう言って眉根を寄せる。八年も前のことだ。わからないことも多い。

「ねえ、美波。はっきり言って」と、早樹は美波の顔を覗き込んだ。「幹太さんが一枚嚙んでいると思わない？」

美波は首を傾げたままだ。

「あいつにそんな大それたことができるかな」

「でも、その後、幹太さんは変わったんでしょう？　美波と別れて船宿の婿になった。でも、船宿の経営にちゃんと噛んでいるとは思えないのよね。何かうまくいってないのがわかるの。すごい酒飲みになっているし」

「何があったのかしら。想像すると気持ちが悪くなる」

美波は、ざわつく胸を両手で押さえるような仕種をした。

「幹太さんは何も喋らないから、私、幹太さんの故郷に行ってみようかと思ってるの。確か新城市って言ってたよね」

「どうして？」

美波はさすがに驚いたようだ。

「だって、叔父さんが釣り堀か何かをやっていると言ってたから、釣りと関係しているところなら、庸介も居やすいかなと思って」

「庸介さんが生きていると思っているのね」

「前は半信半疑だったけど、今はそう思っている」

早樹には、無言電話をかけてきた人物が、かつて愛していた男だという確信があった。

その理由は、感覚としか言いようがなく、言葉ではうまく説明できないものだ。

例えば、早樹が『もしかして、庸介？　庸介なの？』と呼びかけた時に、相手がまるで衝撃を受けたかのように、受話器をふっと遠ざけたのが感じられた。

そして、早樹の声を聞こうと耳を押し付ける気配や、受話器をぎゅっと握り締める微かな音など、心の動きによって掻き回されて微動する空気が、電話越しに伝わってきたように思えたのだった。

「しかし、わざわざ、そんな面倒なことをするかな。もし、早樹と別れたいのなら、離婚すればいいだけじゃない」

「そうなのよね」

死を偽装するほど、自分と別れたかったのかと辛く思ったが、確かに割に合わない。となると、生存説は薄くなる。

「例えばね、うっかり落水したところに、たまたま船が通りかかって助けられたとするよ。でも、そのショックで庸介さんが記憶喪失とかになっているという可能性もなきにしもあらずじゃない？」と、美波が続けた。「最近、記憶が蘇《よみがえ》って、その記憶を辿ってあちこちに出没しているのかも」

「あり得ないよ。だって、船が帰ってこないって、レンタル屋さんが届けたから、大捜索になったんだもの」

美波は自説の現実味のなさはわかっている、と言わんばかりに肩を竦めた。

「言ってみただけだよ」

インターホンが鳴った。

「お鮨が届いたみたいね」

早樹は勝手口に受け取りに行き、鮨桶をキッチンのテーブルに運んでから、書斎に様子を見に行った。

姿がないので寝室を覗く。果たして克典はベッドに横になって老眼鏡を掛け、ｉＰａｄを眺めていた。映画でも見ているのか。

「お鮨届いたわよ。一緒に召し上がる？」

早樹が声をかけると、克典が顔を上げずに言った。

「いや、後で食べるからいいよ。話が盛り上がっているみたいだし」

「ビールは？」

「いいよ」と、手を振る。

「すみません」

早樹はそっとドアを閉めた。早樹と美波が何について話しているかを知ったら、克典は仰天するだろうと心苦しく思った。

キッチンでは、美波が換気扇の下で加熱式煙草を吸っていた。白く澄んだ気体が換気扇に吸い込まれてゆく。

「ごめん、いい？」と、手にした加熱式煙草を指差す。早樹は頷いた。

「加熱式煙草にしたの？」

「時代の趨勢《すうせい》には敵《かな》わないよ」

美波は加熱式煙草を吹かして、ひと息吐いてから言う。

「さっきの続きだけど。仮に、庸介さんが身を隠すために、遭難を偽装したとするよね。でも、最近ちらちらと目撃されたり、早樹や加野のお母さんに無言電話をかけてきているとしたら、今はそのことを後悔している証《あかし》かもしれないよ」

早樹は答えずに首を傾げながら、エアコンのリモコンを手に取り、温度を上げた。陽が落ちた途端に、部屋が冷えてきた。

「早樹はそう思わないの？」

庸介は後悔しているというより、不幸の最中にあるのではないかと早樹は思う。

あまりに不幸せで、どうしたらいいかわからず、彷徨しているような不安定な状態にあるのではないだろうか。

「ところで、早樹は新城市に行くと言ってたけど、その根拠は何なの。幹太がただ思い出を語っただけじゃない」

美波が加熱式煙草をポーチに仕舞いながら訊ねる。

「私は幹太さんがヒントをくれたように感じたの」

「考え過ぎじゃね？」

美波はにべもない。

「そうかもしれないけど、何か唐突だったから気になっているの。口にはできないから言わないけど、何か伝えたかったのかなって」

「いつ行くの？　もう師走だよ。釣り堀ってやってるのかしら」

「さあ、やってるのかどうかもわからないけど、ともかく行ってみるだけ行ってみようと思ってる」

早樹は自分に言い聞かせるように呟いた。

「じゃ、ここに来たついでだから、あたしは幹太の店を見に行ってみようかな」

美波が億劫《おっくう》そうに言う。

「だったら、携帯に電話してみたら？　幹太さんは、美波のことを後悔してると思う」

早樹には確信がある。幹太は何かをとても悔いていて、その悔いを大きな体に溜め込んでいるのだ。

「後悔先に立たずよ。こっちだって、何を今さらって感じ」

言葉は威勢がいいが、美波の表情は冴えなかった。まだ迷っているのだろう。

「いいじゃない。人間、間違うことだってあるんだから、力になってあげなよ。あのまま放っておいたら、幹太さん、病気で亡くなってしまうかもしれないわよ。奥さんとも仲が悪いみたいだし」

「それも自業自得じゃない」

ふて腐れたように言う。

「そんなこと言わないで、電話してあげて」

「ねえ、どうしてそんなに幹太を庇《かば》うの？　もしかしたら、庸介さんを手助けしたかもしれないのに」

美波が、加熱式煙草を入れたポーチに手を伸ばしながら、不満そうに言った。

「そうなんだけど、何だか気の毒だったのよ」

幹太の荒廃を見たから、庸介も今、不幸なのではないかと想像してしまう。

庸介、幹太、美波。釣り部でも仲がよかった三人は、どこか地続きで不幸せな気がした。

「わかった。帰りに電話してみる」

今ここでしたら、と言おうとしたが、美波には美波の矜持《きょうじ》がある。自分の出る幕ではないと、自重する。

「美波、ちょっとつまない？」

鮨を勧めると、美波は軽く頷いただけで、また加熱式煙草を手に換気扇の下に行き、スイッチを入れた。

換気扇が回って冷たい外気が入ってくる。早樹は潮の香を感じ取った。

「早樹、下の娘さんの件、どうした？」

美波が加熱式煙草を吹かしながら訊く。

「真矢さん？　最近、更新がないのよね。だから、チェックしていない」

「もしかすると、身許がばれたんじゃないのかしら」

「どういうこと？」

早樹はぎょっとして、美波の顔を見た。

「最近、ネットの身許調べを趣味にしている人がいるのよ。意外と簡単にできるらしいよ。特に真矢さんのブログって、いかにも興味を引く内容でしょう。金持ちの父親と、不幸そうな娘の軋轢《あつれき》に加えて、若い義理の母親の存在。あなたがいかにも悪者みたいに書いてあるから、ワイドショー的じゃない。ネットって誰が見てるかわからないから、本当に怖いのよ。真矢さんは無防備過ぎると思って、ひやひやしていた」

「それは私も思ってた。克典さんに言ったけど、真矢はどうせ言うことを聞かないからと、困っているみたい」

「早樹も大変ね。新婚さんなのに、悩むことばかりじゃない」

美波に同情されて、早樹は苦笑した。

「本当にそうね。まさかこんなことが同時に起きるとは思わなかった」

美波がブラインドを指先で開いて、外を覗いた。

「真っ暗だね。この先に広い海があるって怖くない？」

「もう慣れたわ。月の出ていない夜なんか、海が黒くて怖かった。あと海鳴りは嫌。いかにも不吉な前兆みたいな気がするのよ。海鳴りの後は天気が崩れやすいんだって」

「なるほどね」美波は加熱式煙草を吸い終えて、ポーチに仕舞いながら顔を上げた。「ところで、庸介さんが事故に遭ったのって、十月だったわよね。確か中頃だったね？」

「十六日の金曜。毎年、この時期は嫌な気持ちになったけど、今年だけはさすがに違ったわ。生きているんじゃないかと思ったら、遭難のこと忘れちゃったもの」

「そうね。あの時のことを吹っ飛ばすほどすごい話よね。海に出て一生懸命捜したあたしたちも何だったんだ、ってことよね」

「本当に申し訳ないよね」

顔見知りの釣り宿の人や、釣り人にも心配をかけた。自分のボートで何日も捜してくれた人もいたのだ。

「結局、お葬式はしたんだっけ？」

「死亡が認定された時に、お義母さんがどうしても区切りを付けたいと言って、葬儀をしたの。でも、お坊さんを呼んで、お経を上げてもらっただけの形式的なものよ。私はその前から克典さんと暮らしていたから、その報告をしたら、お義母さんは気に入らなかったみたい」

菊美は『もう同棲しているの』と、さも不潔なものを見るように言ったのだった。

「お墓はどうしたの？」

「お義父さんがその前に亡くなっているから、そこに入ったのよ」

「そうか。それにしても、いったい何が起きてるんだろうね」

美波が自分の思っていることを代弁してくれたと、早樹は思った。

「美波から幹太さんに訊いてきてよ」

だが、その返答はなかった。

3

結局、美波は七時近くまでいて、タクシーを呼んで帰って行った。

その後、幹太に連絡を取って会うことにしたのかどうか。ワイングラスや醤油の小皿などを洗いながら、早樹はメールして確かめたい衝動と戦っていた。

「お客さん、帰ったの？」

ひと眠りしたような顔で、克典がキッチンに現れた。

「今さっき、帰った。引っ込ませちゃって、ごめんなさいね」

「いいよ、いいよ。ずいぶん喋っていたものね。何話してたの？」

「いろいろ」と、早樹は誤魔化した。

克典は冷蔵庫を開けて、缶ビールを取り出した。早樹の顔を見て訊く。

「早樹も飲むかい？」

美波に付き合ってさんざんワインを飲んだ早樹は、首を振った。

「もう充分。私はお茶でいいわ」

テーブルに着いた克典が、美波の鮨桶を覗いて言う。

「あんまり食べていないね、あの人は。痩せてるものな」

「美波はお酒が大好きなのよ。飲みだしたら、あまり食べない」

幹太と一緒だ、と思う。付き合っていた頃、二人はさぞかし気が合ったに違いない。

「頼もしいねえ」克典はそう言って笑った。「弁護士さんだし、何かあったら相談もできるだろう」

早樹はふと真矢のことを思い出した。

「克典さん」と呼びかけて、夫の顔を見る。

「何？」

缶ビールに直接口を付けた克典が、早樹に顔を向けた。

「真矢さんのことだけど、最近、ブログの更新してないじゃない。まさか、身許がばれたということはないのかしら。美波から聞いたんだけど、最近は結構調べる人がいるらしいから、心配になったの」

克典が頷いて、白髪頭を掻いた。

「そのことだけど、早樹に話しておかなきゃと思ってたんだよ。別に隠していたわけじゃない」

湯を沸かそうと立ち上がった早樹だったが、座り直した。嫌な予感がした。

「何があったの？　教えて」

早樹は、自分の顔色が変わるのがわかった。

克典は両手を挙げて「まあまあ」と、早樹の動揺を抑えるような仕種をした。

「実は金曜に、会社の人間と話したんだよ。ある中傷サイトに、『マイヤ』の父親を捜せ、というような書き込みがあったらしい。中に、ユニソアドの社長の話じゃないか、と特定した人物がいたんだって。娘は二人いて、一人は未婚、何年か前に妻を亡くしたって、割に詳しく書いてあったらしい。だけど、その人物も、僕らの再婚までは知らなかったようだ。もっとも、僕は確かめてないからわからないけどね」

克典はネットにおける噂話や悪口の類《たぐい》は大嫌いで、その手のサイトは覗いたこともないらしい。

「『マイヤ』って、真矢さんのブログの『マイヤ』？　そんなに有名なの？」

克典が頷いた。

「そうらしい。誰かが気が付いて面白がり、皆で推理を始めるんだと。ブログに書かれたキーワードから、あれこれ拾っては、めぼしい人間を捜すんだって」

さっき美波から聞いた話と同じだった。

「それで『マイヤ』の父親が克典さんだって、わかったってこと？」

「いや、わかったと言ったって、別に根拠を示せたわけじゃない。一人がそういう推理をしたということだ」

「怖ろしい」

思わず早樹は呟いた。美波が懸念した通りに、現実は動いている。

「怖ろしくなんかないよ。真矢のブログに書いてあることは、真実じゃないんだから」

克典が真剣な顔で宥めた。

「真実じゃないから怖いんじゃない」

「逆だ。真実じゃないものは怖くないよ」

克典は議論になると頑固だ。

「でも、真実じゃないと知っているのは、私たちだけかもしれないのよ。それにブログに書いてあった、あなたと真矢さんの軋轢は、あながち嘘ではないでしょう？」

「あくまでも、真矢の勝手な思い込みだけどね」

しかし、真矢はこう書いているのだ。

父親は、糟糠《そうこう》の妻を見殺しも同然に死なせた上で、実の娘をネグレクトする残酷な人間で、その後妻は歳が離れており、財産目当てで結婚した、と。

自分たち夫婦が、その辺に転がっているような安っぽい物語になっていることに、どうにも耐えられない。

「どうしたらいいの」

「僕たちは、毅然として生きていくしかないよ。後ろめたいことなんて、何ひとつないのだから」

珍しく克典は強い口調で言った。

「あなたの言っていることは正しいけど、理想論だと思う。現実は厳しいものよ。みんな正邪なんか確かめずに、噂をそのまま信じているじゃない」

早樹は、自分がどうしてこんなに感情的になっているのだろうと訝しく思いながらも、やめることができなかった。

「みんなって誰のことだ」

「世間よ」

「世間なんてどうでもいいじゃないか。僕はそんなものと関わり合わなくても、幸せに生きていける」

「だからって、真矢さんを言いたい放題にさせておくのはおかしくない?」

真矢に好き勝手に断じられた悔しさが蘇って、鼻の奥がつんとした。どうして克典が、真矢を止めないのかわからない。

「放っておいてはいないよ。何度もやめろと注意した。でも、聞き入れないのだから、どうしようもない。馬鹿な娘だが、それでも僕の子供なんだから、甘んじて受け入れるしかないだろう」

「私も同罪だってこと?」

「罪だなんて、誰も言ってないよ」

驚いたように克典が肩を竦めた。

「いいえ、あなたは親であることの罪を背負っているように見える。それは後妻の私も背負うべきことなの？　真矢さんの義理の母親だから？　でも、どう考えても理不尽だと思う。こんな騒ぎになっているのだから、真矢さんは、全部削除すべきだわ。削除してもらうように頼んでください」

「真矢は、最初から炎上を目的としていたんだろうから、削除する気はないよ、きっと」

美波とワインを飲み過ぎたせいだろうか。その弁を聞いているうちに、早樹は無性に腹が立ってきた。

「そんなの絶対におかしいと思う。どうして私たちが貶められるの。さっきも美波が、私があなたと再婚して安楽な道を選んだっていうから、口喧嘩したところだったの。私はむしろ、茨《いばら》の道を選んだのかもしれない。あなたと暮らすのは楽しいけど、二人のお嬢さんは私に冷たいし、こんな中傷が待っているなんて思ってもいなかった」

話しているうちに激して、涙が溢《あふ》れてきた。

「早樹、大袈裟だよ」

克典が不快そうに窘《たしな》めた。

「大袈裟じゃないわ。あなたが私の気持ちを知ろうとしないだけよ」

「そんなことはない。たかがネットじゃないか。フェイクばかりだ」

克典が冷徹な口調で言うので、ますます腹が立った。克典とこれほどまでに口論したのは、初めてだった。

「ネットが一番怖いじゃない。あなたは知らないだけよ」

「知ってるよ」

「あなたが知ってるのは、古き良き時代でしょう。今は違う。ネットの噂は誹謗と中傷ばかり。匿名で書くから質《たち》が悪いの。卑怯者の巣窟よ」

眉を顰めて聞いていた克典が、ゆっくりと缶ビールに口を付けた。

「温《ぬる》くなった」と、低く呟いてから顔を上げた。「じゃ、どうすればいいんだ」

「真矢さんを止めて」

克典はしばらく返事をしなかった。

「早樹、どこの家だって問題があるんだよ。早樹の実家は幸いにして何もないね。それは極めてハッピーなことだ。でも、早樹の最初の結婚は、辛いものに終わったじゃないか。そして今だって、庸介さんのお母さんに付き纏われている。他人からは窺い知れない、とんでもない問題をみんな抱えているんだよ」

「付き纏われている」という言葉に、早樹は反発した。

「加野のお母さんは、別に付き纏ってなんかいないわ」

「いや、僕にはそう思える。なぜか早樹に固執している。亡くなった息子の嫁なんだから、自由にしてやればいいのに、おかしいよ」

二百万もねだられたことを思い出しているのか、克典は苦い顔をした。

「そのことは、本当に申し訳ないと思っているけど」

早樹が言おうとすると、克典に遮られた。

「いや、申し訳ないなんて思う必要はないよ。早樹は僕の妻なんだから、引き受けるよ。だから、真矢のことも同じだと言いたいんだ。僕と結婚した以上は、真矢のことも全部引き受けてくれないか」

早樹は、克典に異を唱えた。

「真矢さんがやっていることは、加野のお母さんがやっていることと違うと思う。自らネットに話題を提供しているのよ。それも悪意から」

「それは、もう放っておくしかない」

「どうして？　あなたの言うことがわからない。なぜ止めないの」

早樹は激しく頭を振った。

「いいかい、自分のやったことは、ブーメランのように自分に返ってくるんだ。それを真矢が引き受けていくことを思うと、僕は哀れで仕方がない」

「克典さんて、いい父親だったのね」

早樹は、克典に強い父性を感じて、つい厭味を言ってしまった。真矢は早樹と同い年だ。

「いい夫以上にってことかい？」

克典が冷静に訊ねる。

「そうは言ってない。でも、やはりいいお父さんなんだと思った。娘たちとの関係はうまくいってないみたいだけど」

「早樹のうちはうまくいってたからね」と、克典が苦笑いをする。

「私は、あんな風に他人を中傷する娘は持ちたくないと思っているだけよ。あなたみたいに、いい親にはなれないという意味」

そう言い放って、早樹は立ち上がった。これ以上、口喧嘩をする元気もないし、酔っていた。さっさと寝てしまおうかと思う。

「ごめんなさい。言い過ぎた」

そう言って立ち去ろうとした時だった。

「早樹、真矢はもう更新しないから、大丈夫だよ」

早樹はどういう意味かと克典を見遣った。

「じゃ、削除して」

「削除もできないんだよ」

克典が早樹を見上げて言った。

「どういうこと？」

心の中がひやりとした。

「さっき智典から報告があったけど、真矢は自殺未遂をして、命はとりとめたものの、意識が戻らないんだ」

早樹は驚きのあまり、立ち竦んだ。

「どうして」と、言ったきり、言葉が引っかかったみたいに出てこなくなった。咳払《せきばら》いをしてから、もう一度ゆっくり訊ねた。「どうして、どうしてそんなことになったの？」

「さあ」と、克典が放心している人のように、部屋の隅を見ながら早樹の言葉を繰り返した。

「どうして、そんなことをしたんだろうね」

「克典さん、それ、いつのこと？」

「昨日の夜だそうだ。今日知らされた」

昨日は幹太の店に行き、ヨガのクラスに間に合わなかった。真矢に会うために入ろうとしたのに。

「どうして早く教えてくれなかったの？」

そうは言っても、早樹は美波と話し込んでいたから、言いだしにくかっただろう。また、簡単に立ち話で済ますような話題ではなかった。だから克典は、真矢に関していつも言わないようなことを言ったのかと思い至る。

早樹は急に体に力が入らなくなった。崩れるように、また椅子に座る。

「あなたの機嫌がよかったから、そんなことになってるなんて知らなかった」

「機嫌がよかったわけではない。何か早樹たちが眩《まぶ》しかったんだ」

それで「若い人がいるといい」と言ったのかと思い出す。真矢のことを思っていたのだろう。

「今日マリーナにいたら、智典から電話があって、真矢のことを知らされた。ショックだったね。あの子は、危ういとは思っていたが」

「智典さんはどうして知ったの？」

「真矢には、付き合っている男がいるらしいんだ。その人から、智典に連絡があったって。智典は僕に電話をくれた後に、病院に行って報告してくれることになっていた。それを待ってたから、帰りが遅くなったんだよ」

早樹は意気消沈して謝った。

「ごめんなさい、酷いことを言って」

「いいよ、真矢が悪いんだから」

「自殺はブログのせいなの？」

「さあ、違うだろう。男との間でも何か揉めていたらしい」

克典が空になった缶を脇に置いて、立ち上がった。早樹はいち早く冷蔵庫の奥から冷えた缶ビールを取り出して、克典の前に置く。克典がビールに口を付けて呟いた。

「冬には冷たいな。どうしてビールなんか飲んでいるんだろう」

急に頭痛がしてきた。早樹はこめかみを揉みながら、克典に訊ねる。

「今日これから、真矢さんのところに行かなくていいの？」

「明日行こうと思ってる。今日は智典が行ってるし、駆け付けたところで、金を出すくらいしか、僕にできることはない」

こういう克典の合理主義が、真矢には冷酷に見えたのだろうか。一度会ってみたかったのに、真矢は遠のいていく。

ブログのパスワードは容易に解けないだろうから、「マイヤ」のブログは、永遠にネット空間に漂うことになるのだろうか。まるで悪意の慰霊碑のように。

そこでは、克典は悪い父親として、早樹は欲深な後妻となって留まり続けるのだ。

「真矢さん、もう治らないの？」

早樹は小さな声で訊いた。哀れでならなかった。

「さあ、何とも。それも、明日詳しく訊いてくるよ」

克典も、早樹に話しているうちに実感が湧いてきたのか、次第に暗い表情になる。

「心配ね」

「うん」と、克典が頷いた。「悪夢なんか見ていなきゃいいね」

翌朝の九時過ぎ、長谷川園の庭師たちが到着した。克典は智典と話して、真矢の病院へは午後に向かうことに決めたらしい。普段通り、長谷川と一緒に庭に出ていった。

小春日和の暖かな陽射《ひざ》しを受けて、長谷川と庭のあちこちを歩いている克典は、平穏ですこぶる満足そうに見える。

早樹は、優子にどんな様子か詳しく訊いてみようと思った。ちょうど、その矢先、当人から電話があった。

「もしもし」と、早樹は勢い込んで出た。

「早樹さん、聞いた？」

優子は単刀直入だ。挨拶など飛ばして、いきなり用件に入った。

「聞きました。大丈夫なのかしら？」

「命に別状はないけど、まだ意識が戻らないんだって」

「何があったんでしょう」

「原因はよくわからないけど、首を吊ったらしいの」

首吊りとは意外だった。

「私はてっきり睡眠薬を飲んだのかと思っていました」

「今時の睡眠薬は百錠飲んだって死ねないらしいわよ」優子がさばけた口調で言う。「逆に苦しいだけだって。首吊りはそれよりずっと致死率が高いらしいの。でも、紐が切れて助かったのよ」

「意識がないって聞いたけど」

「でも、回復するかもしれないし、わからないわよ」

「回復してほしいです」

早樹は心から言った。後味が悪かった。

真矢には、一刻も早く目を開けてほしい。悪夢から醒めてほしい。そして克典と関係を修復して、早樹を認め、あのブログを自ら削除してほしい。今より幸せになってほしい。

だが、『危うい』と克典が心配していたように、真矢は渡ってはいけない橋を渡り、向こう岸に着く前に奈落に落ち込んでしまった。

『それを真矢が引き受けていくことを思うと、僕は哀れで仕方がない』と言った克典の心境がよくわかるだけに、早樹は何とも遣り切れないのだった。

しかし、中学・高校時代から真矢をよく知る優子は、真矢に批判的で、歯に衣着《きぬ》せなかった。

「今回は、ほんとにびっくりしたわ。真矢ちゃんにそんな度胸があるとは思わなかったもの。いつも、他の子よりも自分を認めてほしいだけの子なのよ。自殺って究極の承認欲求だと思うけど、死んだら終わりじゃない？」

「でも、意識がないだけで、命に別状はないんでしょう」

「命に別状はないと言っても、この先、意識が戻らなかったら、植物状態になるかもしれないと聞いたけどね」

優子はさすがに暗い声で言う。

「可哀相だわ」

早樹が低い声で呟くと、優子がその呟きに被せるように言った。

「真矢ちゃんだけじゃない。みんな可哀相よ、家族全員が可哀相。希望があるならいいけど、この先、どうなるかはわからないのよ」

語調は威勢がいいが、電話の向こうで啜り泣いているようでもある。

「智典さんには、どういう経緯で連絡があったの？」

早樹は話を変えた。

「昨日、智典さんはゴルフだったのよ。接待とかじゃなくて、友達とだったから途中で抜けられたんだけど、びっくりしたらしいよ。突然、真矢ちゃんから電話がかかってきて、出たら、知らない男の人なんだって。それも、結構年配だって言ってた。その人が、真矢ちゃんの電話からですみませんって謝って、真矢ちゃんが自殺未遂をして救急車で運ばれたんですって言ったから、動転したらしい」

「克典さんには、かかってこなかったのよね？　どうしてかしら」

優子が即答した。

「真矢ちゃんは、お義父様の連絡先なんて、携帯に入れてなかったみたいよ。家を出た時に削除したって言ってたらしい。だから、いきなり智典さんにかかってきたの。その人は、うちの主人が兄で、ユニソアドの社長をしているということは、聞いて知ってたのよ」

「付き合っている男の人がいるって聞いたけど、その人のこと？」

「そうみたい。智典さんから聞いたところによると、どうやら真矢ちゃんが勤めていた税理士事務所の税理士さんらしいの。その人は奥さんがいて、そっちで揉めてたみたい。これもびっくりなのよ。あの真矢ちゃんが不倫できるなんて、思ってもいなかった」

「どうして」

早樹の質問に、優子は苛立った風に答えた。

「だって、真矢ちゃんって、融通の利かない人なのよ。誰からも認められたいと思って、変なことしちゃうのに、芯はクソ真面目なの。だから、いつも心はあっちとこっちと、正反対に乱れてる。不倫なんかしたら、情緒不安定になるに決まってるよ」

真矢が、ブログに克典や早樹の悪口を書いたのも、人間関係に対する不満のはけ口だったとでもいうのだろうか。

「それで、仕事も辞めちゃったのかしらね」

早樹が呟くと、優子が同意して知っているかのように言い切った。

「そして、すべてに行き詰まったのよ」

「それも可哀相。何だか孤独な感じ」

「まあね」

「真矢さんは仕事もしないで、毎日何をしてたのかしら」

「お義母様の遺産を相続しているから、毎日ブログのオフ会とかで忙しかったんじゃないの」優子が少し意地悪な口調になった。「コメント欄読んだら、結構人気者だったみたいじゃない。変な人ばっか集まってきてる感じだったけどね。でも、早樹さんみたいに、書かれる方の身にもなってみなさいって感じよね」

その時、克典が庭から母屋に戻ってくるのが見えた。思いの外、優子と長電話をしていたことに気付き、早樹は断った。

「克典さんがそろそろお出掛けみたい。すみませんけど、また」

「はいはい。お義父様によろしく」

そうは言われても、真矢の話を、優子と長々と話していたと思われるのは嫌だったから、早樹はジーンズの尻ポケットにスマホを滑り込ませた。

早樹は、克典を出迎えにリビングルームのガラスドアの前に行った。

「そろそろ時間じゃない？」

「わかってる。あと三十分で車が来るから、着替えるよ。智典と病院で待ち合わせた」

克典の体からは、初冬の外気の匂いがした。思わず眼下の海に目を遣ると、好天のベタ凪《なぎ》のせいか、月曜なのに、ヨットが何艘も沖に出ている。

「お昼はどうなさるの」

「あっちで智典と食べるよ。警察が話を聞きたいと言っているから、どうなるかわからない」

「警察？」

驚いて訊き返した。

「自殺未遂だからね。一応、事件性がないかどうか調べるんだろう」

早樹は溜息を吐いた。

「自殺って大変なことなのね。私も行かなくていいのかしら」

「早樹はいいよ」と、克典に両手で押し止められた。

「じゃ、何かあったら、電話ください」

「心配しなくていいからね」

克典が優しく言った。早樹が昨夜の言い争いを悔いていることに気付いて、慰めているのだ。克典に比べて、自分は何と未熟なのだろう。早樹は恥ずかしかった。

慌ただしく着替えを済ませて、迎えの車に乗った克典を見送った後、早樹はしばし放心した。何もなければ、美波に、幹太と再会したかどうか訊いていたかもしれないのに、これまで心を塞いでいた庸介や釣り部のことなど、今はどうでもよかった。

昼時、長谷川たちが庭から引き揚げてきて、外の水道で手を洗っている。

「どうも、お世話様です」

早樹は陽光の眩しさに目を細めながら、庭に出て長谷川に挨拶した。

「今日は、いいお天気ですね」

長谷川がタオルで手を拭って嬉しそうに言った。長谷川はいつも憂いなく、幸せそうに見える。

「お弁当だったら、お茶を淹れますけど」

「いや、今日はラーメン食いに行きますから、結構です」

長谷川がそう言って、他の二人を見遣った。

アシスタントら二人は、愛想よく目顔で早樹に挨拶する。

「そうですか、では、お帰りになったら、お声をかけてください。コーヒーでも淹れますから」

長谷川が礼を言った後、「奥さん」と呼びかけた。早樹が振り返ると、白い歯を見せて笑った。

「一昨日、ヨガにいらっしゃらなかったそうですね」

「そうなの、すみません。ウェアをまだ買ってないので、何だか気後れしちゃったんです」

言い訳しながら、真矢が来ないのなら、行く必要がないと思い始めている。真矢と会えなくなったことに、殊《こと》の外、落胆している自分に気付いた。

「一昨日だけど、真矢さんがちょっと顔を出したらしいですよ。だから、うちの奥さんが残念がってね。早樹さんがいらしてたらよかったのにって」

言葉もなかった。真矢は、菜穂子に別れを告げに来たのだろうか。

ついでに、母衣山にも寄ったかもしれない。自分の家なのに、塀の外から母衣山の家を眺めている真矢の姿が想像されて、悲しくなった。

「それは残念でした。菜穂子さんに謝っておいてくださいね」

「ええ。お待ちしてますよ」

長谷川は屈託ない様子で言うと、アシスタントと若い衆を連れて、庭から出て行った。

夕方、疲れた様子を表情に滲《にじ》ませて、克典が帰宅した。

「気温が下がってきたね」と、少し青い顔で言う。

「そうね。寒くなったわ」

早樹は早く真矢の状況を聞きたかったが、克典に合わせて黙っていた。

夕暮れが早くなり、長谷川たちはすでに片付けに入っている。あと二十分もすれば、外は真っ暗になるだろう。

急に寂しさと心許なさが募って、早樹は家中の照明を点けて回りたい衝動に駆られている。

「あっちで話そうか」

克典がキッチンの方を指差した。美波と同じく、ダイニングテーブルで向かい合って話したいのだろう。

「温かいお茶でも飲む？」

「いや、酒を飲みたいな。ワイン飲もうか」

克典が寝室に着替えに行っている間に、早樹は赤ワインとグラスを用意した。

「奥さん、暗くなったので、もう失礼します。塩崎さんによろしくお伝えください」

長谷川がガラスドアを開けて、キッチンにいる早樹に向かって挨拶する声が聞こえた。

「はい、お疲れ様です」

早樹が慌てて顔を出すと、長谷川がパンフレットのような物を差し出した。

「これ、土曜のパーティの招待状です。忘れないで来てくださいよ」

「わかりました。ありがとうございます」

笑って受け取ったが、克典の話を聞きたくて気もそぞろだった。

キッチンでは、紺色のセーターとジーンズに着替えた克典が、ワインの栓を開けていた。

「長谷川君たち、帰った？」

「今帰りました」

早樹は答えて、テーブルに着く。克典がふたつのグラスにワインを注いでくれた。濃い赤が血のようで、早樹は一瞬目を伏せる。

「さて、どこから話そうかな」克典がそう言って笑った。「何だか今日は盛り沢山で、えらく疲れたよ」

「真矢さんの具合はどうなの？」

「ああ、僕は希望を持ったね。完全に意識がないわけじゃないと思うんだ。少し反応しているんだよ。目を時々開けてたし、アイコンタクトも取れないわけじゃない。ただ、どの程度意識があるのかはわからないらしいんだ。でも、それが信じられないほど、僕の目をじっと見るんだよ。それを見てたら、植物状態は避けられるんじゃないかと思った」

「お医者様が仰ったの？」

「いや、親の勘だ」

親の勘。今まで克典が一度も言ったことのない言葉だった。

早樹は思わず克典の顔を見た。克典はワイングラスを見ているようで、その先をぼんやり眺めている。

「それはよかったわ」

「でも、何らかの障害が残る可能性もあるって」

「だけど、亡くなったり、植物状態になったりするよりはずっといいじゃない。どんどんよくなるといいわね」

「本当に」と、克典が嘆息した。

「ところで、警察はどうだったの？」

「そのことだけど、何だかおかしな話でね。警察は狂言自殺に失敗したんじゃないかと見ているんだよ。なぜなら、真矢は、これから自殺するって、相手の男にＬＩＮＥを送ってるんだよ。それで、その人が慌てて駆け付けてきたのを確認してから、椅子を蹴って首を吊ったんだって」

それは当て付けということで、狂言自殺ではないのではないかと思ったが、早樹は黙っていた。

「相手の人って？」

「真矢が勤めていた税理士事務所の税理士だ。田辺とかいったな。もう六十歳になる男で、孫がいるんだよ。真矢があんな男と付き合うとは思わなかったな」

克典が呆れ顔で言った。今まで関心のなかった娘が、急に近しい存在になっているようだった。

「田辺さんて人も困ったでしょうね」

「困っただろうね。『申し訳ないことをした。面目ない』って、しきりに謝っていたけど、娘と言ったって、立派な社会人のしたことだし、狂言と決め付けられたら、こっちが謝る方でもあるわけだ。うっかりしたことを言って、揉めてしまって、田辺さんの機嫌を損ねても困る。田辺さんの周辺から、変な噂が立たないとも言えないしね。その辺の案配が難しいと、智典も言ってた」

会社のスキャンダルになるのを怖れているのだろう。創業者一族の娘が不倫した挙げ句、狂言自殺しようとして失敗した話になる。しかも、その娘は父親を告発する文章をブログに書いているのだ。週刊誌が喜んで食い付きそうだった。

克典ははっきり言わないが、智典と対策を講じてきたのは間違いなかった。しかし、その内容を早樹に教えてくれることはない。今回もいろんなことが秘密裏に行われるのだろう。

「こんな時に悪いけど、ブログのこと訊いていい？　真矢さんが何もできない時はどうなるのかしら」

早樹が思い切って訊ねると、克典はワイングラスに口を付けたまま、しばらく何も言わなかった。

「その対策は考えてるよ。会社が黙って見ているわけにはいかないからね。ただ、早樹にその報告はいちいちしないよ。いや、しないというよりできないんだ」

「どうしてできないの？」

面倒なことになったと思いながら、早樹は克典に訊いた。

「もう、会社の案件にしたからだよ。弁護士が担当する」

事実無根の中傷をされている、とプロバイダーに削除要請をするのだろうか。会社からなら、容易にできるかもしれない。

「真矢さんのことが、会社の人に知れてしまうわね」

「仕方がないよ。人騒がせで、本当に馬鹿な娘だけど、生きていてくれてよかったと思っている」

克典は、低い声で早口に言った。

「ええ、本当によかったわね」

早樹は、土曜日に菜穂子のヨガ教室に行って真矢に遭遇していたら、自分は真矢を思い止まらせることができただろうか、と考えている。自暴自棄になればなるほど、人は孤独の檻《おり》から逃れられなくなる。

「真矢さんは今、お父さんを必要としているんでしょうね」

克典は首を傾げて考えている様子だったが、早樹の方を見遣った。

「早樹はどう？　実家のお父さんを必要としたことはあるかい？」

「そうねえ。もう、そんな歳じゃないし、それに」と、言いかけてやめる。

「それに、何？」

克典がその先を促した。

「一度結婚して、他人というものを知ってるからかしら。親だって救えないことがあるってわかっているもの」

夫は他人だ。他人は親とは違う。欺《あざむ》き、裏切ることだってある。早樹はそこまで言わなかったが、克典には通じたのか、黙って何度も頷いた。

「厳しいね。でも、庸介さんはいい人だったんだろう？」

「ええ、とても」

庸介が自分を裏切り、生きているかもしれないとは言えなかった。早樹は、自分の方が孤独の檻に閉じ込められそうな気がした。

「真矢が退院できたら、うちで一緒に住もうと思っているんだけど、いいかな？」

克典が遠慮がちに訊いた。

「ええ、それがいいと思います」

早樹が即座に同意すると、克典が初めて安堵の表情を見せた。父親の顔は、夫の顔よりも弱いと早樹は思った。

4

真矢は、自殺未遂から三日目には目を開けて、四日目には意識も戻った。だが、問いかけに対して、聞こえている素振りを見せないという。また、始終ぼんやりしていて、反応が思わしくないということだった。

そんな折にパーティでもあるまいと、早樹は「海聲聴」の彫刻家の祝賀パーティを欠席することにした。

熱心に誘ってくれた長谷川夫妻を落胆させてしまったが、何も知らない菜穂子から真矢の話を聞くのが辛かったし、嘘も吐きたくなかった。

いずれ真矢が退院したら、母衣山で暮らすことになるのだから、長谷川たちにも、真矢の状況は知られることになるだろう。

克典はほとんど毎日のように、真矢の入院している東京の病院まで出向いて世話をしていた。

早樹が見舞いに行きたいと言っても、「あの子はまだ、早樹には会いたくないだろうから、もうちょっと落ち着くまで待ってやってくれ」と制された。

心労と忙しさからか、克典はあまり庭に出なくなった。二人で外食に出掛ける機会も激減している。豊かで平穏だった克典との暮らしは、少しずつ変容しつつある。

美波から電話があったのは、師走に入って一週間も経った頃だった。

「こんにちは。今いい？」

「久しぶり。うちに来て以来ね」

「ねえ、真矢さんのブログ、いつの間にかなくなっているね。塩崎さん、どうやって説得したのかしら」

美波は、いきなり真矢のブログを話題にした。

「あら、そう？　私は最近見てないから、知らなかった」

克典から詳しい報告はしないと言われているから、すでに解決したのだろうと、思っていた。

「ずいぶん暢気だね。あんなに気にしていたのに見てないの？」

「実は、克典さんの会社が削除依頼したようなの。だから、間違いないと思って」

「今頃、削除依頼？　遅いんじゃないの」

美波が呆れたように言う。

「美波が心配してくれたように、やっぱり身許がばれたんだって。それで会社も動かざるを得なかったみたいなの」

「ああ、やっぱりそうか」と、美波。「危ないと思ってたんだ」

「実はあの後、いろんなことが起きてね」

早樹は仕方なく、真矢の自殺未遂を美波に伝えた。案の定、絶句している。

「一難去って、また一難か」

「だけど、取り返しのつかないことにならなくて、本当によかったと思っているの。克典さんもほっとしてる」

「命を取りとめたのはいいけど、後遺症とかは大丈夫なの？　首を吊った後は、結構大変だって聞く」

「意識は取り戻したのよ。でも、ちょっと調子が悪いみたい。ぼんやりしていて反応がはかばかしくないって、克典さんがとても心配している」

「脳をやられたら、何か後遺症が残るかもしれないね」

「詳しいわね」

「そういう事例がたくさんあるのよ」

「治るかしら」

「さあ、医者じゃないからわからない」と、美波は冷静だ。「しかし、早樹の結婚も、波乱含みだわね」

美波は急に同情的な口調になった。結婚について口論したことを思い出しているのだろうか。克典との結婚を、美波は『安楽な路線』と詰《なじ》ったのだった。

「そうね、思いがけなかった。でも、克典さんと結婚したからには、全部引き受けなきゃと思っている」

「えっ。つまり、あなたたちが真矢さんを引き受けるってこと？」

美波が大きな声を上げた。

「そうよ。克典さんの娘だし、行き場もないみたいだから、私たちが世話するの」

「大変じゃない」

「わかってる。でも、克典さんが引き取るって言ってるから」

「何とも不思議なことになったね。早樹にそんな運命が待っているとは思わなかった」

不思議。確かに、真矢との結び付きは、そんな言葉しか思いつかない。

父親とうまくいかなかった娘は、見えない傷を負って、父親の元に帰ろうとしていた。父親もまた、そんな娘を受け入れ、優しく世話をしようとしている。

では、妻の自分は、どう振る舞えばいいのだろう。年齢の違う夫との暮らしは、穏やかで安定し、何も案ずることはなかった。

まさか、折り合いの悪かった末娘と暮らす羽目になるとは想像もしていなかった。しかも、真矢は何か障害を負ったかもしれないのだ。気の毒に思う反面、正直なところ、うろたえる自分もいる。

「あたしなら、話が違うって離婚するな」

美波が言うように簡単にはいかない。そうわかっていても、この先どうなるのか。実は早樹も不安だ。

「そんなことできない」

早樹は曖昧に答えた。実際、今から考えても仕方がないことではある。

「塩崎さんに契約違反だって言ったら？」

早樹はさすがに苦笑した。

「契約なんかしてないもの」

「でも、子供たちとは同居しないのが条件じゃなかったの？　もし、同居することになっていたら、早樹は結婚しなかったでしょう？」

確かに、条件というほど明確なものはなかったが、自分と歳の変わらない子供たちとの同居は、まったく念頭になかった。

まして、克典は真矢とはうまくいっていないと常々言っていたし、真矢は未婚だが独立していたのだから、あり得ない話だった。

「ところで、あの晩、どうしたの？　幹太さんのお店に寄ったの？」

早樹は話を変えた。

「寄らなかった。だって、あの奥さんに会うの嫌だもの。あたしも酔ってたし」

「そうね。結構飲んだものね」

「でもね、昨日、思い切って電話してみたの」

その話をしたかったのか。ようやく美波が電話してきた理由がわかった。

「どうだった？」

「うん、どうってことなかった。おう、久しぶりって言われて、何だか、怒りやわだかまりが解けちゃった感じ。懐かしかった。それで、ちょっと近況を話したのよ。私が司法試験に受かったって言ったら、すごいねって喜んでくれた。でも、体調が悪いみたいで、近々入院するって言ってたわ。俺、もうじき死ぬからさ、会いに来るなら今のうちだよ、なんて笑いながら言うのよ。さすがに暗い気持ちになったわ」

しかし、禁じられたであろう酒を、あれだけ飲んでいるのなら、あながち冗談でもなさそうな気がする。

「庸介のこと、何か言ってなかった？」

「ごめん、訊いてない。どうせ、幹太のことだから、あたしが訊いたって、絶対に口を割らないと思ったの」

「そうよね」

言い訳めいて聞こえたが、庸介の「生存」は、美波の関心事ではないのだろう。早樹だと、新城市に行って確かめようとしたことは、真矢の一件で忘れていた。

「新城にはいつ行くの？」

美波の方から訊ねてきた。

「そうねえ。今は真矢さんのことがあるから、そっちの目処《めど》が立ってからかな」

「新城の叔父さんのことは、幹太が適当に言っただけかもしれないわよ。どうせ空振りに決まってるから、行くのやめたら？」

美波ははっきり言う。

「もし、美波が幹太さんに会いに行くことがあるなら、そのこと訊いてみてくれない？　なぜ新城市の話をしたのかって」

「会いに行ったらね」

友人には、どうしても意地を張りたいらしい。早樹は熱心に勧めた。

「行きなさいよ。本人が『会いに来るなら今のうちだよ』って言ってるんだから」

「でも、失望するのが嫌なのよ。すごい変わったんでしょう？」

「うん、別人みたいだった」

「それなら、いっそ失望した方がいいのかもしれないわね」

幹太を思い切るのに、という意味だろうか。突っ込んで訊いてみたかったが、早樹は遠慮して言わなかった。

そろそろ真矢の見舞いに行った克典が帰ってくる時間だ。早樹は、今度は自分から連絡するから、と言って美波との電話を終えた。

克典は自ら車を運転して、真矢の入院する東京の病院に日参している。

以前は、日常の買い物にも、克典が同行することが多かったが、病院に通うようになってからは、早樹が入れ替わりに車を使って、一人で行くようになった。

案の定、ガレージの開く音がする。早樹は、すぐに買い物に行くから、車をガレージに入れる必要はないと言いに表に出た。

運転席の克典と目が合うと、克典は早樹に微笑みかけた。真矢の病状に、何か明るい兆しがあったのかもしれない。それならどんなにいいだろうと、早樹も手を振った。

「道路に停めておいたままでいいかい？」

克典が車のウィンドウを開けて訊くので、早樹は頷いて道を指差した。

「ええ、すぐに買い物に行くから」

丘のてっぺんにある自宅の前の道は、上ってくる道路の終点のようになっている。見晴らしがよく、普段は車も滅多に通らない。

北風が強く吹く今日のような日は、他の場所よりも寒く感じられる。

早樹は、薄手のセーター一枚で出てきてしまったことを後悔しながら、最近、動作がやや緩慢になった克典が、ゆっくり車から降りてくるのを待った。

「ただいま」

克典が満足そうに微笑んだ。

「真矢さん、どうでした？」

「うん、もうじき退院できるかもしれない」

克典が明るい顔で答えた。

「よかった」

二人は並んで家に入った。

克典が重荷を下ろしたように、リビングのソファにどっと腰を下ろした。

「検査はどうだったの？」

「医者が言うには、異常はないそうだ」

今日は、神戸から亜矢もわざわざ見舞いに来ると聞いていた。智典も合流する予定になっていたから、病室はさぞ賑やかだっただろう。克典の機嫌がいいのも、久しぶりに子供たちが全員揃ったからかもしれない。

「亜矢さん、いらしたんですか？」

「うん、数日はこっちに泊まるんだって」

しかし、亜矢は母衣山には泊まらないで、都内のホテルに滞在するという。

「真矢さんは、亜矢さんと会ってどんな反応だったの？　会うのは久しぶりだったんでしょう？」

「喜んでいたみたいだけど、ちょっと笑うだけで、あまり話そうとしなかった。たまに喋っても、『みんなは元気なの？』とか、その程度だよ。前は、はらはらするような言動ばかりしていたのに、今は落ち着いていると言えば聞こえはいいが、何だか鈍い感じがするんだ。それは智典も亜矢も言ってたな」

「今によくなるんじゃないのかしら」

「だったら、いいけど。何だか心配だよ」

克典は憂い顔で言ってから、思い出したように、ポケットからスマホを取り出した。目を眇《すが》めながら操作して、早樹の眼前に写真を掲げる。

「これを見てごらん」

真矢のベッドを取り囲んで、克典と智典、亜矢が写っていた。患者衣姿の真矢は真ん中で微笑んでいるが、知らない人に取り囲まれているようなぎこちない笑顔だった。

「塩崎ファミリーね」

早樹は、自分が写っていないことを少し寂しく思った。

「うん、看護師さんに撮ってもらったんだよ」

早樹の屈託には気付かない様子で、克典は満足そうに言う。

「それで、お医者様は何て？」

「体はどこも悪くない。僕が真矢の反応が気になると言ったら、脳の機能に何か障害が起きている可能性もなくはないが、検査では兆候はない。本人も、どんな違和感があるのか説明できてないらしいし。それから、自殺未遂の場合は、精神科医の判断を仰がないと退院できないそうだ」

「精神科ですか？」

「ああ、僕らもケアの説明を受けるらしいよ」

「真矢さんは、何か変だとか、訴えないの？」

「あまり喋らないんだ。ぼうっとして、皆の話を聞いているだけという感じだね。精神活動が鈍っている感じ。でも、まだ十日で精神的なショックもあるだろうから、しばらく様子を見ることになるね」

「そうですか。心配だわね」

「うん、でもまあ、親としては、死ななくてよかったよ」

克典は、これで何十回目かになる言葉を発した。

早樹は立ったまま、克典が言いだすのを待っていた。まだ肝腎の話をしていない。真矢はいつ母衣山に帰ってくるのかということと、こちらはどういう準備をすればいいか、ということだ。

「退院はいつ頃になりそう？」と、自ら訊ねる。

「精神科の医者次第だけど、一週間後くらいじゃないかな。あとは気長な通院だと思うよ。ところで、亜矢が、こっちにいる間に、真矢のマンションから必要なものを持ってくることになっているんだ」

「真矢さんのお部屋を片付けましょうか？」

「いや、真矢が嫌がるかもしれないから、早樹はいいよ。お手伝いさんに頼もうと思っている」

週に一度、通いで掃除をしてくれる女性に、特別に来てもらうつもりなのか。

「じゃ、ついでに大掃除もお願いしちゃおうかしら。師走だし」

真矢が嫌がると言われて、少し気分を損ねた早樹がそれでも明るく言うと、克典が真面目に反応した。

「大掃除なんていいよ、二の次だ」

「あら、そう？　二の次？」

早樹が気を悪くしたと気付いた克典が、慌てたように付け足した。

「真矢と暮らすのは、この先一生というわけじゃないからね。体と心が回復するまでの一時的なことのつもりだから、あまり気にしないでほしい」

「わかってる。大丈夫よ」

早樹は微笑んで答えた。買い物に行くため、ダウンジャケットとバッグを取りにいこうとすると、早樹の背に克典の声が被さった。

「今日、亜矢に提案されたんだけど、また犬を飼ってみたら、真矢も早く元気になるんじゃないかと思うんだ」

早樹は驚いて振り返った。

「犬を飼うの？　長谷川さんの子犬は断ったのに？」

「いや、大きいのではなくて、前にいたみたいなプードルだよ」

早樹は、初めて母衣山に来た時、克典に庭に出されて、ガラスドアを細い爪で必死に掻くプードルの姿を思い出した。

目許が赤く灼けた可哀相な犬を、克典は、嫌っていたではないか。

その情景を思い出した早樹は、思わず表情を強張《こわば》らせた。すると、早樹の顔を見た克典が一瞬、目を背けるのがわかった。

早樹は、互いの心中にある微かな違和を、見せつけ合った気がした。

「犬は真矢さんが元気になられてから、ご自分のマンションで飼うといいと思うけど」

やっとの思いで反論する。自分たち夫婦の住む家で、真矢のためにペットを飼ってやるのは、おかしな気がした。

「でも、よくなるために飼おうと思ってるんだよ。ペットを可愛がると、脳が活性化して、気持ちが前向きになるんじゃないかと思ってね」

克典と話が通じない。

「わかってるけど」

「ここでは飼いたくないということ？」

「だって、真矢さんの犬でしょ？」

「でも、僕は真矢を引き取るつもりなんだよ」

「それはわかってます。でも、一時的なんでしょう？」

「そうだけどね、いつ治るか」

いつも聡明な克典が煮え切らない気がして、早樹は首を傾げた。彼は早樹の戸惑いに気付かないのだろうか。

早樹は居場所がなくなるような嫌な予感にとらわれながら、克典に告げた。

「遅くなるから、買い物に行ってくるわね。お肉とお魚、どっちがいい？」

「早樹の好きなものでいいよ。早樹がここの家の主婦なんだから」

克典は笑いながら言った。確かに自分は主婦だが、真矢が一緒に住むことや、ペットのことも決断できない立場にある。

「じゃ、行ってきます」

早樹はダウンジャケットを羽織り、バッグを持って家を出た。

何だか不愉快だった。克典と諍いなんか滅多にしないのに、急に自分とは関係のない克典の「家族」たちに隅に追いやられるような気がする。それは考え過ぎだと、早樹は敢《あ》えて気に留めないように努めた。


冬の夕暮れは早くて寂しい。もう陽が傾きかけているので、早樹は気忙《きぜわ》しく車を走らせて、いつも行く鎌倉のスーパーマーケットに向かった。

寒い日だから鍋にしようかとカートを押して店内を歩いている時、これからは真矢の分の食事を作らなければならなくなると気付いて、愕然《がくぜん》とした。

同い年なのだから一度会ってみたいと思っていたものの、肉体も精神も不調な状態の真矢の世話をする自信がない。

真矢が母衣山で養生しているうちは、いっそ、離れていようかと弱気になる。だが、その療養が長期に及んだ場合は、早樹の帰る場所がなくなってしまうような気がした。

メールの着信音がする。早樹は、カートを隅に置いてスマホを見た。久しぶりに丹呉からだった。

塩崎早樹様

ご無沙汰しておりますが、お元気でお過ごしのことと思います。

庸介さんのことは、その後、何か進展はありましたでしょうか。

実は、大学職員の高橋さんから、早樹さんに何かご連絡したいことがあるようで、メアドを教えてほしいと言われました。

しかし、あの時、高橋さんは「故人、故人」と連発して、早樹さんはかなりご不快だったのではないか、と心配しています。

もし、教えてもよろしければ、お返事をください。よろしくお願いします。

敬具

丹呉陽一郎

丹呉陽一郎様
先日は大変お世話になりましたのに、こちらこそご無沙汰しまして、申し訳ありません。

高橋さんに、私のメアドをお教え頂いても、まったく構いません。

ご配慮頂きまして、ありがとうございます。

庸介のことは、今のところ大きな進展はありません。

ただ、加野の母と、私の携帯それぞれに、「公衆電話」から無言電話がかかりました（母は数度、私は一度）。

先方は、問いかけには何も答えないのですが、加野の母は、庸介本人からだと信じております。

それから、佐藤幹太さんとやっと連絡が取れて、お目にかかることができました。

幹太さんは今、新逗子の駅前で居酒屋さんをやっておられます。

しかし、有益な情報はありませんでした。

では、高橋さんの件、どうぞよろしくお願いします。

塩崎早樹

帰宅すると、克典は誰かと電話で打ち合わせ中だった。話の内容からすると、真矢がいた頃に家に通っていたお手伝いの一人に、真矢の部屋の片付けや迎える準備を依頼しているようだ。

電話を終えた克典が、振り向いて早樹に気付いた。

「お帰り」

「今日は寒いから寄せ鍋にしたわ。いいかしら？」

「いいよ。旨そうだ」

「克典さん、誰と話してたの？」

克典にそんな不躾《ぶしつけ》なことを訊いたのは初めてだった。だが、克典も早樹に気遣ったのか、正直に答えた。

「前のお手伝いの青木さんだよ。早樹は会ったことがないと思うけど。青木さんに真矢の部屋の片付けと準備を頼んだ。明日来てくれるって。しばらく、どたばたするかもしれないよ」

「そうですか」

早樹が買った食材をキッチンに置きに向かうと、克典が追いかけてきた。

「早樹、真矢のことを気に入らないのはわかるけど、今回は我慢してくれないかな」

手紙を認《したた》めるつもりでしたが、最近はメールの方が便利なものですから、丹呉さんにメールアドレスを伺いました。無礼のほどを、どうかお許しください。

先日、私は塩崎さんの疑念に、あまりにも最初から否定的だったのではないかと、あの後、反省しました。

加野先生が生きておられるのではないか、という仮説は、ひじょうに魅力的ではあるものの、私にとっては信じられないものだったからです。また、職業柄、大学の面子《メンツ》を損なう噂を立てられたくないと、咄嗟に考えたのも事実です。

それで、不必要なまでに頑なになったのではないかと思います。私の言い方が失礼で、塩崎さんを傷付けたのだとしたら、大変申し訳ないことであったと思います。

さて、私が塩崎さんにお知らせしようと思ったのは、私があの場で口を滑らせた出来事、つまり、加野先生のゼミに、奨学金をもらっている学生がいて、その学生が過労から鬱病になって退学し、自殺したのではないかという噂を、軽々しくも塩崎さんに喋ったことにあります。加野先生は、その出来事を苦にされておられたのではないか、という当て推量までお伝えしてしまいました。

先日、その事実が判明しましたので、お知らせしようかと思った次第です。

個人情報の縛りがありますので、名前や出身地は書けませんが、その学生をA子とします。

A子は北関東のある地方都市、B市の母子家庭育ちで、母親はパートタイマーです。生活は苦しいけれど、生活保護は受けていません。A子は高校在学中からバイトをして進学費用を貯めていたようです。

A子は割と成績がよく、東京の大学に進学希望でした。結果、うちの大学に合格し、貸与型、有利子の奨学金制度を利用して、ひと月五万ほど四年間の給付を受けました。

しかし、都会の学生生活に、たった五万の給付では到底足りません。

A子はバイトを掛け持ちしました。昼はファーストフード店、短期間ですが風俗などでも働いていたようです。やがて、無理がたたって体と心を壊し、実家に一時帰ったのが、加野先生のゼミ生の時でした。

加野先生はA子を心配して、何度も連絡を取り、励ましたようです。しかし、A子はもう頑張れないから、と退学届を出しました。その後、自殺したという噂が流れて、加野先生は見た目にわかるほど憔悴《しょうすい》し、悩んでおられました。

私は塩崎さんにうっかり話した手前、このことがとても気になっていました。また、私自身も、加野先生が生きておられて、どこかで元気にしておられるという仮説が気に入っていたのでしょう。ふと調べてみる気になりました。それで、B市のA子の家に行ってみたのです。

玄関に現れたのは、A子の母親でした。母親は、二人の孫の面倒を見ていました。A子は大学を辞めて病気を治した後、地元で高校時代の同級生と結婚していました。夕方、勤め先から帰ってきたA子に話を聞きましたが、加野先生には親切にしてもらって、困窮した時は生活費も貸してくれたと、心から感謝している様子でした。自殺の噂について訊ねたところ、鬱病で入院している時、実際に未遂事件を起こしたことがあるそうです。発作的に首を吊ろうとしたところを、危うく発見されたとか。その噂が広まったのではないか、とA子は語っていました。

というわけで、私が真偽を確かめもせず喋ったことで、塩崎さんは、ご不快なお気持ちになられたのではないかと思います。また、加野先生の名誉のためにも、不確かな情報を伝えたことを、心よりお詫《わ》び申し上げます。

塩崎さんのご多幸をお祈りしております。

高橋直幸《なおゆき》

長いメールを読み終えた早樹は、考え込んだ。このメールは、庸介を捜し続けろ、という意味ではないか。だったら、克典から少し距離を置いた方がいいのかもしれない。

第八章　痛手

1

翌日の午後、真矢の荷物を積んだ車が到着するというので、早樹は克典について、外に迎えに出た。ちょうど、黒い四輪駆動車が、家の前に着いたところだった。

見覚えのある車だと思ったら、運転席にいるのは優子だ。助手席に座った亜矢は、サングラスをしたまま、早樹の方を見て軽く頭を下げた。真矢のマンションから荷物を運ぶために、優子が駆り出されたらしい。

克典の誘導で、優子がガレージの空いたスペースに駐車している間、亜矢が先に車を降りてきた。マロン色のショート丈のダウンジャケットに白いパンツ、茶色に染めた豊かな髪を背中に垂らしている。

亜矢はサングラスをカチューシャのように押し上げながら、早樹の目を見た。

「早樹さん、お久しぶりね」

亜矢に会うのは、結婚式以来だ。美佐子似らしい、大きな目と尖った顎を持つ美人だが、そつのない会話しかしたことがない。真意の見えにくい人だと、早樹は感じていた。

「ご無沙汰しています」と、頭を下げる。

「すみませんね。いろいろとご迷惑をかけちゃって」

亜矢はさばけた風に言ったが、目は笑っていない。ブログの経緯なども知っているらしく、早樹と真矢の間に波風が立たないか、心配なのだろう。

「いいえ、とんでもないです。お世話させて頂きます」

「お世話って」

早樹の言葉に違和を感じたのか、亜矢は一瞬、眉根を寄せた。

亜矢の気分を害してしまったかと、早樹は気を揉んだ。何にでも自信を感じさせる亜矢は、他人を圧倒する方法を知っている。その点は、克典に少し似ていた。

「早樹、優子さんを手伝ってあげて」

段ボール箱を抱えて戻ってきた克典が、早樹に言った。亜矢と対していて、気詰まりを感じていた早樹は、その場を離れられることにほっとした。

ガレージでは、優子が克典が戻ってくるのを待っていた。車の中には、段ボール箱がもうひとつ残っている。他に、大きな紙袋がふたつ。

「早樹さん、こんにちは」

優子が共犯者めいた笑いを浮かべた。

「優子さんが一緒にいらっしゃるとは、思っていなかったわ」

早樹は、優子が唯一の味方のような気がして微笑んだ。

ガレージの中は底冷えがするのか、優子は寒そうに、黒いセーターの袖口に両手を突っ込み、懐手をしていた。

「智典さんに言われたのよ。亜矢さんは、夜までに神戸に帰らなきゃならなくなって急いでいるから、優子が荷物を運ぶのを手伝ってやれって。だから、今日はテニスの約束があったんだけど、キャンセルして来たわ」

優子がやや憮然として、紙袋の中身を覗き込みながら言う。釣られて覗き込むと、化粧品などが乱雑に入っていた。

「それは、ご苦労様でした」

「あの子のことは親族だけの秘密だもの。会社の人になんか頼めないでしょう？」優子はそう言って、同意を求めるように早樹の目を見る。「亜矢さんが昨日の夜に、真矢ちゃんの部屋で必要なものを粗選りしたんだって。他にもあるかもしれないけど、当座はこんなものでしょう」

優子がもうひとつの段ボール箱を指差す。

「早樹さん、ほら、これ見て」

衣類の上に、ノートパソコンが無造作に置いてあった。真矢はこのパソコンで、ブログを綴っていたのかと、早樹は嫌な気持ちになった。改めて、この家に真矢と一緒に住む困難を思う。

「あなた、よく承知したわね。真矢ちゃんと一緒に住むんでしょう？」

優子が、早樹の気持ちを読んだかのように訊ねる。

「でも、真矢さんの実家なんだし、しばらくは養生しなくちゃならないんだから、仕方ないと思う。克典さんも、私に気を遣ってくれているし」

いい子ぶっているとでも思ったのか、優子が肩を竦めて、早樹の表情を盗み見た。

「でも、あの子、面倒よ。あなたが心配だわ。お義父様も、間に入って苦労するんじゃないかしら」

「そうかな」

「そうよ。あたしだったら、絶対に断る。あなた、人が好いよ」

優子に断じられて、早樹は苦笑する。

では、どうしたらよかったのだ、と問い返したくなる。口を開きかけたところに、克典が戻ってきた。

「ガレージは寒いね。寒いところで待たせてすみません」

克典が、パソコンの入った段ボール箱を持ち上げたので、早樹は紙袋をひとつ提げた。

「じゃ、私はこれを持っていきます」

紙袋には何が入っているのか、とても重くて、持ち手が千切れそうだった。優子が残った紙袋を持って後からついてくる。

「お部屋の片付けはどう？」

「進んでるよ」

早樹の問いに、克典がにこやかに答える。真矢が帰ると決まってから、克典の機嫌はずっとよかった。

今日は朝から、以前通いのお手伝いだった、青木という女性が来て、克典と一緒に、真矢の部屋を片付けていた。早樹は、真矢の部屋の片付けには、一切手を出していない。

真矢の部屋は、洗面所や風呂場を挟んで、早樹たちの寝室の反対側にある。真矢の部屋の手前が、克典の書斎だ。

「荷物はひとまず、僕の書斎に入れて」

克典の指示に従い、早樹と優子は紙袋を書斎に置いて、すぐに部屋を出た。隣の真矢の部屋からは、亜矢と青木の話し声がぼそぼそと聞こえる。

「お茶でも飲みましょうか」

優子を誘って、早樹はキッチンに逃げ込んだ。庭の景色が一望できるキッチンは、家の中で、早樹が最も好きな場所だった。

ハーブティーがいい、と優子が言うので、湯を沸かしているところに、亜矢が入ってきた。

「早樹さん、すみません。真矢が面倒かけるかもしれませんけど、よろしくお願いします」

「こちらこそ」

早樹はその程度に留めた。亜矢に余計なことを言うと、眉を顰められそうで怖い。

亜矢は仕事は終わったとばかりに、優子の方に向き直った。

「優子さん、悪いんだけど、五時頃の新幹線に乗りたいのね。新横浜駅まで送ってくれると有難いんだけど」

「いいですよ。じゃ、何があるかわからないから、すぐに出た方がいいかもしれませんね」

「慌ただしくて、ごめんなさい」と、亜矢が両手で謝るような仕種をした。「九時には、塾のお迎えに行かなきゃならないのよ」

有無を言わさぬ調子があった。優子が早樹に、またも共犯者めいた視線を投げかけたが、その視線に応えるのも躊躇われて、早樹は目を逸らせた。

亜矢はせっかちなのか、もうバッグを手にしている。

「お父さんに挨拶してくるわね。優子さん、悪いけど、ちょっと待っててくださる？」

「はい」

優子は愛想よく答えたが、亜矢が奥に行ってしまうと小さな声でぼやいた。

「だったら、わざわざガレージに入れなくてもよかったのに」

寒いガレージで一人、懐手をして待っていた優子を思い出して、早樹は同情した。

「ほんとね。荷物運ぶだけなんだから、道路に停めたままでよかったわね」

「今日はさんざんよ。麻布の真矢ちゃんの家に行って、荷物運ばされて第三京浜走って逗子まで来て、今度は新横浜駅だって。塩崎家の運転手よ」

優子の愚痴は止まらない。よほど、腹に据えかねたのだろう。

「ねえ、優子さん。真矢さん自身は、母衣山に帰りたいのかしら？　自分から出て行ったくらいなんだから、そうでもないように思うんだけど」

早樹は、優子に訊ねた。今までの流れを見ていると、克典が勝手にことを運んでいるかのようで、真矢の本心が見えてこない。

とはいえ、他に道があるとも思えなかった。勤務先の上司と不倫した挙げ句の自殺未遂なのだから、仕事に戻ることもできないだろう。父に頼るしかないのかもしれない。

「さあ、真矢ちゃん、自分から出て行ったんだから、絶対に認めないだろうけど、ブログであれだけ悪口書いていたのも、ここが好きだからじゃないの。真矢ちゃんは、あなたに全部盗《と》られたと思っているのよ」

「全部って？」

「家もお父さんもみんな」

「そういうの勘弁してほしいな」

早樹は小さな声で呟いた。

同年なのに、真矢が弱く幼稚に感じられる。ふと気付けば、何かを拒絶するように、固く腕を組んでいた。

藤棚の石組みに棲む蛇を、庸介のようだとも、しつこく中傷を繰り返す真矢のようだとも思ったことがある。その時は、両者とも退治したい、と強く願ったのだった。

だが、真矢から見れば、石組みに隠れた蛇は他ならぬ自分だった。早樹は内心、愕然としている。

優子がバッグから車のキーを出して、ジャラリとキーホルダーの音をさせた。

そして、早樹の耳許で囁いた。

「亜矢さんて綺麗で強いじゃない。だから、真矢ちゃんはコンプレックスがあるのよね、きっと」

その時、亜矢と克典がキッチンに戻ってきた。

「優子さん、すみません。亜矢を新横浜まで送ってくれるんだって？」

克典が申し訳なさそうに言った。

「ええ、もちろんです」

優子が、朝の情報番組に出ていた時のような作り声で答えた。

亜矢が優子の反応に気付いたのか、密《ひそ》かに笑いを噛み殺している。その聡さと意地悪さは、確かに真矢を支配するだろうと早樹は思った。

「では、私は車を出してきます」

優子が出て行ったのに、亜矢は家の中で待つつもりらしい。「すみません」と礼を言ったきり、克典と何か話し始めた。

早樹は、優子の後を追ってガレージに向かった。

「運転、気を付けてね」

四駆の高いステップに足をかけた優子に声をかけた。

「ありがとう。早樹さんも、とんだ災難だわね」

「でも、真矢さんが立ち直るまでだから、そんなに長くはないんじゃないかと思ってるんだけど」

「さあ、永遠に駄目なんじゃないかしら」

優子は言い捨てて、音高くドアを閉めた。ガレージのシャッターが上がる。冷気がたちまちガレージに流れ込んだ。


亜矢を乗せて優子の四輪駆動車が走り去った後、早樹がリビングで手持ち無沙汰に新聞を眺めていると、青木がやって来た。

青木は六十代半ばの女性で化粧気がなく、綺麗な白髪を、ベリーショートにして、短く刈り上げている。

だが、小さな銀のピアスや、柄の美しい更紗《さらさ》のエプロンを着けているところなど、装いに主張がありそうだ。

「奥様」と、突然呼ばれてびっくりする。

「真矢お嬢様の化粧品は、洗面台に置いてもよろしいですか？」

青木が遠慮がちに訊いた。

「洗面台に？」

「はい、他に置く場所がないんです。鏡台がありましたが、持って出て行かれたので」

早樹の化粧品や道具は、寝室のドレッシング・テーブルの上に置いてある。

だが、もちろん洗面台も使うから、ソープくらいは備えてあった。判断に迷った。

「どうしましょう」

洗面台に化粧品を置くことを許可したら、場所を明け渡すような気がした。

だから、青木も気にして、早樹の許可を得に来たのだろう。

同い年の「娘」と、仲良く暮らせるものならそうしたいが、突然のことで想像もつかないし、またその覚悟もない。

「他に場所がないのなら置いておいてください。後で相談します」

「じゃ、そう致しますので、よろしくお願いします」

しばらくしてから、早樹は心配になって洗面台を見に行った。

克典の姿はない。どうやら、青木一人に任せて、書斎に籠もっているらしい。

洗面台の白いタイルの上に、真矢のものらしい乳液や化粧水が綺麗に並べられていた。しかし、半分減った乳液の瓶に付いた指紋を見て、早樹はその生々しさに衝撃を受けた。克典との穏やかな暮らしは、こうして破られてゆくのだ。

早樹は思い切って、書斎をノックした。

「私だけど。今いい？」

「どうぞ」

早樹がドアを開けると、パソコンに向かって背中を向けていた克典が、椅子ごと振り返った。

もの問いたげに早樹を見ているので、思い切って言った。

「まだ会ったこともないのに、今からこんなことを言うのは申し訳ないけど」

早樹の前置きに、克典が被せる。

「真矢のことだろう？」

早樹は頷いた。

「このうちは、そんなに広くはないのに、真矢さんが来たら、私はどうやって暮らせばいいのかしら。まして、私のことを悪く書いた人だから、仲良くなれる気がしないのよ。今、洗面台に置いてある真矢さんの化粧品を見ていたら、何だか居場所がなくなるみたいで、すごく不安になった」

正直に打ち明けたが、克典は同じ答えを繰り返すのみだ。

「真矢がいるのは、数カ月くらいじゃないかと思う。我慢してくれないかな」

早樹は何も言えずに立っていた。

いや、言えないというよりも、どんな言葉が適切に自分の気持ちを表すのか、決められずにいた。

「早樹の気持ちはわかってるつもりだけれど、親としては、子供に二度と自殺なんか試みてほしくないんだよ。絶対に死んでほしくない」

克典は厳然として言った後、付け加えた。

「早樹は子供がいないから、僕の気持ちは理解できないのかもしれない。でも、僕は今回のことが、怖かったんだよ。あの子がどんなになろうと、助かってよかったと、心底思った。だから、何としても、死ぬことだけは阻止したい。それが、正直な親の気持ちなんだ」

四十一歳にもなったのに、子供がいないという一点で、克典は、早樹に自分の心境が理解できないというのだろうか。

「理性ではわかっているつもりですけど」

「否定する気はないよ。でもね、親の思いだけは経験しないとわからないと思うんだ」

どこか申し訳なさそうに言う。

「じゃ、どう話せばいいのかしら」

無力感が募って、頑固な父親と口論しているような気がしてきた。

何かが大きく食い違っているような、もどかしさに襲われている。

これまで何かに紛れて姿を隠していたものが、今ここに大きく現れてきたようだ。例えば、背後に聳《そび》えていたのに、闇夜のせいで気付かなかった険しい峰のような。

そんな想像をした後、早樹は身震いした。庸介のことを思い出したのだ。水底から現れた黒い幻。

早樹が安らかに生きてきた世界、いや、安らかに生きようと努めてきた世界を、何かがまったく様相の違うものに塗り替えようとしている。

その何かとは、実は、自分の安易な思い込みだったのではあるまいか。

克典との結婚生活を『安楽』と言い切った美波の言葉を思い出し、早樹は身悶《みもだ》えした。そう考えた自分も、確かに存在したのだった。

「そんなに難しく考えることなのかなあ」克典は、不思議そうな顔をする。「早樹は何が不満なの？　言ってごらんよ。それにはどう対処すればいいのか、考えるから」

克典に、ビジネスマンらしい理詰めな言い方で問われ、早樹は心の中で首を振った。違う、これは不満などではなく、恐怖なのだと。

「不満という言葉では、私の気持ちは表せない。だって、対等かと思っていたのに、あなたには優先するものがあるんだもの」

正直に告げた。すると、克典が初めて困惑した顔をした。

「それを承知で結婚してくれたと思っていたよ」言葉を切ってから、思い直したように早樹の顔を見た。「じゃ、早樹には、僕よりも優先するものはないの？」

「私に子供がいたら、そうなったのかもしれないわね」

「そうなったよ、多分」

克典に断言されて、早樹は皮肉さに苦笑いをした。克典と再婚したことで、子供を持つことは諦めていた。別の形の人生を歩もうと決意したからだ。

しかし、もっと年齢の近い男と再婚したら、子供を産んだかもしれない。そういう想像を消すことはできない。

克典との結婚を決意した、と母親に告げた時、同じようなことを問われたと思い出す。

『あなたは、本当にそれでいいの？』

母親は念を押すように何度も訊いた。

『いいの。もう決めたし、あの人といると楽だから』

楽だから、とはいかにも庸介の遭難でダメージを受けた人の言葉だった、と今にして思う。

果たして、母親はこう言ったのだ。

『今は楽に思えるかもしれないけど、歳が離れているのは、人生経験も違うってことよ』

『だから、いいんじゃない』

海難事故に遭う前の、早樹と庸介の不穏な状態に気付いていたのかいなかったのか、母親は首を捻ったまま、しばらく考えていた様子だったが、やがて諭すように言った。

『克典さんは、あたしたちと同じくらいの歳だから、あなたをよく理解して寛容にうまくやってくれると思うよ。だけどさ、あたしが思うに、若い頃は、互いに言いたいこと言って喧嘩して、切磋琢磨するくらいじゃなきゃ、駄目なんじゃないの』

その時、早樹は「切磋琢磨」という言葉に反論するどころか、苦笑したのだった。

『大袈裟だよ。何で結婚生活で、切磋琢磨なんかしなくちゃいけないの。お母さんの年代はすぐそういうことを言うから嫌なのよ。議論とか、論破とか』

元教師の母親は弁が立つ。すぐに反論した。

『あなたはそういうけど、何でも少しは苦労した方がいいと思わない？　だって、楽な人生なんてないもの。少しの苦労は、その先の大きな苦労のシミュレーションだよ。でないとさ、大きな苦労に遭った時にどうするの』

『もう遭ったじゃない』早樹は、庸介の遭難のことを指して言った。『だから、もういいのよ。懲り懲りだわ』

『でも、隠居するには、まだ早いわよ』

窘める母を、早樹はうんざりして遮ったのだった。

『お母さん、もういいよ。根性論みたいな話は聞きたくない。隠居なんかしないし』

しかし、内心では、これからは二度と苦労や心配をしたくない、という気持ちでいっぱいだった。

妻を亡くした克典と、夫を亡くした早樹。歳は違うけれども、それぞれ傷を負った二人なのだから、今後は何の憂いもなく楽しく暮らすことで、その傷は癒やされるかもしれないと思った。その意味では、「隠居」という言葉は当たっていた。

思った通り、克典との暮らしは贅沢《ぜいたく》で、すべてに余裕があるから楽しかった。克典は早樹を気遣い、大切にしてくれている。

しかし、そう思っているのは自分の勝手な思い込みで、本当は、人間関係に練れている克典のうまい操作であって、自分はパートナー兼個人秘書の役回りを果たしているだけなのかもしれなかった。

「真矢さんとは会ってみたら気が合うかもしれないし、わからないけど、私たちの結婚生活には入ってきてはほしくないの」

早樹がはっきり言うと、克典が少し嫌な顔をした。

「納得してないんだね」

すでに終わっているかのような言い方にむっとして、早樹は抗戦した。

「克典さんが、真矢さんを心配しているのはわかってます。でも、一緒に暮らすのは、また別問題じゃないかしら。だって、克典さんは、私にこう言ったのよね。『子供たちはみんな独立しているから、二人だけの暮らしです。彼らが一緒に住むことは絶対にない』って。私はそれを聞いて結婚してもいいか、と思ったのよ」

克典は右手を顎に置いて瞼《まぶた》を閉じ、考えているような仕種をしている。

「つまり、契約違反だと言いたいの？」

「違う」と、早樹は首を振る。「突発的にそういうこともあると思う。私が言いたいのは、もっと私に気を遣ってくれてもいいんじゃないかってこと。私がこのことを言うと、すぐにあなたは嫌な顔をする。ここは私の家でしょう？　それとも真矢さんの実家？」

克典が少しの間、項垂れた。考え込んでいる様子だ。やがて、顔を上げて謝った。

「わかった。僕が悪かった。子供を優先しているような言い方をして、申し訳なかった。確かに、子供といったって、早樹と同い年の大人なんだからね。それから、ここは僕と結婚している早樹の家で、真矢の家じゃないよ。それははっきりしよう。僕が死んだら、早樹のものだ」

「そういうことを言ってるわけじゃない」

早樹は苛立った。

「先走って言っただけだよ。でも、母衣山の家は早樹の家だから、化粧品は真矢の部屋に置くように言っておくよ」

　克典の方が一枚上手だ。話が元に戻り、結局は克典の思うように、ことが運ばれてゆく。

　その時、克典のスマホが鳴った。発信元を見て、克典がすぐに電話に出た。

「はい、どうしました？」

　相手は智典らしく、すぐに打ち解けた口調になった。

「それはよかった。じゃ、明日病院に行くよ。それから、優子さんにお礼を言っておいてくれないか。助かったって。じゃ、どうもありがとう。ご苦労さん」

　切った後に、早樹の顔を見上げた。

「三日後に、退院だそうだ。智典と一緒に迎えに行くけど、早樹も一緒に行くかい？」

「遠慮しておくわ」

　早樹は、克典が見せてくれた写真を思い出しながら言った。患者衣を着た真矢を中心に、周囲に立つ塩崎ファミリー。その輪の中に、嫁たちはいない。

「克典さん、私、明日出掛けてくるわね」

「いいよ」と、むしろほっとしたように言う。「どこに行くの？」

「ぶらっとその辺かな」

「どうぞどうぞ」

克典は上の空で、パソコンに向き直った。amazon の本のページが開かれている。早樹がちらりと見ると、鬱病患者のケアに関する本だった。克典は、真矢との関係を修復できることに喜びを感じていると、早樹は思った。

2

克典と話した翌朝は今冬一番の寒さで、冬枯れの芝に霜が降りた。

一面真っ白になった庭は、陽が昇るにつれて霜が溶け、元の枯れ芝に戻ってゆく。

早樹が、寝室横のウォーク・イン・クローゼットで外出の準備をしていると、克典がひょいと顔を出した。

「出掛けるの？」

「ええ」と答えた後、早樹は躊躇いながら謝った。「昨日はごめんなさいね。言い過ぎたと思う」

躊躇ったのは、自分の言葉のどこが過ぎていたのか、どこが足りなかったのか、考え込んでいたからだ。

しかし、優子に煽《あお》られたせいもあって、いつになく感情的に言い募ったのは間違いなかった。

「どこが言い過ぎたと思ってるの？」

克典が、面白そうに腕組みをして訊ねる。

「あなたの真矢さんに対する気持ちに、文句をつけたところかしら。親の気持ちがわからないと言われて、ちょっとむっとしたの」

「そこは、僕も悪かったと思うよ。失礼だった、すみません」

「いいえ、私こそすみません」

庸介と口喧嘩をした後は、意地を張って、互いに何日も口を利かなかったものだ。

克典は気まずいことがあると、すぐに話し合って、蟠《わだかま》った感情を解きほぐそうとする。そして気が付けば、いつの間にか日常に戻っている。

だが、そのたびに早樹は、一枚上手の克典に、軽い敗北感を覚えるのだった。

「ところで、行く先を訊いてもいいのかな」

「ええ、豊橋に行ってみようかと思って」

早樹は正直に告げた。

「愛知県の豊橋？」克典が驚いたのか、頓狂《とんきょう》な声を上げた。「何だって、また」

そこに庸介がいるかもしれないと勝手に思っているだけで、もともと雲を摑むような根拠のない話だった。

しかし、一度見に行きたいと念じているうちに、いつの間にか、知らない土地に一人で行ってみたい、という好奇心に変わっていた。

「昔からの知り合いがいるので、行ってみようかと思って」

「泊まり？」

「まさか、日帰りです。でも、これから出るのだから、遅くなるかも」

「そうか。夜は一緒にご飯を食べようと思ったけど、無理だね」

克典は仲直りをする気なのだろう。

なのに早樹は、珍しく夕飯のことまで気が回らなかった自分に驚いた。

「ごめんなさい。ご飯、どうしますか？　何か駅弁でも買ってきましょうか？」

「豊橋の竹輪か」

克典が笑いながら言う。

「竹輪が名産なの？」

「あの辺に工場を作ろうと思って見に行ったことがあるから、よく知っているんだ」

「そうなの。知らなかった」

「ずいぶん前の話だよ。真矢が中学生だったから、早樹も同じだろう」

克典は何の気なしに言ったに違いないが、早樹は聞き咎《とが》めてしまう。そして、そんな自分を少し嫌悪した。

「克典さん、お昼と夕飯どうします？　自分でできる？」

「昼は病院だし、夜は適当に食うよ」

「そうでしたね。冷蔵庫にローストビーフが入っている」

「わかった。夜はそれを食べる」

克典も案外、一人でのんびりできると喜んでいるのかもしれない。そう思いながら、早樹はタクシーを呼んだ。新横浜駅から、豊橋に停車する「ひかり」に乗るつもりだ。

身支度をして口紅を引いていると、インターホンが鳴った。青木だろう。早樹は外出のためのダウンジャケットやバッグを手にして、迎えに出た。

「奥様、おはようございます。お車が来ていますよ」

黒いコートに青いニット帽を被った青木が、表を指差した。

「ありがとうございます」

ダウンを羽織ったところで、青木に訊かれた。

「奥様。何時頃のお帰りですか？」

「遅くなると思います」

「では、旦那様のお食事はどう致しましょう？　何か作りますが」

早樹は甘えることにした。

「昼は外ですが、夜は冷蔵庫のもので、何か適当に作ってくださると助かります。ローストビーフがありますので、酢の物かサラダか、そんなものをお願いできれば」

「わかりました。旦那様のお好みは承知しておりますので、お任せください」

「そうよね、私よりご存じよね」

青木は心得顔に頷いた。

真矢が帰ってきたら、青木も通いで毎日来ることになるのだろう。

毎週月曜に長谷川園、金曜には掃除の女性たちが入る程度だった克典と早樹の住まいは、賑やかに様相を変えようとしている。

「奥様、あれは何ですか？　以前はなかったように思いますが」

青木が指差しているのは、庭の真ん中に立つ「海聲聴」だ。

「あれはオブジェだそうです」

「あれはオブジェですか」

青木が、鸚鵡《おうむ》返しに呟いた。驚いたのか、口を開けている。

「そうなんですよ。『海聲聴』という名前も付いてます」

「驚きましたね。お庭には何もない方がすっきりしてよかったですわね。海もばーっと見渡せますしね。あれがあると、何やら意味があるようで鬱陶しいですわ」

青木は塩崎家に慣れているせいか、物怖じしないで話す。克典が聞いたら、何と思うだろうと、早樹は面白かった。

「皆さん、ぎょっとされるようですよ」

「はい、ぎょっとしました」と笑う。「あら、こちらにも」

ようやく気付いたのか、青木がテラスの前にある「焔」を指差した。

「これは、あのオブジェと対なんだそうです。こっちは『焔』」

「『焔』?」と、また繰り返す。

「植木屋さんに勧められたんですの」

「植木屋さんて、長谷川園ですか?」と、青木が呆れたように目を剝いた。「先代は知っていますが、今は息子さんでしょう?」

早樹が気になって腕時計を見遣ると、青木が慌てて謝った。

「おや、これはすみません。お急ぎのところをお引き留め致しまして」

「いいんです。じゃ、行ってきます」

青木が丁寧にお辞儀をした。

「行ってらっしゃいませ」

青木は何かを覆い隠すかのように、止めなければいつまでも開けっぴろげに喋る。克典の妻と真矢が同い年で、緊張関係にあることを薄々知っているのだろう。

早樹は、新横浜駅十時五十二分発の「ひかり」に乗った。

豊橋着は十一時五十七分だ。豊橋に着く前に、駅で買ったサンドイッチを食べ、車内販売のコーヒーを飲んだ。

久しぶりに一人で新幹線に乗っていることが、嬉しくてたまらない。克典と結婚してから、ほとんど母衣山に閉じ籠もって暮らしていたせいだ。

途中、美波に「今、新幹線。とりあえず幹太さんの故郷、新城市に行ってみるね」と、LINEした。

すると、「幹太は昨日から入院したそうです。その前に会いに行けばよかった」と、悔やむような返事がきた。

「入院した方が、お酒がやめられていいんじゃないの」と慰めると、「黄疸《おうだん》が出たというから、重症じゃないかと思う」と言う。そして、「幹太とは二度と会えないのかもしれない」と、気弱な言葉が続いた。

「お見舞いに行けばいいじゃない」と書いたら、即座に「来てほしくないから、病院も教えないと言われた」と、返信がきた。

早樹はLINEを終えてから、巨獣が呻《うめ》いているような幹太の声音や表情を思い出していた。幹太は何かに怒り、そんな自分を悲しんでいたように思う。

自分を変えた八年という歳月にか、あるいは、その歳月を生きてきた自分にか。

幹太は変貌した自分を憎んで、この世から消えるために酒を飲み続けていたとしか思えなかった。その原因を作ったのは、庸介ではないのか。

もし、庸介が本当に生きているのならば、今どこにいて、何をしているのだろう。幹太が重い病に苦しんでいることを知っているのだろうか。

その幹太の故郷に、自分は向かおうとしている。早樹は、窓外の景色に目を遣った。田園が少しずつ消えて、住宅が増えていく。そろそろ、豊橋に近付いていた。嬉しい気分はすでに消え失《う》せ、早樹はなぜか悲しくてたまらなかった。

豊橋駅のタクシー乗り場で、先頭の車両に乗り込んだ。

「どちらまで」と訊きながら、初老の運転手は、早樹の身形《みなり》をじろじろと観察している。

早樹は、運転手の視線を気にしないように努めながら、あらかじめインターネットで調べておいた釣り堀の名を告げた。

新城市に釣り堀は、ひとつしかない。

「新城の『七つの滝釣り堀園』までお願いします」

「『七つの滝』は、十二月は営業してないよ」

運転手が無愛想に返した。

「営業してなくてもいいので、そこまで行って、ちょっと待ってて頂けますか？」

何か訳ありと見たのか、運転手は無言で車を発進させた。

「かなり遠いけど、大丈夫？」

「大丈夫です」

早樹は、国道沿いに次々と現れるファミレスやラーメン屋の大きな看板を眺めながら、答えた。

早樹を観光客と踏んだらしい、運転手が訊いた。

「じゃ、長篠城《ながしのじょう》も見る？」

「長篠？」と驚いて訊き返した。「それ、何ですか」

「知らないの？　長篠の戦い。有名でしょう。ほら、信長と家康が組んでね、武田勝頼と戦ったの」

運転手がバックミラー越しに呆れた視線を投げかける。なるほど、このあたりなのか、と日本史の教科書を思い出した。

「結構です。釣り堀だけで」

「近くに、大きな道の駅があるよ」

「いいです」

扱いにくいと思ったのか、運転手は黙って前を向いた。

早樹はタクシーの窓外を眺め続けた。行き交う車の運転席に座る男や、のんびりと自転車で走る男の顔まで、貪るように見る。あれは庸介ではないのか、庸介はここにいないのか、と。

もし、この土地のどこかに庸介がいるのなら、自分の手で見つけ出したかった。そして、どうして私を騙したのだ、と文句を言ってやりたい。

しかし、十分もすると疲れて諦め、どうせ生きているかどうかもわからないのだからと、内心苦笑した。交通費をかけてこんなところまで来て、一日潰して何も収穫がなかったら、自分はどうしたらいいのだろう。

幹太の話から、「新城の釣り堀」というキーワードを、勝手に見つけたつもりになっていただけだから、新城に何もなかったら、目標を失ってしまう。早樹は、それが怖いのだった。

険しい山道に入ってから、行き交う車もなくなったので、ついうとうととした。

「着きましたよ」

運転手が抑揚のない声で告げた。

起きた早樹は、驚いて目を瞠《みは》った。予想とはまったく違う、大きな釣り堀園だった。アスファルト道路の右手下に、自然の池風に作ったコンクリートの池が五つ。ひとつひとつはかなり大きい。池には、黒い魚影の群れが見えた。ニジマスか。

その向こうは崖になって、下は川が流れているらしい。どうどうと音を立てるナイアガラ風の幅広の滝が遠くに見えた。

「ここが『七つの滝』ですか？」

「そう。あれはダムだけどね」と、滝を指して言う。

道路を挟んで左側には、元はピンク色と思《おぼ》しき、暖色の建物があった。四階建ての旅館風で、宿泊客はいないのか、がらんとしている。釣りのシーズンには、この宿も満杯になるのだろう。

さらに上流の方に、旅館の従業員寮らしい古いアパートのような建物があった。窓辺に、洗濯物が干されている。白いTシャツが数枚あるのに、心が騒いだ。

「じゃ、ここで待ってるけど、いいですか」

運転手が、駐車場に車を入れた。季節外れとあって、駐車場には一台も車は停まっていない。

「はい。じゃ、ちょっと見てきます」

車を降りようとすると、運転手が初めて心配そうに訊ねてきた。

「お客さん、ここで何をするんですか」

「ちょっと人を捜しているんです」

俄然、興味が湧いたのか、運転手は嬉しそうな顔をした。

「家出とか、そういうのですかね」

「ま、そんなようなもので」

言葉を濁すと、途端に気の毒そうな声音で訊く。

「旦那さん？」

「いえ、友達です」

「女の人か。今、シーズンじゃないから、儲からないでしょう。みんな、別のところに出稼ぎ行ったんじゃないのかな」

「そうですか。一応、訊いてきます」

早樹は詳しく説明するのを避けて、タクシーを降りた。ちらりと振り返ると、運転手がバックミラーを使って、早樹の全身を好ましそうに眺めていた。

遠くのダム滝から流れ落ちる水の音が、ごうごうと響き渡る。そのせいか、早樹は落ち着かない気持ちで、左の建物に向かう急坂を上った。

上に着くと、そこは宿泊施設の駐車場になっていて、下の道路と平行に、白い軽自動車が二台停まっていた。

玄関はさらに階段の上にあるらしく、「玄関・受付」と書かれた白い看板があった。その赤い矢印は、上ってきた急坂とは反対の向きを指している。

フロントの人間に訊ねるにしても、何と訊けばいいのだろう。庸介の写真を見せればいいのかと思い立ち、早樹はスマホに収められた写真の中から、適当なものを探した。

最近は滅多なことで眺めなくなった、庸介や庸介と結婚していた頃の自分の写真は、「中目黒」と題された「アルバム」に整理されている。その中から、一番近影で、しかも笑っていない写真を選び出し、ズームで大きくしてからスクリーンショットを撮った。

この写真が撮られたのは、庸介が海難事故で行方不明になる数カ月前のことだ。

珍しく一緒に外食をした時、手の中でビールグラスを弄《もてあそ》びながら、上の空で窓の外を見る庸介を、早樹が撮ったものだ。

『ほら、ぼんやりしてる』

そう言ってスマホを見せると、庸介は自分の顔を見て苦笑した。

『俺、いつも、こんなつまんなそうな顔してる？』

早樹は、つまらなそうだとは思わなかった。自分が相対しているのに、そんなことを言われたくなかったのだ。

だけど、ここから喧嘩に発展する常で、わざと挑発するように言った。

『してるよ』

『そうか、じゃ、今度は早樹の写真を撮ってあげるよ』

そう言って、撮り返してくれた写真の中の自分の顔が、どんな表情をしているのかは、知らない。撮った写真を、庸介は早樹に見せようとはしなかったからだ。早樹も見せてとは言わなかった。

写真を送り合うこともしなかったので、削除しなければ、互いのスマホの中には、それぞれの仏頂面が居続けることになる。

早樹が削除を躊躇ったのは、庸介が自分で『つまんなそうな顔』と言った表情が、実は嫌いではなかったからだ。

早樹はスマホを片手に、階段を上った。すると、ガラスの引き戸があり、その向こうに、壁際に椅子が並べられた、殺風景なロビーがあった。

ロビーには、茶色のビニール製スリッパを突っかけた、ジャージ姿の若い男たちが数人、手持ち無沙汰風に、うろうろと歩き回っていた。全員、丸刈りだから、高校生だろう。おそらく、スポーツ合宿か何かで泊まっているに違いなかった。

フロントデスクでは、二十二、三歳の若い女性が、一人で電話をしていた。ジーンズの上に、安っぽい緑色のジャケットを羽織っている。

女性は電話を切ってから、もの問いたげに早樹の方を見た。黒い前髪を眉毛の上で切り揃え、やや受け口の可愛い顔立ちをしている。何をするでもなく、ロビーにたむろしている若い男たちは、この女性を眺めるのが目的なのだと気付いた。

「すみません、ちょっとお訊ねしたいのですが」

若い男たちに聞かれるのが嫌で、声音を低く抑えて喋ったが、全員が好奇心丸出しで、早樹と喋る若い女性を見つめている。

「はい、何でしょう」

女性は、可愛い作り声で首を傾げてみせた。

「実は人を捜しているのですが、支配人の方はいらっしゃいますか？」

「支配人？」不安そうな顔をする。「社長のことですか？」

「ええ、社長さんでも支配人の方でも、ここに長くお勤めされている方に、ちょっとお話を伺いたいのです」

首実検という言葉が浮かんだが、眼前の女性は、そんな言葉は知らないだろう。だが、どう説明すればいいのか、慣れないだけに途方に暮れている。

「この人なんですけど」

思い切ってスマホの画像を見せると、じっと見てから「あたしは知らないです」と突き放すように言った。しかし、眼前の女性は二十代前半だ。

「八年前から、この施設にいらっしゃる方に伺ってみてもいいですか?」

「八年前だったら、ここは違う名前だったみたいです。会社が変わったから」

自信なさそうに言う。

「ともかく責任者の方にお目にかかりたいのですが」

人捜しは難しい。どこまで説明したらわかってもらえるかと考えていると、奥から中年男が現れた。女性と同じく、エンブレムの付いた緑色のジャケットを羽織っているが、まるで借り着のように似合わなかった。

「何かご用ですか?」

陽に灼けて、七三に分けた髪が黒々としていて若く見える。いくらなんでも、この人物が佐藤幹太の叔父ということはあるまい。

早樹は急に臆した。関係のない人々に、何の根拠もない仮定の話をばらまいて、好奇の目で見られるのは嫌だった。

「専務、人を捜しているんだそうです」

若い女性が説明した。

高校生たちの好奇の視線を背中に感じながら、早樹は専務と呼ばれた男に訊いた。

「こちらで、この人を雇ったことはありませんか？」

スマホの庸介の写真を見せる。専務がスマホを不器用そうに両手で受け取って、目を眇めて見た。

「さあ、見たことないですね。この人は？」

「家族なんです」と、曖昧に答える。

「いつからいないんですか？」

「八年前です」

専務が首を傾げるのを見て、なぜ今頃と訝っているのだと気付いた。

確かに平仄《ひょうそく》が合わない。言い訳して、言わなくてもいいことまで言ってしまうのは、避けなければならない。

「そうですか、じゃ、結構です。ありがとうございました」

早樹は礼を言ってスマホを返してもらった。専務の指紋がベタベタ付いている。拭き取りたい衝動を堪えながら、どうせなら、とついでを装って訊ねてみた。

「こちらは、佐藤さんという方が経営しておられるのですか？」

「いや、レインボウパークという会社です。社長は落合という者で、佐藤じゃないです。その前、ここは豊志路《とよしろ》開発という会社が持ってたんですが、そこが経営破綻して、うちは六年前からですね」

豊志路開発が、佐藤幹太の叔父の会社だとしても、母方の叔父ならば、名字は違うかもしれない。それに、六年前に破綻したのなら、八年前に庸介を雇う余力もなかっただろう。早樹は失望した。

「すみません、ありがとうございました」

礼を言って、ロビーを後にした。

早樹は階段を下りて、宿泊施設横の狭い駐車場に出た。そこからは、ダム滝がよく見える。どうどうと轟音《ごうおん》が聞こえるが、初冬の川は水量が少ない。ところどころ、コンクリートの堤が剝き出しになっていた。

さて、どうしようか。

早樹は、枯れ草が取り巻く五つの釣り堀を見下ろした。

手入れが悪いのは、シーズンオフだからだろう。時折、水底に黒い魚の背中が蠢《うごめ》くのが見えると、まるで誰かの悪意のようでぞくりとした。

そうはうまくことが運ぶわけがない、と覚悟していたものの、庸介が生きて、ここで働いているかもしれないという想像が、何の根拠もないものだったと改めて思い知らされた気がして、早樹は意気消沈していた。

道の少し先に見えた三階建ての建物は、裏手に洗濯物が干されていることから、従業員の寮かと思っていたが、「川魚料理・山菜」という錆《さ》びた看板が出ている。おそらく、シーズンには釣り堀で釣った魚を料理してくれる食堂になるのだろう。

人がいたなら、念のために訊いてみようと、早樹は急坂を下った。そこからアスファルト舗装の道路に出て、釣り堀専用の駐車場を振り返る。

早樹を待つタクシーは変わらず停まっていた。運転手が老眼鏡を掛けて、新聞を広げているのが見えた。

早樹は道路を歩いて、建物に向かった。やはり、シーズンオフの今は営業していないようだ。

道に面した店の入り口は閉まっていた。鍵がかかっていないようなので、「ごめんください」と声をかけながら、思い切って開き戸を開けた。

すると、奥のテーブルにいた三人の男たちが、驚いたように振り返った。

全員、外国人らしく、縮れた黒い髪をして膚の色は浅黒く、立派な目鼻立ちをしていた。

一人が早樹の顔を見て、笑いかけた。

「こんにちは。いらっしゃいませ。何かご用ですか？」自然な日本語だった。

早樹は恐縮して断った。

「すみません、お邪魔をしてもいいですか」

男たちは賄《まかな》い飯のようなものを食べている最中だった。

テーブルの上には、とろみのある、あんかけご飯のようなものの入った丼と、コッペパンが皿に盛ってあった。マグカップからは、香辛料の入った紅茶の香りがする。

「いいですよ、どうぞ。構いませんので、中にお入りください」

達者な日本語で挨拶され、早樹は恐縮しながら店に入った。

男たちは親切で、皆が「こっちに来い」というように手招きする。

「どんなご用でしょうか」

最初に話しかけてきた日本語のうまい男が立ち上がって、早樹に訊いた。

「人を捜しているのですが、この人を知りませんか？」

早樹は、スマホを出して庸介の写真を見せた。最初に日本語のうまい男が見てから、二人に何かを言い、二人がほぼ同時に覗き込んだ。

三人とも、顔を見合わせてから、ゆっくり首を振る。

「見たことないですね」

全員が首を振るので、早樹は礼を言った。

「そうですか、ありがとうございます」

一番若そうな男が、訥々《とつとつ》とした日本語で訊ねた。

「どうして、あなたはこの人を捜しているのですか？」

「私の知っている人なのですが、突然いなくなったので、このあたりにいないかと思って捜しています」

「どうしてここに？」

若い男が不思議そうに地面を指差す。

「釣りが好きだったから」

早樹が答えると、皆がどっと笑った。早樹も一緒に笑ったら、何となく気が楽になった。

「お食事の邪魔をしてすみません」

「いいですよ。暇だから」と、日本語のうまい男が答える。

「皆さん、この食堂で働いているのですか？」

「いや、ホテル」

一人が答えると、二人の男がほぼ同時に、急坂の上の暖色の建物の方を指差した。

「私たち、セイソウの仕事」

一番若い男が笑いながら言う。

その時、庸介はここにはいないと、早樹は確信した。地方の釣り堀とはいえ、企業化されている。どこにも所属できない男が就業するのは、難しいような気がした。

「お待たせしました」

駐車場に設置してあった自販機で、熱いお茶を二本買って車に戻る。運転手は、皺《しわ》だらけのスポーツ新聞を閉じた。

「どうでしたかね？」

「全然手がかりなし、でしたね」

早樹は明るく言って、運転手に熱い茶を手渡した。

「これはどうも」

礼を言った運転手は、すぐさま栓を捻ってひと口啜ってから、早樹の顔を見た。

「じゃ、どうしますか？」

「もう豊橋に帰ります。駅にお願いします」

早樹はスマホを見ながら言った。どこからもメールやＬＩＮＥはきていない。

克典に竹輪でも土産に買って帰ろうかと思う。竹輪を見た克典は笑うだろうか。それとも、早樹がなぜ豊橋に行ったのかと訝るだろうか。機嫌のいい克典なら、前者だろう。

「お客さん、釣り堀を探しているんでしたっけ？」

運転手がエンジンをかけてから訊ねる。

「でも、もうこちらにはないでしょう？」

「この先に梁《やな》があるけどね、梁。そこ行ってみますか？」

「梁って、釣り堀じゃないでしょう？」

「ええ、まあ、そうだけど、川だから魚も釣れるよね」

運転手が苦笑いした。その時、自分はどうして釣り堀だけに拘《こだわ》っていたのだろうと気が付いた。幹太の言葉に引っ張られていた。

「じゃ、そこも行ってみます」

「結構遠いですよ」

自分で言いだしておきながら、運転手はそんなことを言う。

「いいですよ。もう二度と来られないから」

早樹は、この小旅行で何の手がかりも摑めないのなら、金輪際、庸介のことは忘れようと思うのだった。

「二度と来ないなんて、つれないこと言わないでよ」

運転手がふざけたので、早樹は愛想笑いをした。タクシーは、方向転換をせずに、山の奥に上って行く。

「ずいぶん山に入るんですね」

「うん、あと五十キロくらいで、長野県になっちゃう」

運転手がこともなげに言う。

やがて、いつまでも続く冬枯れの景色に飽きて、早樹は目を閉じた。一瞬、眠ってしまった。

狭い山道を走るタクシーの中で、早樹は奇妙な夢を見ていた。

夢の中で、早樹は「七つの滝釣り堀園」の宿泊施設のロビーから、丸刈りの高校生たちと一緒に、フロント奥にある事務室の中を覗き込んでいる。

ドアが少しだけ開いている。早樹はドアの奥を見たくて堪《たま》らず、フロントのデスクに身を乗り出した。

すると、一番奥まった席の、デスクの前に庸介がいた。庸介は、素知らぬ顔でパソコンを打っている。リンゴのマークが透けて見えるノート型パソコンは、庸介が持っていたものと同じだった。

庸介が、レインボウパークの専務同様、七色の滝をデザインしたエンブレム付きの緑のジャケットを着ているところを見ると、やはり、そこの従業員なのだろう。ジャケットは受付の女性や専務と同じく、まったく似合っていなかった。

庸介はこんなところにいたのか。驚くとともに、早樹は、安堵と失望を同時に感じていた。安堵とは、ようやく庸介の元に辿り着いたからであり、失望とは、庸介がまったく魅力的に見えないからだった。

庸介は、早樹の視線に気付かぬ様子で、キーボードを熱心に叩《たた》いている。少し気取って見えた。早樹もまた、声をかけるでもなく、庸介を観察しているのだった。

白髪の交じった、くたびれた顔。目許のたるみ。父親の武志そっくりだ。懐かしいというよりも、むしろ不快な感情が残ったのはどうしてだろうか。

「お客さん、あんまり山の中を行くんで、びっくりしてんじゃないの？」

話しかける運転手の声で、早樹ははっと目が覚めた。腕時計を見ると、「七つの滝釣り堀園」を出てから、たった五分しか経っていない。

タクシーは、冬枯れの木々に覆われた山に分け入っていた。時折、樹木の間から、渓谷が見える。

早樹がしんと黙っているので、不安になっているのではないかと、運転手が心配して声をかけたのだろう。

「いえ、大丈夫。でも、ずいぶん山の中ですね」

早樹が平静な声で答えると、運転手が安堵したような声を上げた。

「そうなんだよ。結構、山の中にあるんだ。だけど、もうじきだから心配しないで。おじさんが騙したんじゃないから」と、笑う。「あと五キロくらいかな」

「はい、わかりました」

早樹は返答をしてから、すっかり落葉した冬枯れの山を眺めた。枯れた木の間から曇り空が見えるものの、それもじきに暮れそうな不安定な色だ。

早樹は灰色の空を見ながら、今見たばかりの夢について考えていた。夢の中とはいえ、庸介をようやく見つけたのに、どうして自分は不快な感情を持ったのだろうと。

腹を立てているのだ、と気付いたのは、少し後だった。

武志によく似た、老けた庸介が夢に出てきたのは、勝手に姿を消した夫への憎しみ、そして失われた年月への恨みだったのかもしれない。庸介が生存しているかもしれない、という囁きは、不快な囀《さえず》りでしかなかったのだろうか。

「ああ、あそこだよ」

運転手がほっとしたように、看板を指差した。

看板には、「寒狭《かんさ》・渡瀬やな　鮎つかみ捕り」と大きくある。寒狭とは、この川の名前だ。シーズンには家族連れの客を大勢集めるらしく、駐車場は大きく、トイレも充実していた。道路脇に、平屋の管理事務所が建っている。その先に見える、冬の川は水量を減らして、寒々しく流れている。

「誰か来てるかな？」

運転手は駐車場にタクシーを停めて、心配そうに車を降りた。しかし、管理事務所の前には、軽トラが停まっている。

「ああ、人がいるね。じゃ、大丈夫だ」

そう言って車に引き返した運転手に、早樹は念を押した。

「じゃ、ちょっとお話を聞いてきますので、ここで待っててくださいね」

「もちろん、もちろん」

山中の梁に誘った責任を感じているのだろう。運転手は力を籠めて頷いた。

急に気温が下がっていた。すでに三時近い。山中は陽が翳るのも早そうだ。早樹は心細くなって、早く街に帰りたくなった。しかし、訊ねて回るのもこれが最後だと、管理事務所のベニヤ製のドアを叩く。

「ごめんください」

ドアが開くと同時に、石油ストーブの臭いがした。年配の管理人がいるのだろうと勝手に想像していたが、意外にも、髭面《ひげづら》の若い男が現れた。アウトドア用の赤いダウンベストに、ニット帽を被っている。

テレビが点いていて、小学校低学年らしい女の子が、その前でアニメを見ていた。が、タクシーが着いたのは知っているらしく、興味津々という体《てい》で、何度も振り向いては早樹の方を見ている。

「取材ですか？」

「いえ、違うんです」

早樹は苦笑した。確かに、タクシーでシーズンオフの梁を見に来るとしたら、旅行雑誌か釣り雑誌の取材か何かだろう。

若い男は失望した様子もなく、好奇心を感じさせる眼差しで早樹の目を見た。

「じゃ、何のご用で」

「実は人を捜しているのですが」

「客で、ですか？」

驚いたように言われて、早樹は首を振った。

「いえ、こちらで働いたことがあるかとか、この人を見かけたことがあるかとか、そういう意味ですが」

　早樹がスマホの庸介の写真を見せると、管理人は首を捻った。

「さあ、見たことがないですね」

「こちらの梁で雇われたこともありませんよね？」

「ないですね」と、首を振る。

「こちらの梁は、佐藤さんという方の経営ではないですか？」

「いや」と、若い男が首を振る。「うちの祖父さんが始めたんで、僕で三代目です」

「それは失礼しました」

　早樹が謝ると、彼は気にしていないという風に笑った。

　すると、いつの間にかテレビの前にいた女の子が来て、早樹にせがんだ。

「それ見せて」

　スマホの写真を見せると、すぐさま答える。

「はるとくんのおとうさんににてる」

「はると君て誰だよ」

　父親が驚いて訊いたが、少女は詳しくは答えられない。

「もういないの。ひっこしたの」

早樹は動悸がした。だが、彼は慎重な態度で早樹に謝り、管理事務所を出て行く。

「すみません、子供の言うことなので、ちょっとわからない。妻に訊いてみます」

その間、早樹は女の子に訊ねた。

「今、幾つ？」

答える代わりに、掌を広げて見せる。五歳。どこまで信用できるのだろう。

「はると君て、幼稚園で会ったの？」

「ようちえんではない」

急に大人びた口調で答える。

「じゃ、どこで会ったの？　近所の子？」

「ちがう」と、首を振る。「おともだちなの」

「はると君、どこに引っ越したか、知らない？」

「しらない」と首を振る。

困り果てているところに、管理人が妻を連れて戻ってきた。

妻は、夫とお揃いのニット帽を被っている。無化粧で黒縁の丸い眼鏡を掛けており、二十代前半にしか見えなかった。しかし、声は落ち着いている。

「はると君というのは、この子が近所の公園でよく会った男の子です。でも、去年どこかに引っ越されたようで、最近は全然会わないですね。うちは女の子でお付き合いがないので、名字も知らないし、はると君のママもパパも見たことがないんですよね」

「おうちもわからないんですか？」

「すみません、わからないです。ただ、はると君という子がいたのを知っているだけで」

妻は自分の落ち度のように詫びた。

「うちは市内の方なんですが、そこは電化製品の工場勤めの方が多いところですから、工場で訊いてみたらどうですか？」

管理人が言うも、妻が反対した。

「だって、名字もわからないんだから、どうしようもないでしょう」

「まあな」と、やり込められた夫が黙った。

「あの、すみません。ちょっと訊きたいんですが」しっかり者らしい妻が、早樹に向き直った。「失礼かもしれないけど、どういう理由で捜していらっしゃるんですか？」

「私の夫なんです」

海難事故で行方不明になったとは言わなかった。しかし、それだけでも、管理人夫婦には衝撃だったらしく、しばし黙った。

「警察とかに行かれるのが、一番いいんじゃないですかね」

夫が遠慮がちに言ったが、妻が遮った。

「だって、子供の記憶だよ。確かじゃないし」

子供を面倒に巻き込みたくない、と心配しているのだろう。

ところが、女児が唇を尖らせた。

「ほんとだよ」

「じゃ、はると君て子のお父さんを、いつ見たの？」と、妻が訊ねる。

「みんなであそんでいたら、はるとくんのおむかえにきたの。それで、みんなにアイスクリームかってくれたの」

「何で買ってくれたの？」

「おひっこしするから、おわかれだって」

「それ、いつのこと？」

夫が口を挟んだ。女児が答える前に、しっかり者の妻が代わりに答える。

「アイスクリームって言ってるんだから、夏でしょ」

「おまえ、知ってた？」

夫が妻の顔を見る。

「いや、初めて聞いた」

二人は、顔を見合わせている。

「公園に来ている男の子のお母さんなら、何か知ってるんじゃないのか。誰かに訊いてあげたらどう？」

夫に促され、妻は気乗りしない様子でLINEしている。返事がくる間、早樹は夫から質問を受けた。

「ご主人は、いなくなったんですか」

「はい、行方不明になったのです」

「失踪ってこと？」

早樹は詳しく説明したくないと思い、黙って頷いた。

「いつ失踪されたんですか？」

「八年前です」

「そんなに前ですか」

二人が驚いた顔をしたので、付け足した。

「最近、姿を見たという人がいるものですから」

「じゃ、それまでは」

「はい、すでに死亡は認定されたのです」

それを聞いた瞬間、夫は俄然興味を感じたらしく、もっと聞きたそうに身を乗り出したが、妻は気味悪そうに顔を顰めた。

それから、まったく顔を上げずにスマホだけを眺めている。その硬い横顔からすると、この件と一切関わり合いになりたくないということがわかる。

「その子の名字は誰も知らないそうです」妻がスマホから顔を上げて、早樹の目を見ずに言った。「はると君という男の子は確かに公園に遊びに来てたけど、最近は全然見ていないって」

「だから、おひっこししたの」

女児が言い張った。自分の言い分が信用されないので、苛立っているようだ。

「じゃ、その公園の場所だけでも教えて頂けますか。私、帰りに寄ってみますので」

早樹が訊くと、妻が即座に答えた。

「公園と言っても、ブランコと砂場しかない、ちっちゃな公園なんですよ。わかるかしら」

夫がスマホのグーグルマップを開き、おおよその場所を教えてくれた。

「ありがとうございます」

「見つかるといいですね」

夫婦に礼を言って駐車場に戻る頃には、陽は西に傾きつつあり、山影になった駐車場はすでに薄暗く、侘《わ》びしかった。

「お待たせしました。すみませんが、豊橋駅に行く前に、ここに寄って頂けますか」

早樹は、グーグルマップの住所を告げた。運転手はその住所をナビに入れながら、早樹に問う。

「何かわかったんですか？」

「いいえ、何も」

ふと顔を上げると、管理事務所のガラス窓から、女児が早樹を見つめていた。

早樹は手を振ったが、女児は反応しない。あの慎重そうな母親に、知らない人に余計なことを言っちゃ駄目、と叱られたのかもしれない。

女児の話をすべて信じるわけではなかったが、新城市まで来て、収穫は「はるとくんのとうさん」しかない。せめて、現場を見て帰ろうと思った。


公園と呼ぶには憚られるような、小さな児童公園に着いた時には、午後四時を回っていた。早くも薄暗くなり、砂場には、動物の糞尿防止のためのシートが張られ、子供の姿は一切ない。

早樹はタクシーを降りて、公園の真ん中に立った。銀杏《いちょう》の大木があるため、地面は絨毯が敷き詰められたかのように、黄色い葉で埋め尽くされていた。

周囲は新興住宅地で、公団のような大きなマンション群が見えた。その前に、新しい家が無秩序に建ち、間にぽつんぽつんと古い家がある。

あの若夫婦の家はどのあたりだろうと、早樹は灯《とも》りの点り始めたマンションの部屋を見上げた。そして、「はると」の父親がアイスクリームを買って子供たちに振る舞った店は、あそこか、と角に見えるコンビニを見遣った。だが、コンビニの店員に、この人を見たことがあるか、と庸介の写真を見せる気力はすでにない。

そう思った時、無力感にとらわれた。ここから先は、個人の力ではどうにもならないのだと悟ったからだ。調査会社でも雇って、「はると」という子供の父親を捜す他はない。その父親が庸介だという保証もないのに。

不意に、「限界」という語が浮かんで、早樹は銀杏の葉の上に膝を突きそうになった。たった一人手探りで、闇の中を彷徨《さまよ》っているような気がする。

折から、冷たい北風が吹き始めたため、早樹は心細さに泣きそうになった。女児の母親の怯えを見たせいか、庸介が死を偽装してまで姿を隠したことが、途轍もなく怖ろしいことに感じられた。

今日こそ、庸介のことを克典に話すべきではないか。この間ずっと、心を煩わされていたことを打ち明けねばならない。

豊橋駅では停車していた新幹線に飛び乗った。十七時三十五分発のこだまだ。新横浜には十九時二十八分着。

車中で夕食を買い損ねたことに気付いたが、気疲れしたせいか、食欲がない。ホームで買った缶ビールを飲み、新横浜に着くまで眠ろうと無理やり目を閉じた。

九時前、ようやく母衣山に帰ってきた。克典には何と言えばいいだろう。そのことで胸が塞がれている。

克典は、どうして何も言わずに一人で悩んできたのか、と早樹の水臭さを詰るだろうか。それとも、辛かっただろうと労《ねぎら》ってくれるか。

真矢と一緒に暮らすことが決まってからというもの、早樹には克典の気持ちが読めなくなっている。それも、今日、新城の公園で感じた心細さの原因かもしれない。

「ただいま」

玄関ドアを開けたが、克典の姿はない。旅装を解きながら、奥を覗く。風呂場で水音がするから、風呂に入っているらしい。

早樹は風呂場の横の真矢の部屋を覗いて、はっと立ち止まった。いつの間にか、ドレッサーが運び込まれて、真矢の化粧品が綺麗に並べて置いてあった。

真矢の部屋を覗いたのは、ほんの一瞬だったはずなのに、とても長い時間そこに立っているような気がした。

急に気が遠くなったようだ。何だかおかしい、と頭を振った時、寒気がして両の肩がずんと重く感じた。乗り物に乗って移動しているだけだったのに、疲れが出たのだろうか。

何か温かいものを口にしてから寝ようかと思ったが、そんな気力もない。

迷って廊下で立ち竦んでいると、浴室のドアが開いた。

「やあ、お帰り」

濡れた髪をタオルで拭きながら、パジャマ姿の克典が姿を現した。

「ただいま」

「今帰ったの？」

「そうよ」

克典が、心配そうな表情になった。

「顔色が悪いよ」

「冷えたみたい。寒気がするの」

「風邪を引いたんじゃないか。お風呂に入って温まってから寝た方がいいよ」

「そうしたいけど、疲れちゃった」

「じゃ、早く寝なさい」

今夜こそ、克典に庸介のことを相談しようと思っていたのに、何もできそうにない。早樹は寝室に行き、着替えてすぐにベッドに入った。それでも寒気が治まらない。うとうとしていたら、額に掌が載せられたのを感じた。乾燥していて滑らかな掌だ。

「熱があるよ」克典の声がする。「ちゃんと測る？　体温計持ってこようか？」

「今はいいわ」

早樹は目を閉じたまま答えた。

「わかった。ぐっすり寝た方がいいよ」

克典が、羽毛布団で肩を覆うようにしてくれた。少し暖かくなったように感じられた。

「今日は豊橋まで何しに行ったの？」

克典が穏やかな声で訊ねる。

「豊橋はね、庸介さんの友達の故郷なの。釣り堀があるんだって。だから、一度見てみたいと思ってたの」

「どうして？」

「そこに庸介さんが暮らしているような気がしたからなの」

やっとの思いで答えたが、克典からの反応はない。目を開けると、部屋は暗く、克典の規則正しい寝息が聞こえた。

早樹は、自分が夢の中で説明していたのだと気が付いた。

3

真矢が帰ってくる日、早樹は高熱が出て臥《ふ》せった。だるくて、一日中寝ていたかったが、インフルエンザじゃないかと心配する克典が、病院で診てもらうようにと強く言うので、早樹は青木に付き添われて鎌倉の病院に向かった。

克典は、早樹が病院へ行く前に、自ら車を運転して真矢を迎えに行っている。

優子も、退院の手伝いに来ると聞いていたので、早樹は、優子も母衣山まで真矢を送ってくるものと考えていた。

だが、優子は退院の手続きを終えたら帰ってしまうと聞き、ひどくがっかりした。

どうやら、熱のせいで心細さが募っているらしい。いや、体調だけではなく、新城の児童公園で覚えた無力感が、早樹を気弱にしていた。

結局、医者の診断は、インフルエンザではなく、ただの風邪だった。

誰よりも安堵したのは、早樹自身だった。用心深い克典は、毎年、予防接種をしているから心配ないが、真矢や青木に、インフルエンザに感染させることがあってはならないと緊張していたのだ。

自分の家で、こんな具合に気を遣って暮らすようになるとは、思ってもいなかった。

タクシーで帰宅する途中、青木が張りのある声で喋った。

「奥様、風邪でよかったですね。今年のインフルエンザは高熱が出るそうですから、こんな、タクシーで病院に行けるような状態じゃないそうですよ。うちのお嫁ちゃんは、かなり悪くて、一週間寝込んだんですよ。その間、お孫ちゃんたちが可哀相でね。何食べてるのって訊いたら、ずっとお菓子とカップ麺っていうから、呆れましたけど、ともかく生きていればいいやって、そればっかり」

青木は、息子夫婦は青森に転勤になり、誰も知り合いがいないので不安がっている矢先の出来事だった、と付け足した。

病院を出る時に服用した薬のおかげで、熱は下がりつつあったが、喋りだしたら止まらない青木と話すのが億劫で、早樹はマスクをしたまま頷いただけだった。

青木がまた勝手に話を変えてくれる。

「奥様、お昼はおかゆにしますか。それとも、おうどんを柔らかく煮ましょうか」

食欲のない早樹は、首を傾げる。

「あまり食べたくないからいいわ」

「食べなきゃ治りませんよ」

青木がきっぱり言う。

毎日、通ってくることになった青木が、こうして母衣山の暮らしを差配していくのだろうか。

早樹はもともと、他人に指示したり、命令するのが苦手で、人に言う前に自分でやってしまう質だ。常に先回りして機転が利き、よく動く、母親ほどの年齢の青木には、いずれ頭が上がらなくなるのかもしれない。

克典と二人だけの気儘《きまま》な暮らしは、まったく違うものになりそうだった。

「そうそう、真矢お嬢様のお部屋にドレッサーを運んできたのは、旦那様ですよ」

青木は、早樹の心を読んだように、訊いていないことまで告げる。

「私、奥様に伺いましたでしょう？　真矢お嬢様の化粧品をどこに置きましょうかって。だって洗面台は、やはり奥様の領分ですものね。真矢お嬢様は、一度おうちを出てらっしゃるから、いくらご実家だって、そこはやはり奥様に気を遣わないといけませんよと、旦那様にそう申し上げたんですよ。そしたら、そうか、じゃドレッサーを運んでくるよ、と気軽に仰って、あっという間にトラックの手配をされて、ご自分が乗って行かれたんですよ。びっくりしました。さすがに旦那様は、行動力がおありになりますわね。仕事で成功する方は違います」

運転手が聞き耳を立てているようで、早樹は気が気でなかった。しかし、青木は気が付いていない。

「そのことは、もういいですから」

早樹が掠《かす》れ声でぴしゃりと言うと、青木はびっくりしたように黙った。機嫌を損ねたのかもしれないと思ったが、早樹も気を遣うのが面倒になって、目を瞑る。

「申し訳ありません。ご気分の悪い時に」

青木がようやく、早樹の体調に気付いたかのように謝った。

早樹は、気にしないでほしいと首を振ったが、青木はそれを見ていない。


母衣山に着いた時、早樹は真っ先にガレージを覗いた。車があるから、克典と真矢はすでに到着したようだ。

リビングに、黒いタートルネックセーターを着て、ぞろりとしたロングスカートを穿《は》いた女性がぽつんと立って庭を眺めていた。

「あら、真矢お嬢様。お懐かしい」

青木が大きな声を上げたので、驚いたように、真矢が振り向いた。

長い髪を真ん中で分けた、齧歯類《げっしるい》のような小さな顔。黒ずくめのせいか、顔が白く見える。

その目に浮かんでいるのは、紛れもない嫌悪だ。

早樹は、青木の喧噪が真矢の嫌悪を呼んだのだと確信する。

「青木さん？」

抑揚のない声で、真矢が訊ねる。

「ええ、青木ですよ。何年ぶりですかしら。全然お変わりないですこと」

「何言ってるの、変わったでしょう」

真矢がにこりともせずに答える。

「全然お変わりないですよ。あの頃のまんまです。相変わらず可愛らしい」

青木がさらに褒めそやすと、真矢が次第に無表情になった。

この人は神経が過敏だから、自分を防御する術《すべ》を覚えたのだ。おそらく、自殺未遂の後に。

早樹は、克典が「反応が鈍い」と言ったことを思い出した。

「真矢さんですか。早樹です。よろしくお願いします。私、風邪を引いて熱があるので、こんな格好ですみません」

早樹はマスクを外して挨拶した。

初めて早樹の顔を見た真矢が、臆病そうな視線を向けて、最後にすっと逸らした。

「こちらこそ」

声はほとんど聞こえない。音を発しない唇の形から、早樹がそう読んだ。

早樹には、真矢が防御しようかどうしようかと、迷っているように見えた。

「真矢さんは、優子さんと同じ学校だったんですってね」

早樹が訊くと、真矢は黙って頷いた。

「同じクラスではなかったんですか？」

真矢が首を横に振って、疲れたような吐息を洩らした。

「お昼のご用意しますね。真矢お嬢様は何を召し上がりたいですか？」

青木が脱いだコートを畳みながら言ったが、真矢は返答しないどころか、青木がいることも無視している。

「では、旦那様と相談してみます」

青木は気に留めていない様子で、さっさと奥に行ってしまった。

真矢は気まずそうに、両手を擦り合わせながら、ソファに腰を下ろした。

その時、緩んだタートルネックから、細い首筋にある赤紫の痣《あざ》が見えた。

首を吊った痕だと気付いた時、早樹は、真矢は狂言自殺などではなく、本当に死のうとしたのではないかと思った。この人は常に、世界と折り合いが悪そうだ。

真矢と相対して初めて、早樹には、克典の危惧がわかったような気がした。

美佐子の死が自死ではないかと疑っている克典は、真矢に自殺されることを、死ぬほど怖れているのだ。

「真矢さんに訊いてみたいことあったんです」

早樹は、ソファの端に腰を下ろした。途端に、真矢がタートルネックを持ち上げて顎を埋《うず》めるような仕種をした。防御が始まったのだろうか。

「真矢さんて、霊感が強いと聞きました。霊が見えるんでしょう？　もしかして、私の後ろに霊が見えないですか？」

早樹は、霊なんか信じる質ではないが、今回は半ば本気だった。真矢が「見える」と答えたら、庸介は死んでいると思おうとした。

真矢は一瞬、確かめでもするように、早樹の背後に目を遣ってから、真面目な表情で首を振った。

「別に何も」

では、やはり庸介は生きているのだ。

日本のどこかで、もしかしたら「はるとくん」の父親となって。

早樹はそんな実験をした自分が可笑しくなって、苦く笑った。

急に真矢が怯えた子供のような表情をしたことに気が付き、早樹は慌てて言った。

「違うの、あなたを笑ったんじゃないの。私の前の結婚のことを思い出したんです。そのこと、ご存じですか？」

「いえ、知りません」

首を振った後、真矢は急に興味を抱いたように、早樹の顔をまじまじと見つめた。改めて見ると、真矢は亜矢とは違う、可愛い顔立ちをしている。

「私の前の夫は、八年前、海難事故で行方不明になったの。遺体は見つからなかった。本当に死んでいるのか、どこかで生きているのか、わからないんです。だから、霊感のあるあなたに会ったら、まず訊いてみようと思ったの」

真矢は、衝撃を受けたようだった。何か言おうとしたが、言葉にうまくできないのか、まどろっこしそうに何度も口許を歪めた。

「その話は、今度しますね。私、まだ具合が悪いので、ちょっと休ませて頂きます。すみません」

疲れとだるさを感じた早樹は、ソファの袖に摑まってゆっくり立ち上がった。

真矢の視線を背中に感じながら、コートやバッグを持ってキッチンに向かった。

キッチンでは、克典が青木と昼食の相談をしている最中だった。青木がうどんを作ると言っているが、蕎麦好きの克典は不満らしい。

早樹に気付いた克典が顔を上げた。

「辛くない？」

「ええ、薬が効いてきたから、大丈夫。風邪だったので安心して」

「うん、青木さんに聞いたよ」

「悪いけど、今日は寝てるわね」

「うん、その方がいい」

寝室に行こうとすると、克典が追ってきて囁いた。

「今、真矢と話してただろう。どうだった？」

「私は好きよ、あの人」

真矢はどうか知らないけれど、という言葉は呑み込んだ。

「優しくしてほしいんだ」

「ええ」と、答えたものの、同年の真矢に対して、親のように接することができるのかどうか、自信はなかった。

早樹は、重苦しい喉の痛みに悩まされながらも、午後はぐっすり眠った。

再び目を覚ますと、外はすでに暗くなっている。午後五時過ぎ。朝からほとんど何も食べていないので、さすがに空腹を感じる。

アイスクリームでも食べようかと、厚手のカーディガンを羽織って寝室を出た。

キッチンで、克典と青木がぼそぼそと喋る声が聞こえてきた。早樹は立ち止まって聞き耳を立てた。

「だからさ、今日は特別なんだよ。早樹が寝込んだから」

克典の説明に対して、青木が何か質問しているようだが、聞こえなかった。

「基本的に、僕と早樹は昼は自由にやるよ。真矢の分だけ作ってほしい。青木さんはただの家政婦じゃなくて、真矢の世話をしたり、食事をさせたりする係だと思ってほしい」

「承知しました。お夕飯も同じで？」

「今日みたいな例外はあると思うけど、基本的には別にした方がいいだろうと思ってる」

「そうですわね。私が作るのは構いませんが、いろいろ問題もございます。まず、私は運転ができませんから、食材をどうやって買いに行くかとか。あと、真矢お嬢様用に買ってきた食材を、奥様がお使いの冷蔵庫に入れさせて頂いていいのかということ。それから、奥様がお作りになる時、キッチンでご一緒してしまいますわね。そうなると、いろんな問題が生じるかと思います。まな板や包丁はどうするとか、お皿は何を使うか、とか。そんな瑣末《さまつ》なことがね」

「なるほどね。考えが及ばなかったな」

克典が溜息を吐いた時に、早樹はそっと声をかけた。

「ひと眠りしたら、熱が下がったわ」

克典がほっとしたように振り返る。

「よかった」

「ええ、薬が効いたみたい。そしたら、アイスクリームが食べたくなった」

「アイスクリームか、若いね」克典が嬉しそうに言って、青木にも同意を求めた。「ねえ、青木さん」

「ええ、私たちが熱を出したら、食欲なんか全然湧きませんよ。奥様は確か、真矢お嬢様と同い年なんですよね?」

「そうです。同級生です」

早樹はカーディガンの前を合わせて答えた。急に、足元が冷えてきている。

「お嬢様と同じじゃねえ。うちのお嫁ちゃんより若いじゃない」

青木は、笑いながら言った。

「智典の奥さんも、真矢の同級生だよ」

克典が言うと、青木が驚いてみせた。

「同い年の人が三人。亜矢さんもいらっしゃることだし、何だかすごいことになってますね」

青木は口を滑らせたことに気付いたのだろう。慌てて冷凍庫からハーゲンダッツのカップアイスを取り出して、スプーンとともに、早樹の前に置いた。

早樹は、凍ったアイスの表面にスプーンを突き立てようとしたが、固くて刺さらない。諦めて、青木に言う。

「青木さん、お夕飯ですけど。今日は三人分、作って頂くことになりそう」

「例外の日ですね」

「そのことだけど、あまり厳密に決めないい方がいいんじゃないかしら。外食の時は真矢さんをお誘いするし、私が作った時は真矢さんも食べてもらうわ。場合によっては、青木さんに全部作って頂くこともあるだろうし」

早樹は、物事はきっちり決めずに流動的にした方がいい、と言いたかったのだが、克典は不安そうだ。

「いや、でも、真矢はまだ病人だからね。僕らのような普通の生活ができるのかどうかもわからないし、早樹の負担になっても申し訳ない。やはり、ここは青木さんに特別に作ってもらった方がいいと思うんだ」

「負担なんてことはないのよ」と、早樹。

「いや、でも、毎日となると大変だよ」

「そうかしら」

「うん、あまり真矢のことは気にしないで、普通に過ごしてほしいんだ」

「私は普通に過ごすために、あまり決めてしまわない方がいいと言っているんだけど」

「それが曲者《くせもの》なんだよ。なにがしかルールがあった方がいい」

「大袈裟じゃないかな」

早樹と克典が問答を続けている間、俯いて聞いていた青木は、会話が途切れた途端に口を挟んだ。

「では、旦那様。私が作るとして、真矢お嬢様の食材はどういたしましょうか？」

早樹は冷蔵庫を指差した。

「冷蔵庫にあるものを、好きなだけ使ってください。全然構いません。なくなったら補充します。根菜類は、棚の下の籐《とう》籠に入っています。まな板も包丁も食器もみんな、自由にお使いになっていいですよ」

「では、そうさせて頂きます。台所道具は、元はと言えば、前の奥様が使われていたものですからね。真矢お嬢様が愛用されていたお皿も残ってございますし」

青木がしれっと言う。早樹は、『自由にお使いになっていいですよ』という自分の言葉が、青木の反感を買ったのだと悟った。

青木からすれば、使わせてもらっているのは早樹の方だ、ということらしい。

確かに、美佐子が集めた食器や台所道具をそのまま使用している。その方が克典の家族が喜ぶのではないかと思ったからだったが、青木にさえも言われるのだから、図々しい所業だったのだろう。

「あのさ、青木さん。奥様とか真矢お嬢様とか、そういう言い方やめてくれないかな」克典が笑いながら苦言を呈した。「今時、お嬢様はないでしょう。違和感あるよ。真矢さんでいいよ。早樹は、ただの奥さんでいいし、僕も塩崎さんでいいからね。旦那様なんて呼ばれたくないな」

「おや、そうですか。以前はそう呼ばせて頂いていましたが」

克典の援護射撃に、青木が態度を硬化させた。

「時代が変わったんだよ。お願いします」

克典が頭を下げたので、青木は不承不承という体で頷いた。

「わかりました。では、私は今夜は何を作ればいいでしょうか」

青木が腕時計を見ながら言った。切り口上に近いのは、すでに五時を過ぎているからだろう。青木の勤務時間は、午前九時から午後五時までである。

青木の憤懣《ふんまん》を見て取った克典が、「いいよ、いいよ」と押し止めた。

「今日は遅いから、こっちで適当にやるよ。もうお帰りください」

青木は、はっきりと言う。

「では、これで失礼いたします。明日の朝から、真矢さんのお食事を作りますか？　九時過ぎになりますが」

「朝は私が作りますからいいですよ。卵とハム程度で、たいしたものは作れませんが」

早樹が言うと、青木は克典の反応を窺うように見遣った。

「じゃ、朝は早樹が作るそうです。昼と夜をお願いします」と、克典。

「承知しました」旦那様、と続けかけた青木が、代わりに口を歪めて、皮肉な笑みを浮かべた。

青木は、真矢が母衣山に住んでいた頃から、通いのお手伝いとして来ていたそうだ。美佐子に仕えていたから、後妻である早樹が気に食わないのだろう。そして、若い早樹と再婚した克典のことも。

「まいったね、青木さん、喧嘩腰じゃないか。昔はあんなことなかったんだけどね。もっと融通の利く面白い人だと思っていたんだが」

青木が帰った後、克典が肩を竦めて言う。青木の気難しさが次第にわかってきて、早樹は憂鬱になった。

しかし、真矢の食事は基本的に青木が作る、という取り決めをしたのにも拘わらず、青木と真矢が顔を合わせることは、ほとんどなかった。真矢は昼間、まったく自室を出てこない。夜中に動き回っているから、寝ているのだろうと思われた。たまに、部屋のドアが開く音がしたと思ったら、手洗いに行くだけで、すぐにまた部屋に戻ってしまう。

早樹と克典が寝室に引っ込む午後十時過ぎ頃から、真矢は、ごとごとと音を立てて活動を始めるのだった。

まず、部屋のドアが開いて、真矢がキッチンに向かって歩くスリッパ音が聞こえる。そして、冷蔵庫のドアをバタンと閉める音。何かを温めているらしく、チンという電子レンジの音。時折、ガスレンジの火がボッと点くような、小さな音まで聞こえる。

「夜行性だな」

ベッドに仰向《あおむ》けになった克典は、聞き耳を立てていて、逐一早樹に報告する。

「青木さんの作ったおにぎりを食べている」

「寒いと見えて、エアコンのスイッチを入れたね」

「テーブルの上にカップを置いた。きっと紅茶が入っている」

だが、様子を見に行くことは自重しているらしく、動こうとしない。ひたすら刺激することを避けているのか、あるいは、真矢と向き合うことを怖れているのかわからない。

早樹は、なるべく真矢の存在を頭から消し去ろうと、ヘッドフォンを当てて音楽を聴いたり、音量を大きくしてテレビを見たりしている。自分の家を、他人が歩き回っているのを黙認しているのは、予想外に辛いことだった。しかし真矢にとって、ここは実家であり、克典は実父なのだ。

真矢は、青木が作った食事を温め直して食べ、風呂に入り、その後はくつろいでテレビを見て、明け方、部屋に戻って寝る。

驚くことに、真矢はどういう勘が働くのか、青木の作った食事しか食べないのだった。早樹が、もしかすると真矢も食べてくれるかもしれないと、多めに作った野菜スープも、カレーライスも、サラダも、必ず避けられた。まるで、毒が盛られているかのような嫌いように、早樹は少なからず傷付いたが、克典はそこまで気付いていない。

真矢は、リビングで長い時間、深夜放送を見る。新聞を読んだ形跡もあるので、何か読むものに不自由しているのかもしれないと、早樹は気の毒に思うこともあるのだが、思い切って部屋のドアをノックして話しかけた方がいいのかどうか、迷ってばかりだ。

実際、早樹が真矢と相対して話したのは、初日だけだった。

克典がWi-Fiのパスワードを教えたので、ネットに接続はしているようである。

件《くだん》のブログはとうに削除されているが、違うアカウントを作って、別のブログを立ち上げ、再び悪口を書き込んでいる可能性もなくはなかった。

早樹は、あのブログを読んだ時の不快感や焦燥を思い出すと、真矢のすべてを許すことは、今の自分にはできないだろうと思うのだった。


真矢が夜行性の動物のように過ごし始めて、一週間が経った。

その日は、長谷川園が今年最後の清掃で来る日だった。庭の樹木が冬を迎える準備は終わって、十二月からは隔週の清掃作業に入っている。

「奥さん、おはようございます。長谷川です」

インターホンから、長谷川の声がする。

「おはようございます」

「あの、ちょっといいですか？」

普段なら、そのまま庭に回って作業するのだが、今朝は何か話があるらしい。

真矢のことは、誰にも言っていないから、早樹は玄関に長谷川を入れることを一瞬躊躇したが、真矢は自室に籠もったままだ。どうせ現れないだろうと、ドアを開ける。

「どうも」と、長谷川が頭に巻いたタオルを取って挨拶した。

愛想よく笑う長谷川の陽に灼けた顔を、早樹は眩しい思いで見た。

今の塩崎家には、屈託なく笑えることなどひとつもなかった。

「あの、これ、菜穂子から言付かったんですが」長谷川が白い封筒を差し出した。「真矢さんに渡して頂けますか」

「真矢さんに？」

驚いて心臓が止まりそうになった。

なぜ長谷川は、母衣山の家に真矢がいることを知っているのだろう。戻ってきた理由が理由だけに、箝口令《かんこうれい》が敷かれているのに。

もしや、長谷川園の先代を知っているという青木が喋ったのだろうか。

早樹はキッチンの方を振り返ったが、真矢の昼食のためのサンドイッチを作る準備をしている青木は、インターホンが鳴っても、玄関に来る気配など微塵も見せなかった。

克典が呼び方を注意して以来、青木は何となく克典にも早樹にもよそよそしい態度を取り続けている。

克典は、そんな青木が苦手らしく、書斎に籠もりがちになっていた。

「長谷川さん、どうして真矢さんがいることをご存じなんですか？」

早樹は声を潜めて長谷川に訊いた。

「真矢さんから、直接メールもらったって言ってましたよ。これこれ、こういう理由で、母衣山に幽閉されている、と書いてあったそうです」

長谷川は物事を冗談めかして言う癖がある。悪気はないと思ったものの、そんな根も葉もない噂が広がると困る。

「そんな幽閉だなんて、人聞きが悪いです」

早樹の慌てぶりを見て、長谷川の方が恐縮した。

「いや、真矢さんなりの冗談だと思いますよ」

ということは、真矢自身が書いたのだろう。早樹は愕然とした。

「じゃ、これを真矢さんに渡してください。よろしくお願いします」

長谷川が白い封筒を手渡した。表書きには小さな字で「塩崎真矢さま」と書いてある。裏書きは「長谷川菜穂子」。

用事ならメールで済むのだから、見舞いのカードだろうか。

「わかりました。必ずお渡しします」

早樹は念のために口止めしようかと思ったが、周囲を憚った長谷川の声音から、ほぼ事情は知っているようだから大丈夫だろう、と判断した。

表に出て行きかけた長谷川が振り返った。

「そうそう、奥さんがヨガに来てくださらないって、菜穂子ががっかりしてましたよ」

「ごめんなさい。何だかバタバタしちゃって、タイミングを逸しちゃったんです。春先にでも考えますって、言っておいてください」

「春先ですか。そりゃまた先ですね」

長谷川が陽気に笑った。

「気長にお願いします」

早樹がふざけると、長谷川が改めてお辞儀した。

「お庭の方ですが、今日で今年は最後ですので、後で塩崎さんにご挨拶させて頂きます」

「わかりました。伝えます」

真矢に会ってみたくてヨガクラスを申し込んだのに、まさか一緒に暮らす羽目になるとは思ってもいなかった。

早樹は苦く笑って、真矢の部屋の前に向かった。しかし、真矢は夕方まで眠っているはずだ。封筒を下から入れようにも、ドアに隙間はない。

早樹は思い切ってノックしてみた。

「真矢さん、お渡ししたいものがあるんですけど」

どうせ寝ているだろうと思っていたのに、ドアがいきなり開けられたのには驚いた。

だが、カーテンは閉じられて、部屋は真っ暗だ。終日、点けっぱなしらしいエアコンの埃《ほこり》臭い空気が淀んでいる。

デスクの上でぼうっと光るのは、パソコンの光だ。カーテンを閉め切ってネットを見ていたのかと、たじろぐ思いがあった。おそらく夜通し起きていて、これから寝るところなのだろう。

「渡すものって、何ですか」

真矢が不機嫌そうな口調で問うた。

母衣山に来た時と同じ、黒いタートルネックセーターを着て、ジーンズという姿だ。

久しぶりに真矢の姿を見た早樹は、話すのも忘れて真矢の化粧気のない白い顔をまじまじと眺めた。乾燥のせいか、唇が荒れているのが目立つ。

真矢は早樹の視線を避けるかのように、左手で口許を隠すようにしたので、早樹は自分の無遠慮な視線に気付いた。

「長谷川菜穂子さんからです。今、長谷川園のご主人が届けてくれたの」

封筒を渡すと、さも関心なさそうに受け取り、ドアを閉めようとした。早樹は慌ててドアを押さえた。

「ちょっと待ってください」

早樹の強い口調に、真矢があの臆病そうな顔を一瞬見せる。

「何ですか」と、聞こえないほどの小さな声で言う。

「あのう、閉じ籠もっていないで、一緒にご飯を食べませんか？」

真矢は何も答えずに、ドアを閉めようとした。その態度が癪に障って、早樹はドアの中に体を捻じ入れた。

「やめてくれませんか」

真矢が迷惑そうに眉を顰めた。

「すみません。でも、こういうの耐えられないんです。お部屋に閉じ籠もっていて、夜になると出てくるのって、何か変です」早樹ははっきり言った。「克典さんは、あなたのことが心配だから、何も言わないけど。私はこういうの嫌なんです」

「嫌なんですって言われても。私だって嫌なことはありますよ」

真矢が迷惑この上ないという風に、溜息を吐きながら弱々しく言う。

「何が嫌なんですか」

「青木さんを見張りに付けてまでして、皆に監視されていることよ」

「誰もそんなこと思ってないし、してないですよ。克典さんは、あなたが心配だから、一緒に住むことにしたんだと思います」

「余計なお世話だよ。人間死ぬ時は死ぬんだよ」

突然、真矢が低い声で呪詛を吐いた。

独りごとのようだったが、早樹は、隣の書斎にいる克典に聞こえるのではないかとはらはらした。

が、克典は一向に姿を現さない。寝室で真矢の動向に耳を澄ましているように、今も二人の会話を聞いているのだろうか。

「じゃ、この後、私たちはどうしたらいいのですか」

早樹は率直に訊ねた。真矢は克典の娘だが、早樹にしてみれば闖入者に等しい。できれば、母衣山から出て行ってほしかった。

しかし、自分の口から言うわけにはいかない。返事を待っていると、真矢が小さな声で言った。

「要するに、あなたは私に出て行ってほしいんでしょう？」

図星だったが、頷けなかった。真矢がさも軽蔑したように言った。

「そういう時は口を噤むんだね」

珍しく強い意志を感じさせる口調だった。

「はっきり言えないこともあります」

「そうやってうまく生きてきたんでしょう？　おっさんに取り入って」

敵意を剝き出しにされて、さすがに腹が立った。言い返してやろうと思ったが、自殺未遂をしたばかりの真矢には、凍り付いたように何も言えない。緩んだタートルネックから覗けた、首の痣を思い出す。

「ずいぶん失礼なことを言うのね。真矢さんてそういう人だったんですか。私は仲良くなりたいと思っていたけど」

途端に、真矢の目に気弱な光が表れて、視線を逸らした。

攻撃と防御と、めまぐるしく変化する真矢と話していることに疲れてきた。

ふと視線を感じて振り向くと、青木がエプロンのポケットに両手を入れて、こちらを見ていた。

早樹は、向こうに行ってくれ、という風に手で合図を送る。青木が踵《きびす》を返したのを見て、真矢に提案した。

「真矢さんも部屋から出てきてくれませんか。二人でリビングで話しましょうよ。あそこなら誰にも聞かれないから」

早樹は、克典が聞き耳を立てていることも嫌だった。

真矢も、克典の存在を感じているらしく、無言で部屋を出た。二人でリビングに向かう。

「コーヒーでも淹れましょうか？」

青木が顔を出して、優しく訊ねた。真矢が部屋から出てきたのが珍しいから、気を利かせたのだろう。

「お願いします」

早樹は頼んだが、真矢は突《つ》っ慳貪《けんどん》に命じる。

「私は紅茶にして」

「じゃ、私も紅茶でいいです」

早樹と真矢は、初対面の時のようにリビングのソファに相対した。

庭では、長谷川とアシスタントの男性が、真面目な顔で落ち葉を掃いている。

「青木さん、嫌いだよ」と、真矢が呟く。

「どうして」

「自分だってそう思ってるくせに。人には言わせるのね」

真矢が嘲笑った。その言い方には、ブログの悪意を思い出させる、ひどく意地の悪いものがあった。

「そんなつもりはないけど。真矢さんの言葉を聞きたかっただけよ」

「言葉を聞くと、その人がわかるって？　何か聞いたことのあるような台詞ね」

真矢が再び毒を吐き出し始める。早樹は困惑して黙っていた。

その時、青木が紅茶を運んできた。薄くて温いダージリンだ。

「温いじゃん」

青木の背に聞こえよがしに言う。攻撃も真矢の自己防御の一種なのだろうか。こうして皆に自分を嫌わせてしまって、最後は破滅したいのか。

しかし、こんな態度を取る真矢とは一緒に暮らせない。最初の日は、真矢の防御を痛々しく感じたのに、今は辟易する自分がいる。

早樹がこっそり嘆息すると、真矢が急に怜悧《れいり》さを感じさせる声で言った。

「大丈夫よ、安心して。今に出て行くから。わかってるわよ。あなたの気持ちは」

「だけど、克典さんは心配して離さないと思います」

「母親と同じになるのを心配してるだけよ。要するに自分勝手なの。父はそういう自分に気付いていないの。だから、嫌だったのよ。私と父の溝は何をどうしたって埋まらない。そんなのわかってるのに、まだこんなことして縛ろうとする」

「私は子供がいないからわからないけど、親の気持ちってそうなんじゃないですか」

早樹は克典を庇った。

「あなたはすごく中途半端な人なのよ。あんなお爺さんと結婚するからよ」

真矢が毒を投げ付ける。しかし、早樹は反論できない。その通りだと首肯する自分がいるからだ。

克典は人生経験を積んでいるのに、自分は途上にいる。克典はすでに孫もいるのに、自分は子を持つ感覚がわからない。庸介は死んでおらず、生きているかもしれない。すべてが、納まるべきところに納まっていない気がした。

考え込んだ早樹を見て、真矢がはっとしたような顔をした。さすがに言い過ぎたと気付いたのだろう。

「真矢さん、あなたのブログを読みました。私が本当にそういう人間だと思っているんですか？」

「嫌だ、本気にしないでよ。ブログなんて、真実を書くわけじゃないのよ。ＰＶを増やすために、ちょっと盛ってるのよ」

真矢は少し慌てているように見える。

「でも、私は傷付きました。今、あなたが言ったこともショックだった。やっぱりあなたがここにいる以上は、私はこの家では暮らせない」

「大丈夫よ。もうじき出て行くから。でも、出て行って、私は死ぬかもしれない。その時は、誰のせいでもないって書いておくわね」

真矢が脅すようなことを言う。

「それはもう、仕方のないことだと思います。真矢さんも大人なんだし、誰のせいでもないのは本当のことですもの。克典さんも、耐えなきゃならないんだと思う」

早樹は考えながら、ゆっくり話した。そんなことになれば、真矢を追い出す形にした自分も耐えなければならないだろう。

「そうよね。耐えてほしいよ、あいつには」

あいつとは克典のことか。克典があらゆる譲歩をして、娘との関係を修復しようと努力しているのに、真矢は変わらず嫌っている。もう、どうしようもないのだと早樹は思った。

「いつ頃、出て行こうと思ってるの？」

「今すぐ出たい」

しかし、真矢は通院中で、克典の保護下にある。そう簡単にはいくまい。

「それだけは克典さんと相談してください」

真矢は何も答えずに立ち上がった。

「相談してね」と、念を押す。

「保護者ぶらないで」

きつい言葉が投げ付けられた。

しかし、その通りだと苦笑する自分もいる。真矢は自分と同い年の大人なのだ。克典と真矢の関係に介入する気など毛頭ないのだから、放っておくしかない。

「真矢さん、お食事一緒にしましょうよ」

返事はなかった。真矢の背中を見送っていると、早樹のスマホが鳴った。美波からだ。

早樹は庭を眺めるガラスドアの前で電話に出た。

「今、話してもいい？」

もしもし、と言った途端に、美波がいきなり訊ねる。

「ええ、どうしたの？」

何か悪いことが起きたのだろうという予感がした。

「幹太が死んじゃったの」

ああ、やはり、そうか、という思いがあった。禁じられたであろう酒を飲んでいた幹太からは、破滅に向かう意志が感じられたのだ。

その虚ろで暗い意志は、真矢にはない。幹太が死んでしまったのなら、真矢は生きるだろうという気がした。

「どうしてわかったの？」

「何か心配だったから、さっき思い切って携帯に電話してみたの。そしたら、奥さんが出て、今朝亡くなったんだって。食道静脈瘤の破裂だそう」

「そう。今日電話したのも、虫が知らせたのかしらね」

「うん、何か朝起きた時から、すごく気になったのよね」

「美波、大丈夫？」

「大丈夫だけど、やっぱショックだよ。とうとう会えなかったなと思って」

「そうだね」

「仕事中なので、後でメールする」

電話は慌ただしく切れた。

早樹は、庭の向こうに広がる冬の海を眺めた。どういうわけか、冬の海は夏よりキラキラと光って見える。

とうとう幹太は何も語らないままに、光る海の向こうに消えてしまった。「海聲聴」のクリーム色の石肌が、男の背中のように見えた。

第九章　帰るべき場所

1

早樹は、「訃報です」と題したメールを、丹呉に送った。木村美波を介して、佐藤幹太が今朝亡くなったという知らせを受け取った、という内容だった。詳しくは知らないので、文字通りの訃報だったが、すぐに返信がきた。

塩崎早樹様
メールありがとうございます。
佐藤幹太君が亡くなられたという知らせに、衝撃を受けております。
幹太君には、釣り部時代、大変お世話になりました。何があったのかは知りませんが、まだ若い彼の死が残念でなりません。

小山田さんや高橋さんにもお知らせしておきますが、もし葬儀の日程などがわかりましたら、お教え願えればと思います。

敬具

丹呉陽一郎

しかし、早樹は葬儀に出席するつもりはない。縁の切れたというか、切られた木村美波も、多分同じだろう。二人ともに、陰ながら幹太の冥福を祈るだけだ。

丹呉に、「恐れ入りますが、新逗子の『かんたろう』というお店に問い合わせて頂けますか」と返信を書きかけたが、店主が亡くなったのだから、しばらく店を閉めているだろうと思い、やめた。しかし、気になったので、鎌倉に買い物に行きがてら、店の前を通ってみることにする。

外出の支度をして出ようとすると、青木が更紗のエプロンで忙しなく手を拭きながら、こちらにやって来た。

「奥様、ちょっといいですか」

克典には、言いにくそうに「塩崎さん」と呼びかけているが、早樹には相変わらず「奥様」で通している。その方が馴染《なじ》みがいいのだろう。

「はい、何でしょう」

食材の相談かと思い、早樹は手にしたバッグを置き、聞く態勢になった。

「先ほど、奥様が真矢さんと話していらしたのが聞こえちゃったんですけどね。真矢さんは、私がいる限り、絶対に部屋から出ていらっしゃらないと思うんですよ。というのも、私のことを『監視役』だと思ってるみたいじゃないですか。そういう風に聞こえました。私は監視するつもりなんか、毛頭ないです。私は、塩崎さんに、娘が戻ってくるので、奥様の家事を手伝ってやってくれないかと頼まれただけなんですよ。でも、来てみれば、お掃除は決まった人が来て徹底的にやってくださるし、お食事だって、真矢さんのはあり合わせで作りおきするだけでしょう。張り合いがありません。それに何だか、雰囲気がとっても悪いじゃないですか。真矢さんは、最初から私に怒ってらっしゃるみたいで、顔を合わせればぷんぷんして感じが悪い。私も居辛いんですよね。先ほど、奥様が、一緒にご飯食べようと誘ってらしたじゃないですか。私は、そうされるといいと思うんですよ。何も二度手間かけてご飯を作ることなんかないですよ。このままじゃ、奥様も私もやりにくいですよね。違いますか？」

青木が、堰《せき》を切ったように喋りだした。

「その通りだと思います」

早樹が頷くと、いっそう力が籠もった。

「それに余計なことかもしれませんけど」前置きしながらも、はっきり言う。「真矢さんは心の病気だとか、塩崎さんに伺っていましたが、あの喋り方を見ている限り、そんな風には思えないんですよね」

早樹も同感だった。真矢は心を病んでいるというよりも、現実を突破できなくて、あがいているかのようだ。

「お薬のせいかもしれないし」

早樹は慎重に言った。

「飲んだの見たことないです」

青木が言い切ったので、早樹はその先を促した。

「病気のことはわからないけど、克典さんに訊いてみますよ。それで、青木さんはどうなさりたいんですか？」

「できましたら、今日で辞めさせて頂きたいんです」青木が、早樹の目をまっすぐに見て言う。「塩崎さんのたってのお願いということだったので、伺うことにしましたが、私も生活に困っているわけじゃないんで。そりゃ、余裕のない年金暮らしですけど、主人と温泉にも行きたいし、趣味の俳句だってもっとやりたいんです。どちらかというと、無理して来ているような状態なのに、真矢さんに、何もあんな酷い言い方をされることはないと思ってますのよ」

最後は憤懣やる方ないという風に、唇を尖らせた。もっともだ、と早樹は頷く。

「それでは、克典さんを呼んできますので、直接話して頂けませんか」

「そりゃそうですよね。奥様、若いんだもの」

青木が薄笑いを浮かべたので、決定権のない妻だと笑われたように思った。しかし、これで青木が去ってくれるのなら、それでいい。

「克典さんは書斎にいます。ご自分でいらしてください。よろしくお願いします」

克典を呼びに行くのもやめて、早樹は青木に告げた。

青木は、早樹と目を合わせずに「そうさせて頂きます」と言う。

このまま青木が辞めたら、二度と会うことはなかろう。だが、早樹も目を伏せた。

急にこの家に留まるのが嫌になって、早樹はさっさと表に出た。

冬晴れの美しい日だった。振り返れば、冬の海が見える。もしも、幹太が手伝って庸介の死を偽装したのならば、庸介は、幹太の死に何を思うだろう。

いろんなことが終わる日だ。早樹はそんなことを考えながら、ガレージから車を出して母衣山を下り始めた。

途中、克典からＬＩＮＥが来た。「もう出掛けちゃったんだね。買い物に一緒に行こうと思ってたんだよ」

車を停めて、おどけたスタンプで返信する。「ごめーん」。しかし、家に戻る気はない。早樹はどんどん山を下った。

新逗子駅近くの路地裏にある「かんたろう」の手前で車を停めて、店の前まで歩いて見に行った。

店内で給仕もしていた板前が、ちょうど暖簾を掲げて、店から出てきた。以前、幹太に会いにきた時は、昼は開いていなかったのにと驚く。

引き戸の前に椅子が出されて、その上にホワイトボードが立てかけてあった。「ランチ営業始めました」と、赤いペンで書いてある。「刺身定食」「アジフライ定食」「焼魚定食」。それぞれの値段が書き込んである。

幹太が死んだのに、何ごともなかったかのように店は営業している。それが、幹太の若い妻の心持ちのような気がして、早樹は目を背けた。店の暗がりで、ビールを呷る幹太の横顔を思い出す。

いつも行くスーパーの駐車場に車を入れてから、早樹は久しぶりに菊美に電話してみようと思った。菊美は、捜索に協力してくれた幹太に、心から感謝していたから、知らせてやりたかった。

携帯だと、早樹の名を見て菊美が出ないと困る。早樹は、マンションの固定電話の方に電話した。

「もしもし、加野でございます」

数回のコールで、菊美が出た。勢いのある声だ。背後から、ピアノ曲が聞こえる。テレビの音ならよく聞こえたものだが、クラシック曲とは珍しいこともあるものだと、早樹は聞き耳を立てた。知っている曲のような気がしたが、曲名が思い出せない。

「早樹ですが、ご無沙汰しております」

「あら、久しぶりね」

途端に音量が絞られて、ピアノ曲は遠くなった。

「今、大丈夫ですか？　お客様では？」

「大丈夫よ。早樹ちゃん、お元気？」

菊美が早口に答える。

「はい、おかげさまで。今日は、お知らせがあってご連絡しました」

「何かしら」

改まった様子だ。

「庸介さんの遭難の時に、何日も手伝ってくださった佐藤幹太さん、覚えていらっしゃいますか？」

「ええ、もちろん。いい人だったわね」

「あの方が、今朝亡くなられたんだそうです。それでお知らせまでと思いまして」

「あらあ、そうなの」と、絶句している。「まだ若いわよね。庸介より、下だったわよね」

「そうです」

「どうして亡くなられたの？」

「ご病気のようです。私も詳しくは知らないのですが、一応、お知らせをと思いまして」

「そう。どうもありがとう」言葉を切ってから、改めて菊美が訊ねる。「で、お香典とか、どうするの。出した方がいい？」

「いいえ、私は最近はお付き合いがありませんので、何もしないつもりです。お母様もなさらなくていいのでは、と思います」

ひと月ほど前に会ったばかりだとは、言わなかった。

「わかりました。じゃ、ご冥福をお祈りしますね。わざわざすみませんでした」

菊美は安堵したかのように柔らかな声を出し、電話を切りそうになった。早樹は急いで遮った。

「お母様、すみません。ちょっと待ってください」

「はい、何ですか」やや迷惑そうだ。

「最近、無言電話とかないですか？」

一瞬、間が空いた。

「そういや、ないわね」

「庸介さんの姿を見たとかは？」

「ないですよ」と、菊美はきっぱり言った。「早樹ちゃんの方はどうなの」

「何もないです」

「気の迷いだったのかしらね」

菊美が笑って言う。そんなはずはなかろう。だったら、早樹の耳にずっと聞こえていた囁きは何だったのか。

あれだけ庸介の生存に拘っていたのに、まるで憑《つ》き物が落ちたようにさばさばと答える菊美を、早樹は奇妙に感じた。

「もう年の瀬か、早いわね。あっという間に歳を取っちゃうわ。では、早樹ちゃん、お元気でね。よいお年を」

答えようとしたが、電話は早々に切られた。途中から遠くで聞こえたピアノ曲も、いつの間にか消えていたことに、今さら気付く。

何だか騙されたような、そして何かを失ったような虚ろな気分で、早樹はスーパーに入り、買い物を始めた。

昼食はベーカリーに寄ってサンドイッチを買うことにして、夕食はしゃぶしゃぶにする。それなら、真矢も後で肉か野菜を足して食べればいいだろう。

早樹は、牛肉や豆腐などを手早くカートに入れた。克典がゴルフ大会で優勝して、牛肉を大量にもらってきたことを思い出したが、解凍が面倒だ。間が悪いことばかりだと嘆息する。

「青木さんが今日で辞めたいそうです。参ったね」と、克典からＬＩＮＥがきたのは、レジを通った後だった。

「さっき聞きました。仕方がないんじゃない」と、返事をする。「やれやれだね」と返答があったので、早樹は一人で苦笑した。

突然、涙が出そうになって、出口のところで上を向いた。

幹太が亡くなった日に、周囲にいる人間と誰一人悲しみを共有できないことに、疲れを感じていた。また、自宅で泣く自由がないことにも。

午後早くに、自宅に戻った。車の音を聞き付けた克典が、ガレージまで出迎えてくれた。

紺色のパーカーを羽織った克典は、ガレージの隅で寒そうに背を丸めている。

「お帰り」

克典は食材で膨れたエコバッグを、シートから下ろしてくれた。

「お昼にサンドイッチ買ったわ」

克典は適当に頷いた。それどころではないらしい。

「青木さんが辞めるって言ってるよ」

ＬＩＮＥと同じことを告げる。

「もう帰られたの？」

「いや、まだだけど、夕方までいる気はないらしい。奥様に挨拶してから帰ります、と言って早樹を待ってる。直情的な人だね」

そんな青木を雇ったのは、克典ではないか。

「さっき、私にも辞めたいって仰ってた。ずいぶん急だけど、仕方ないんじゃないかとも思ったわ。青木さんがいる間、真矢さんが部屋から一歩も出てこないので気にしてるのよ。さっきみたいに真矢さんが出てきても、青木さんにはけんもほろろだから、嫌気が差したんでしょう」

「真矢は、青木さんが監視していると思っているらしいね」

克典が小さな声で訊く。

「ええ、そう言ってた。それが聞こえたので、青木さんは気を悪くしたのよ。それに真矢さんは、あなたに幽閉されていると、長谷川園の奥さんにメールしたんですって。さっき長谷川さんが、奥さんの手紙を届けてくれたついでに言ってたわ」

「幽閉？」克典がむっとしたように繰り返す。「何だ、それは」

「真矢さんはそう思っているんでしょう」

「勝手なもんだね。さんざん親に心配かけて、今度は幽閉か。まったく、真矢は何もわかってないね」

克典はぷりぷりしながら、エコバッグを脇に置いた。

「真矢さんは本当に鬱病なのかしら。私には、しっかりしているように思えるんだけど」

「診断が出たわけじゃない。僕が勝手にそう思っているだけだ。先生は少し経過を見ようと言ってた」

「だったら」と、早樹は言いかけてやめた。克典が、真矢に腹を立てていることに気付いたからだ。

「だったら何だ？」

「少し落ち着いたら、私たちとは一緒じゃない方がいいんじゃないかしら」

克典はその話をしたくないのか、不機嫌そうに押し黙った。

「ねえ、どう思う？」

再度、克典に訊ねると、珍しく迷ったような声音で答えた。

「何がいいのか、僕にはわからない」

「美佐子さんの七回忌のお食事会は、結局やめたんでしょう？」

「うん、真矢のことがあるし、中止にしようと思っている」

「だけど」

早樹は続けようとしたが、克典は「ここは寒いな」と関係のないことを言う。話を切り上げたいらしい。

早樹は、寒いガレージの隅っこで、ひそひそ話しているのが馬鹿らしくなった。

「おうちに入りましょうよ」

早樹が誘うと、克典が頷いてエコバッグを再び持ち上げた。

早樹は、克典の横顔を見遣った。口許の皺がいっそう深くなったように思う。真矢の自殺騒ぎがあってから、克典は少し痩せたようだ。楽しみにしていた外食もしなくなり、酒も控えているせいだろうか。

自分の考えではどうすることもできない、これまで想像もしていなかった苦しみに直面しているのだと、早樹は思った。

「真矢さんに、部屋から出てきて一緒にご飯を食べるように勧めて」

しかし、真矢は克典に心を開かないだろう。

「来やしないよ」

克典も諦めた風に言う。

玄関に入るなり、リビングで自分たちを待つ青木といきなり目が合った。

「お待ちしていました。すみませんが、私はこれで帰らせて頂きます」

青木は、早樹と克典の顔を見るなり、丸めたエプロンをリュックサックに詰め込み、深々と礼をした。

「こちらこそ、お世話になりました」

早樹の挨拶を聞いた青木は、青いニット帽を手にしたまま、さっさと出て行った。なかなかガレージから戻ってこない早樹と克典を、苛々しながら待っていたらしい。

早樹は真矢の部屋のドアをノックした。

「真矢さん、青木さんは、もういらっしゃらないことになりました。よかったら、出ていらして、一緒にサンドイッチでも召し上がりませんか」

もちろん、返答はない。

早樹は、真矢が部屋に籠もり続けているのならば、こちらが母衣山を出て行こうかと、不意に思った。

真矢は、誰よりも母親とこの家を愛しているのだ。庭好きな克典には酷かもしれないが、住居を変えるべき時にきているのかもしれない。早樹が、美佐子の集めた食器を使ったり、家具や敷物を愛でるのを子供たちが不快に思うのなら、いっそ、すべてを捨てて、自分たちの暮らしを構築する方がいい。

どうしてそのことに気付かなかったのだろう。早樹は、克典が少し落ち着いたら、そんな提案をしてみようと思うのだった。

早樹が慌てて作った野菜スープとサンドイッチという簡便な昼食を食べながら、克典は久しぶりに赤ワインを二杯飲んだ。そして、午睡すると言って、寝室に行ってしまった。

家の中がしんと静まり返っている。

早樹はパソコンを開いた。果たして、美波からメールがきていた。

早樹へ

今朝は電話してごめん。突然でびっくりしたでしょう。

でも、早樹の声を聞きたかったのよ。あなたと話していたら、私も少し落ち着いた。

もう過去は取り戻せない。私たちは、取り返しのつかない馬鹿なことをさんざんして歳を取り、赦《ゆる》されないままに死んでゆくんだと思った。いや、幹太だけじゃないの。私だって、幹太に取り返しのつかないことをたくさんしてきたと思う。誰にも言わないこと、言えないことがたくさんあるんだよ。それをひとつひとつ思い出しては、心の中で涙を流している。

今日は事務所を早退してきて、昼間っから飲んでるの。幹太に献杯。

美波

早樹は、メールを読んで胸がいっぱいになった。短い返事を書く。

美波へ
さっき「かんたろう」の前を通ったら、お店は何ごともなかったかのように営業していました。幹太さんの名前を冠した店なのにと思うと、悲しかった。私もこれから献杯します。
早樹

早樹は、克典の飲み残したワインをグラスに注いで、中空に向かって献杯した。

グラスを片手にキッチンの窓から庭を見下ろすと、長谷川とアシスタントが、こちらに背を向けて海を眺めているところだった。

二人は休憩中なのか、熊手と箒《ほうき》を手にして、それぞれだらりと力を抜いている。冬の陽が二人の男の背中と、「海聲聴」にも降り注いでいる。

「私ももらっていい？」

背後から声がして、早樹は驚いて振り返った。キッチンの入り口に真矢が立っていた。少し寝たのか、髪が乱れていた。

「もちろん。どうぞ」

早樹は目の前の椅子を勧めた。真矢は、青木がいないことを確かめて、安堵したのか薄く笑った。

早樹は食器棚からグラスを出して、ワインを注いでやった。真矢が慣れた様子で香りを嗅いでいる。

「献杯」

早樹がそう言ってグラスを掲げると、真矢は妙な顔をした。

「青木さんはもう来ないわよ。安心して」

早樹が言うと、真矢は鼻で笑った。

「あのおばさん、邪悪なんだよ。よかった」

「邪悪？」

「そうよ。人の粗探しばっかりする人なのに、お父さんは馬鹿だから、あんな人をまた雇っちゃう。会社じゃなくて家に入れるんだから、ちゃんと人間を見なくちゃならないのに、女というものを知らないんだよ」

それは同感だったが、当たり障りのない返事をした。

「なるほどね」

では、真矢は、父親の後妻である自分のことも危ぶんでいるのだろうか。訊こうと思ったら、真矢は思いついたように優子の名を口にした。

「邪悪っていえば、優子も邪悪だよ」

「優子さんが？」意外だった。「そんなことないでしょう」

「あいつはね、高校の時から、狙い定めた男に取り入るのがうまいの。うちの兄なんか、うまく釣り上げられた口だよね。人生こうしようと決めると、ちゃんとそんな風に操れるヤツなんだよ。いつの間にかテレビも出るようになったしね」

「もしかして、私のこともそう思ってるの？」

早樹は思い切って訊いてみた。

真矢は困ったような顔をした。

「よくわからない。思っていた人と違ったから」

「どういう風に思ってたの？」

真矢は話に興味を失ったかのように黙り、ワイングラスに口を付けた。

早樹は立ち上がって、残っていたサンドイッチを出した。

「野菜スープもあるけど、食べない？」

「要らない。これだけでいい」

真矢は首を振った。

「私が作ったスープだから？」

「そんなこと思ってないよ」真矢は目を上げずに早口に言った。「私はそんな子供じゃない。私は、あなたが前のご主人が遭難したって言ったので、そんなこと知らなかったから、気の毒だと思ったの。そういう目に遭った人だったんだって」

真矢が照れくさそうに伏し目がちになって喋るところは、克典に少し似ていた。克典も自分を気の毒に思ったのだ。

「それはありがとう」

早樹は素直に礼を言った。この機会に、真矢にはいろいろ訊いてみたいことがある。

「お母様の七回忌のことだけど、食事会をしようという話があったでしょう？　もうじきだけど、どうします」

真矢は厳然と首を振った。

いの、そんなの。お母さんは死んじゃったんだから、もう七回忌なんかしたって意味ないよ。お父さんの自己満足には付き合いたくないし、お兄さん夫婦に会うのが嫌。あの家族嫌いなの」

「霊感があると聞いていたから、意外だったわ。もっと七回忌とかを大事にする人かと思ってた」

「霊感があるって、私は嫌いな人にだけ言うの。人によっては怖がるから面白いよ」

早樹は少し呆れたが、可笑しかった。

「真矢さんは好悪が激しくて気難しいのね」

「あなたはどうなの」

切り返されて絶句する。

「自分のことはわからない」

「狡いって言いたいところだけど、あなたはきっとそうなんでしょうね。本当に賢いのよ」

「そうかしら」

それは厭味だろうかと、迷いながら首を傾げる。

「そうよ。自殺しようなんて思ったことないでしょう?」

真矢がワイングラスをテーブルの上に置いて、首のあたりに手を遣った。

「そのこと訊いてもいいかしら」

真矢が黙っているので、早樹は率直に訊いた。

「本当に死のうと思ったの？」

真矢の頬がワインで染まっている。真矢は熱いのか、その頬に手を当てた。

「何があったのか、訊きたいんだけど」

早樹が遠慮がちに言うと、真矢は肩を竦めてから視線を逸らした。

「自殺するほど悩んでいることを、あの人に見せたかっただけよ。だから、これから死ぬってＬＩＮＥして、あの人が合鍵で入ってくるのを確認してから、椅子を蹴ったの。そしたら、私を下ろすのに予想外に手間取ったみたいね。紐《ひも》は切れたけど、苦しかった。もう駄目だと思ったわ。それでもいいやと思った途端に意識を失って気が付いたら、病院にいた」

狂言自殺という説があったことを思い出す。真矢はその模様を淡々と喋る。

「危なかったわね。助かってよかった」

「さあ、どうかな」と、真矢はグラスを一気に空にした。「死んでもよかったのかもしれないけどね。私、いつも付き合う男と揉めるの。何でかわからないけど、すぐに喧嘩になって別れるだの何だのと消耗するのよ。依存し過ぎるのかもしれない。少し治さなきゃと思ってる。治すとしたら、そこよ。だから、きっと面倒くさい女なのよ」

早樹は微笑みながら、真矢のグラスにワインを注いでやった。

「ところで、さっき、どうして献杯って言ったの？」

真矢は鋭い。聞き逃してはいなかった。

「今日、昔の知り合いが亡くなったのよ。だから、献杯しようと思ったの。あなたが付き合ってくれてよかった」

「本当に死んだ人がいるんだ」

真矢は驚いた様子だった。

「ええ。あなたに少し似ているんだけど、美波という友人がいるの。その彼女の昔付き合っていた人が、今朝亡くなったんだって」

「その美波って人から連絡があったの？」

真矢がにわかに興味を抱いたように訊いた。

「そうよ。今朝あなたと話した後だった」

「美波ってどんな人？」

「好悪が激しくて気難しいの」

真矢は少し笑ったようだった。

「私って、そんなに好悪激しいかなあ」

真矢は、首を傾げて呟いた。

「だって、嫌いな人には霊が見えるとか言って脅したりするんでしょう？　そして、好きになった人には、首を吊って見せるんだから激しい人だと思う」

早樹は、少しきつい言い方かと内心はらはらしながらも、冗談めかした。真矢は眉根を寄せて暗い表情をしたが、同意するように何度も頷いている。

「その美波という人もそういうところがあるの？」

「さあ、そこまではしないかもしれないけど、何か似ているような気がした」

「誰かに似てるなんて言われたのは、初めてだなあ」

真矢は子供みたいな言い方をして、空を睨《にら》んだ。

「不快？」

「別に」と、首を振る。「そんなこと、どうでもいいもん」

気を悪くさせてしまったかと早樹が黙ると、真矢はワインを飲みながら誰に聞かせるというわけでもなく、低い声で話し始めた。

「まあ、そうだね。私は激しいかも。あの人が、あんまり嘘吐きでちゃらんぽらんなんで、ここ数年はずっと腹が立っていたの。それなのに、別れられない自分も情けなくて、腹立たしくて仕方がなかった。さっきも言ったけど、私は依存体質でもあるらしいのね。何か男に甘えちゃうところがある。だから、死ぬふりしてあいつをうんざりさせたら、私もやめられるかなと思った。もっとも、ここで死ぬなら死んでもいいと思ったのも事実よ。だけど結局、損をしたのは、明らかに私の方だけだったね。あっちは事務所も家庭も安泰だものね。馬鹿な話だよね」

真矢はグラスを弄びながら、一気に喋った。

「その人とは別れたの？」

「うん」と、あっけらかんと答える。「もう二度と会わない。本性を見たから、うんざりよ。その意味では成功だね」

寝室の方で物音がしたので、克典が起きてくるのかと早樹はどきりとした。真矢と二人きりで、いつまでもいろんなことを喋っていたかった。

だが、早樹の思いがわかっているかのように克典は現れない。早樹はほっとした。

「あなたの話、面白い」

「そうかな」と、真矢が肩を竦めた。「病院で、ぱっと目を覚ましたら、目の前に白髪頭のお爺さんがいるのよ。医者にしては、ずいぶん歳だなと思ったら、お父さんだった。しばらく会わないうちに、髪の毛が真っ白になっていたんでびっくりした」

真矢は誰にともなく喋り続けている。

「誰よ、このお爺さん？　と思ったら、『真矢、久しぶりに会えたと思ったら、病院とはね』って、厭味っぽく言うの。ああ父親じゃん、と鼻白んだよ。あの人、そういう時、ちょっと距離を感じさせるように、インテリっぽく言うじゃない。あれがユーモアと思ってるのよ。昔の人だよね」

娘は辛辣《しんらつ》だ。

「克典さんは、すごく心配してたのよ」

「だからさ、それは母親の二の舞だと焦ったからでしょう？　うちの母親は自殺したんじゃないかって言われてたからね」

「そうなの？」

「私もそうじゃないかと思ってるけどね」深刻な話なのに、軽い口調だった。「ちょっとメンタルやられてたかもしれないから」

「どうして」

「だって、お父さん、仕事っていうか、金儲けしか興味ない人だもん。家族のことなんか顧みない、芯は冷たい人だよ。兄しか好きじゃない。娘なんか、どうでもいいの。跡継ぎじゃないし、二等市民だから」

「克典さんはフェアな人だと思うけど」

早樹が口を挟むと、真矢は首を捻った。

「あなたにはそう見えるんでしょ」と、断じる。「お父さんは勝手な人よ。お母さんは東京が好きだった。買い物したり、歌舞伎見たり、映画見たりして遊ぶのが大好きだった。だから、ここに放ったらかされて、寂しかったんじゃないかな。確かに見晴らしはいいけど、映画館はないし、近くに本屋もビデオ屋もない。デパートもないって、いつもぼやいてた。お母さんは運転もできないし、お父さんは東京に行きっぱなしだし、つまんなかったんでしょうね。東京に家を持てばいいのに、四谷の家は勝手に取り壊しちゃった。父は海が好きだからいいけど、母は耐えられなかったんじゃないかな。陽灼けを嫌って、外にはあまり出なかったしね」

「でも、海外旅行とか、真矢さんと一緒にされていたと聞いたけど。仲がいいのかと思ってた」

「そんなのしょっちゅう行けるわけじゃないじゃん。私だって、そうそう親に付き合ってられないし」

黙っていると、真矢は早樹の顔を見た。

「あなただってつまらないでしょう？　こんなところに閉じ込められて、老人の世話をするばかりで。違う？」

「そうね。時々退屈だと思うこともあるけど、私は世捨て人の気分だったから、ちょうどよかったの」

「あ、過去形だ」

真矢は耳敏く言ってのける。そして、ワインのボトルを取り上げて、早樹のグラスに注いでから、自分のグラスに残り全部を入れた。真矢のグラスの中で、赤ワインの澱《おり》が細かく舞っている。

「澱があるわね」

早樹が指摘すると、真矢は「平気よ」と、澱ごと飲んだ。グラスを離すと、唇に赤黒い澱が付着している。

注意しようかどうしようか迷っていると、リビングから大きな声がした。

「奥さん、すみません。長谷川です」

庭で作業していた長谷川が、リビングのガラスドアを開けて、早樹を呼んでいる。

「ちょっと失礼」

早樹は、真矢を一人置いて、リビングに向かった。果たして、ガラスドアの向こうに、長谷川が立っていた。

早樹がドアを開けると、長谷川は冷たい外気が入るのを気遣って、少し閉め、顔を半分だけ覗かせた。

「奥さん、午後の作業ですが、少し早いけど終わりました。塩崎さん、いらっしゃいますか。ご挨拶したいんで」

「わかりました。呼んできます」

「すみません、お願いします」

長谷川が頭のタオルを取った。

「寒いから、中に入ってください」

「いや、汚れてますから、外で待ってます」

克典を呼びに行く前に、早樹はリビングの様子を窺っていた真矢に告げた。

「長谷川さんが挨拶したいそうだから、これから克典さんを呼んできます」

「じゃ、私はもう寝るわ」

真矢はグラスを持って立ち上がった。

「お夕飯は一緒に食べない？」

「やめておく」真矢は即座に断った。

「じゃ、どうするの」

「夜中にこそこそ食べるから、許して」

心配した克典がまた耳を澄まして真矢の動向を気にすると思ったら、不毛な気がした。

「いいじゃない。一緒に食べましょうよ」

早樹が懇願するも、真矢はさっさと自室に帰ってしまった。

「克典さん、長谷川さんがご挨拶したいって」

早樹が寝室のドアを開けると、克典は老眼鏡を掛けたまま、横を向いてうたた寝をしていた。さっきの物音は空耳だったらしい。

目を覚ました克典は、頭《こうべ》を巡らせて早樹の顔を見た。

「今、何時？」

慌てた様子で腕時計を見る。午後四時近い。

「長谷川さんが年末最後の作業が終わったので、ご挨拶したいって」

「わかった。じゃ、起きるけど、体が重い」

克典はぐずぐずしている。

「夜、眠れなくなるから、早く起きた方がいいんじゃない」

「そうだな」

よっこらしょと声を出して上体を起こす様は老人だ。早樹は、真矢の話を思い出しながら、夫を眺める。真矢にああまで嫌われて、気の毒だった。

「何だい」克典が早樹の顔を見た。「飲んでるの？」

「残ったワインを飲んだの」

真矢と一緒に、とは言わなかった。

「あれ全部飲んだの？　酒豪だね」

克典は笑いながら、ゆっくりベッドから降りた。椅子に掛かっていたパーカーを羽織って寝室を出て行く。白髪が逆立っていた。

早樹は酔ったせいか急に眠気を感じて、克典に代わってベッドに横になった。

このまま、夕飯の支度も気にしないで寝ていたい。青木の存在が、思っていた以上に重圧だったのだと気付いた。

横になっていると、真矢を残して自分たちの方が母衣山を出て行くという考えが、ずっと頭の中で巡っていた。克典と二人、都心のマンションに住まうのはどうか。自分は仕事を再開し、克典は映画を見たり、ゴルフをして、気儘に過ごせばいい。庭がなくなって寂しがるかもしれないが、克典のことだから、別の楽しみを見付けるに違いない。楽観的に過ぎるだろうか。

「何だ、寝てるのかい」

早樹が現れないので様子を見に来た克典が顔を出した。

「ごめん、飲み過ぎたみたい」

「じゃ、寝てなさい。長谷川君と庭にいるから」

克典は、すぐドアを閉めた。

うとうとしかかった時、ベッド横のテーブルに置いたスマホが鳴りだした。美波からの電話かもしれない。早樹は手探りでスマホを取った。

「もしもし」

無言だった。驚いて発信元を見ると、「公衆電話」だ。動悸がした。幹太が亡くなったのだから、かかってきてもおかしくないと思っていた。そして、そう思うに足る、もうひとつの理由があった。

「もしもし、どちら様ですか」

相手の電話から音が聞こえないか、耳を澄ます。遠くで車の音。女性が話しながら通り過ぎるような声が、すぐ近くで聞こえた。相手は電話ボックスの中にいる。

「もしもし、どなたですか。こんな無言電話やめてくださいね」

もちろん、返答はない。

早樹は体を起こして、枕元の時計を見た。ベッドに入ってから、ものの十分しか経っていなかった。すっかり正気になって酔いも醒め、早樹はスマホを握り直した。

「もしもし、庸介？　庸介なら返事して」

無言。

「庸介でしょう？　あなたはやはり生きていたのね。私の声が聞きたいのは、どうして？　謝りたいの？　そうよね。あなたはみんなを騙して、姿を隠したかったんでしょうから。それにしても、どうして今頃姿を現したの？　教えて」

一瞬、相手の呼気が聞こえたような気がした。早樹はスマホを耳に押し当てる。互いに沈黙したまま、数十秒が経った。

「喋らないのね。だったら、私が話す。でも、誰かが来たらすぐに切るから。お母さんが伝えたでしょうから、もう知ってるでしょう。私は再婚したのよ。当然よね。あなたが行方不明になって八年だもの。その間、いろんなことがあって疲れたわ。だから、優しい人と再婚したの。それも、あなたの死亡が認定されるまで待っていたのよ。認定に七年もかかったのは、海保も怪しいと思ったんでしょうね」

一気に喋って、相手の反応を窺う。何も聞こえない。

「夫はかなり年上だけど、優しい人よ。恵まれた生活をさせてもらっている。もちろん、問題がないわけじゃないけど、あなたが私にしたことに比べれば、どうということはない」

無言。

「あなたが今日、電話してくるかもしれないと思ってた。幹太さんが亡くなったからよ。幹太さんはとうとう何も喋ってくれなかった。でも、恨んでなんかいない。あの人も病気になって、苦しんでいたと思うから。いいえ、病気のことじゃないの。こうなってしまったことについて、かな。誰にでも、あの時ああしていれば、ということがあると思うけど、幹太さんは取り戻せない何かを悔やんでいたんじゃないかしら。それがあなたが頼んだことじゃなければいいと思う。あの人はまだ若いのに、本当に気の毒だった。幹太さんのこと、どう思う？」

無言が続く。早樹は少し待ってから続ける。

「あなたは私と話したいんでしょうね。でもね、さっきも言ったけど疲れました。この半年、あなたが生きているかもしれないという囁きがずっと聞こえていて、私は不安でたまらなかった。私の何がそうさせたのだろうとか、あなたが私を騙してまで姿を消したかった理由は何かとか、あれこれ考えては疲れ果てていた。ねえ、酷いじゃない？　やっと諦めて新しい生活に入った時なのに、どうして落ち着かせてくれないの？　姿を消したのなら、二度と現れなければよかったのよ。前の生活に未練があるわけ？」

庸介に間違いないと早樹は思う。

「あなたは今、お母さんのところにいるんでしょう？　さっき、電話した時に、グレン・グールドのバッハが聞こえた。あなたの好きな曲だったよね。思い出すのに少し時間がかかったけど、あれはグールドだと思い出した時、実はぞっとした。お母さんが、あなたのことを言わなくなったのも変だったしね。大泉学園に戻ったのね。そうでしょ？　あなたがどう生きようと構わないの。もう、二度と私のところには連絡しないでね。そうだ、もう一度死んでしまえばいいんじゃないかしら。お願いします、消えてください」

そう言い切って呼吸を整えていると、消え入りそうな声がした。

「すみませんでした」

途端に、早樹の全身にぶつぶつと大きな鳥肌が立った。間違いなく、庸介の声だった。

「もしもし、待って」

早樹は慌てて言った。だが電話は切れ、その後、二度とかかってくることはないだろう。まだ、心臓がどきどきしている。耳に、庸介の声が残っていた。

『すみませんでした』

躊躇ったような、少し早口の低い声。

よりにもよって、幹太の亡くなった日に、八年前に遭難して死んだ元夫の肉声を聞くことになるとは思いもしなかった。

新しい死者と入れ替わったかのように、過去の死者が蘇る。

早樹は、その皮肉が禍々《まがまが》しいものに感じられてならなかった。生き返った庸介は、あらゆる災厄の元凶だった。妻を騙し、両親を騙し、友人を騙した男。

気付くと、早樹は掛け布団を撥《は》ね除けて、ベッドから飛び降りていた。

仁王立ちになり、はあはあと荒い息を吐いている。

『そうだ、もう一度死んでしまえばいいんじゃないかしら。お願いします、消えてください』

咄嗟に言った言葉は激しく、自分の口から出たものとは思えなかった。

しかし、早樹の心の真実でもある。今さら、庸介の顔なんか見たくもない。できれば、生存していることなど、まったく知らずに過ごしたかった。だから、自分の前から消えてほしい、永遠に。

母衣山から相模湾を望みながら、庸介のことを思い出さなかった日はない。

庸介がこの海のどこかに沈んでいると思うと、船に乗るどころか、波打ち際で手や脚を海水に浸すことさえしなくなった。

庸介。おまえはいったい、何を企《たくら》んだのだ。

おまえに何が起きたのだ。

そして、なぜ今頃、現れたのだ。

よくもいけしゃあしゃあと、捨てた妻に電話なんかかけて寄越したものだ。

ふと、美波のメールの文言が浮かんだ。

『私たちは、取り返しのつかない馬鹿なことをさんざんして歳を取り、赦されないままに死んでゆくんだと思った』

「私はあなたを赦さない」

早樹ははっきり言葉にして呟いた。その途端、どうしていいかわからなくなり、頭を抱えて床に蹲《うずくま》った。

この現実は、自分の手に負えない。そうだ、何もかも忘れて寝てしまおう。夕飯のことなど、どうでもいい。

早樹は、ベッドサイドテーブルの引き出しを開けて、克典が使う睡眠導入剤を探した。シートから二錠外し、水がないので舌下に入れて唾液で溶かす。

早樹はもう一度ベッドに入って、羽毛布団にくるまった。早く眠りが訪れてほしいと念じながら、必死に目を閉じた。

「あれ、寝ちゃったの？　珍しいね」

「まだ起きないの？」

「夕飯どうしようかね」

克典が何度かやって来て、枕元でぶつぶつ言ったようだが、早樹は構わず眠り続けた。何か嫌な夢を見たような気がするが、幸いなことにすべて忘れてしまった。

突然、薄闇の中で目が覚めた。隣から、規則正しい鼾《いびき》が聞こえる。克典が向こう向きになって、眠っていた。

時計を見ると、午前三時を回ったところだ。夕方から寝たので、こんな妙な時間に覚醒してしまった。

服を着たままだったことに気付き、早樹は克典を起こさないように、そっとベッドから降りた。

小用のために寝室を出る。キッチンとリビングに照明が点いているようだ。

早樹はトイレに寄ってから、キッチンを覗いた。真矢がガスレンジの前で、立ったままカップ麺を食べていた。昼間と同じ格好をしているところを見ると、風呂にも入っていないようだ。

「座って食べたら？」

真矢が振り向いて、カップ麺のスープを飲み干しながら訊いた。

「どうしたの、こんな時間に」

早樹は理由を喋りたくない。

「何だか疲れたから、早く寝たら目が覚めちゃった」

「私がいるからでしょ?」

真矢がにこりともしないで、皮肉っぽい言い方をした。

「違う」と、首を振る。

真矢が、その言葉の真贋《しんがん》を疑うように伏し目になった。再び目を上げて、抑揚のない声で言う。

「何だか具合悪そうだね」

「ちょっとショッキングなことがあったの」

いっそ真矢に、すべてぶちまけてしまいたいような気がした。だが、真矢には、受け止めるだけのパワーはないだろう。

だったら、克典に話そうか。いや、克典なら激怒し、菊美に文句を言いに行き、さらには警察にも届け出そうだった。

「それって、お父さんのせいじゃなくて?」

真矢の目には、自信なげな気弱な色が浮かんでいた。

「克典さんは関係ないのよ」

喉が渇いている。早樹は、冷蔵庫から缶ビールを出して、ステイタブを倒した。

立ったまま呷って、真矢の顔を見遣る。早樹の視線を感じたのか、顔を背けたので、いまひとつ表情がわからない。

「真矢さん、霊感があるなら、私に何があったか当ててみてくれない？」

「何か嫌な人になってる」

厭味を言われたと思ったのだろう。真矢が露骨に眉を顰めた。

「ごめん。ちょっと自棄《やけ》っぱちな気分なの」

へえ、と真矢は気のない返事をして、カップをレンジ台の上に置いた。関わりたくなさそうだ。

「真矢さん、このおうちに住んでくれないかな」

思い切って頼んだ。

「どうして」

「あなたの方が合ってる気がする」

「何だよ、急に」真矢が苦笑いする。

「だって、母衣山が好きなんでしょ？　ブログに書いていたものね」

「お父さんと結婚したんだから、あなたの家でしょう」

真矢が換気扇をつけて、ポケットから煙草を出して火を点けた。

換気扇が回り始めると、微かにしんと冷えた冬の夜の匂いがした。回る換気扇に、真矢の吸う煙草の煙が吸い込まれていく。

「お父さんのどこがよかったの？」

真矢が横を向いて、煙を吐いた。

「みんな、そう訊くね」早樹は静かな声で答えた。「私にも克典さんにも失礼な質問なのに、みんな平気で訊くのね」

立っているのに疲れて、缶ビールを持ってダイニングテーブルの椅子に座る。

「お金目当て？」

早樹は苦笑いした。

「それもよく言われる」

「いやあ、自分と同い年の娘がいるおっさんと、よく一緒になったなと思って」

早樹は手の中でビール缶を弄んだ。

「それはあまり気にならなかった。私が二十代だったら、三十歳も上の人と結婚するなんて、まったく現実味がなかったでしょうね。でも、私は四十近くになって克典さんと知り合ったし、その前の結婚が、終わったのか終わらないのかわからないような中途半端な状況だったから、何だか宙ぶらりんで、どこにも行けないような気がして辛かったの。そのせいか、克典さんと話した時に、何か居場所があるような気がしたのね。ああ、この人のところに行けばいいんだって。そこに行って、何も考えないで気楽に過ごしていれば、いろんなことが忘れられるだろうって思ったの」

居場所。自然に出てきた言葉だった。

しかし、口を衝いて出た言葉は、何よりも雄弁に、早樹と克典の結婚を物語っているような気がした。

肩肘張らずに、自然体で生きていけるのではないか。色恋ではなく、互いの穏やかな思い遣りだけで生きていけるのではないか。

真矢は何も言わずに、黙って煙草を吸っている。

「あなたには、言ってもわからないかもしれないね」

「どうして？　私が結婚したことがないから？」

苛立っているように聞こえた。未婚であることで、嫌な思いをしたことがあるのだろう。

「そうじゃないの。私が今、心を煩わされていることがとんでもないことだからよ」

「それ何」

真矢が水道の水で煙草を消し、吸い殻をゴミ箱に放り投げた。

「誰にも言わないって、約束してくれる？」

真矢が頷いた。

「克典さんにもよ」

「言わないよ」

「昨日、私の死んだ夫から、電話がかかってきたの」

真矢の顔から血の気が引くのがわかった。恐怖を感じているのだ。

「死んだんじゃなかったの？」

小さな声で訊く。

「遭難したふりをして、どこかに隠れていたらしいの」

「昨日、美波って人の昔付き合ってた人が死んだって言ってたよね？」

「それで動揺してかけてきたんだと思う。彼と深く関わっていたみたいだから」

真矢の目に知的な光がある。

「それで、あなたはどうするの？　お父さんと別れる？」

「まさか。私は元夫に、もう一度死んでほしいと言ったのよ」

「えっ、もう二度とかかってこなかったら、どうするの？」

真矢が驚いている。

「それでいいの」と言って、早樹はビール缶を手で潰した。「だって、騙したんだとしたら、本当に酷い仕打ちだもの。八年前、釣りに出て帰ってこないことがわかってからは、毎日が地獄だった。釣り仲間たちも毎日海に出て捜してくれたし、あの人の両親も私も、何日も三崎港に泊まったの。いつ何時、死体が上がるかわからないと言われてね。でも、全然上がらなかったから、あの人のお母さんは望みを繋《つな》いでいたんだと思う。ひょっとすると帰ってくるかもしれないからって、私はその時住んでいたところから引っ越さないでくれと、懇願された。確かに、街で後ろ姿がそっくりな人に声をかけそうになったりもしたし、夫が帰ってくる夢もよく見たわ。占い師に頼んで捜してもらったりもして、お金も労力も遣ってくたくたになったから、死亡認定された時は、やっと、とほっとしたくらいだった。それは克典さんもわかってくれてる」

さすがに、菊美に二百万もねだられた話はできなかった。

「全然知らなかった」

真矢が嘆息してから、煙草の箱を持ってレンジの前に行く。律義に換気扇を回して、煙草に火を点ける。

「その人が生きていたことを、お父さんに言うの？」

「言わない」と、早樹は首を振る。

「どうして」

「もう、全然関係ないもの。だから、ここを出て行こうと思っている」

「どうして出て行くことと関係あるの？」

「克典さんと都内で暮らそうと決心してるから。私はもう海は見たくないの。夫は相模湾で遭難したことになっていたから」

「なるほどね」真矢は納得したようだった。「でも、お父さんは承知するかしら」

「説得するわ」

「それでも嫌がったら？」

真矢は、早樹の愛情を試すように言う。

「だったら、別々に暮らすしかないでしょうね」

その時は、また違う居場所を探すのだろうか。早樹は急に希望を感じて、ブラインドの向こうに広がる、明ける空を想像した。

2

年の瀬も押し迫った。美佐子の七回忌は、明日だ。

智典の熱心な働きかけにより、克典と智典、真矢の三人だけで、鎌倉の菩提寺で美佐子の七回忌の法要をすることになった。

が、その後の食事会は、すったもんだの挙げ句、中止になったらしい。

優子も早樹も出席しないことになったのは、「優子が来るなら行かない」と真矢が駄々をこねたせいだ。

克典が苦笑しながら、早樹に言った。

「それなら家族だけでシンプルに、という話になったんだ。真矢は、優子さんと同級生だから、ライバル意識があるんだろうけどね。子供っぽいんで呆れたよ」

愚痴りながらも、真矢が自己主張するまでに回復しつつあることを、克典は喜んでいる様子だ。

その後、優子から電話がかかってきた。

「早樹さんも、七回忌はいらっしゃらないんですってね」

「ええ。家族だけでってことになったみたいです」

早樹ははらはらしながら答えたが、案の定、優子は怒っている。次第に、口調がきつくなった。

「真矢ちゃんったら、自殺未遂の頃はあんなに憔悴しててておとなしかったのに、もう我儘いっぽい振る舞ってるのね。案外、生命力強いなと思ったわ。自殺だって狂言だって話じゃないですか。本当に身勝手なんだから、早樹さんも大変でしょう？」

「でも、私は、そんなに悪い人じゃないと思ったわ」

実際、早樹が本心を打ち明けてから、真矢は自室に籠もることもなく、昼間、キッチンやリビングで過ごしている。

相変わらず、克典との会話はないものの、一緒に法要に行くようになったのだから、真矢の心は少しずつ開かれ、健康を取り戻しているのだろう。

「あら、気が合うのね」優子が皮肉を言う。「で、真矢ちゃんの様子はどうなんですか？」

「元気よ。私とは話もするし。最初は、部屋に籠もっていて、食事に誘っても返事もしてくれなかったの。昼夜逆転してたしね。でも、今は普通に過ごしているみたい。まだ私たちと一緒に食事はしないけど、お部屋じゃなくてキッチンで堂々と食べるようになったし」

「へえ。でも、食事は、早樹さんが作ってるんでしょう？」

「そうよ。たいしたもんじゃないけど」

真矢がいるので、克典と気楽に外食もできなくなった。青木が辞めた後、早樹の日常は、食材の買い出しに行って、黙々と三人分の食事を作ることだ。

「そんなの真矢ちゃんに作らせればいいじゃない」

「それもそうね」と笑う。考えたこともなかった。真矢はまだ病人だし、家事は主婦である自分の仕事だと思い込んでいた。

「で、どうするの、これから？」

優子が心配そうに訊ねた。

早樹は心に決めているものの、優子に言うのは、もちろん躊躇われる。

「真矢さんがもうちょっとよくなったら、克典さんが決めるんじゃないかしら」と、曖昧に答える。

「そうかな。お義父様は、真矢ちゃんが帰ってきたんで、案外嬉しそうだって、主人が言ってたわ。このままじゃ、早樹さんは三人で暮らすことになるわよ」

優子が脅かすように断言する。

「それは無理」

早樹は、はっきりと答えた。期限を決めたわけではないが、いずれ克典とはその話をしなければならないと思っている。

「もちろん、どう考えても無理よ。あなたが気の毒だわ」

嫁同士なので、優子は遠慮がない。

「ところで、年末年始はハワイですか？」

早樹が話題を変えると、優子は即答した。

「そうそう。来週、私と子供たちが先に行って、後から主人が来るの」

去年は結婚したばかりだったので、年末は克典と母衣山で静かに過ごし、年が明けてから、早樹だけ実家に帰った。今年はまだ決めていない。

「あなたもハワイにいらっしゃいよ。元はと言えば、お義父様の別荘だったんだから」

「また今度ね」

「早樹さんもどっか海外にでも行って、気を紛らわせた方がいいと思う。でないと、頭がおかしくなるわよ」

「ほんとね、考えておくわ」

庸介のこともあるから、それどころではなかったが、早樹は明るく言った。

「じゃ、よいお年を。皆様によろしくお伝えくださいね」

例によって、最後は他人行儀な丁寧な口調になって、優子からの電話は切れた。

スマホを手にしたまま、ぼんやりと立っていると、散歩に出ていた克典が、郵便物を手にして帰ってきた。

「誰と話してたの？」と、スマホを指差す。

「ああ、優子さんよ」

「優子さんか。気を悪くしてるんじゃないかな」

克典は、法要から優子を斥《しりぞ》けたことを気にかけているように言うが、内心では、行事を滞りなく進めることの方を優先させているはずだ。だから、早樹も適当に返す。

「いえ、ハワイへのお誘いでした」

「そうか、正月どうしようか？」

「真矢さんに訊いてみたら？」

何気なく言ったつもりだったが、克典は難しい顔をした。

「早樹が決めなきゃ駄目だよ」

その通りだが、真矢を同居させているのは、行動を監視する目的もあるのだから、早樹が正月の予定を決めるわけにもいくまい。

克典が、早樹の考えを優先する姿勢を見せるのも、口先だけのような気がした。

克典のやり方は、いつも相手に譲ると見せかけて、実は我を通す。真矢が、克典のことを冷酷だと言った理由が、早樹にも少しずつ呑み込めてきていた。

「あ、これ、お母さんから来てるよ」

克典がレターパックを手渡した。母はこうして、いまだ実家に届くダイレクトメールや、同窓会の通知などをまとめて、レターパックで送ってくれるのだ。

「ありがとう」

早樹が受け取ると、克典が真矢の部屋の方向を指して訊いた。

「真矢はどこにいるかな」

「今朝はまだ会ってないから、お部屋じゃないかしら」

「そうか。たまには三人でお昼を食べに行こうと誘ってくれないか？　蕎麦が食べたくなった」

「自分で言ったら」

早樹ににべもなく言われ、克典が笑った。

「そりゃそうだな」

克典が自信なさそうに、真矢の部屋に向かって行く。その背中を眺めながら、早樹はレターパックを開けた。

ダイレクトメールが数通と、分厚い封書が入っていた。

その表書きの字に見覚えがある。たちまち動悸がして、一筆箋に書かれた母のメモを読む時も、手の震えが止まらなかった。

「そちらはお変わりありませんか？

最近、音沙汰がないので、どうしているかなとお父さんと話していました。たまにはメールでもくださいな。

ところで、あなた宛の手紙が届いているので送ります。菊美さんからだと思うけど、どうして宛名が旧姓で、しかもこちらの住所に送ってきたのかしら。

正直なところ、少し気味が悪かった。でも、一応送りますね。

何かあったら、連絡ください。母」

件の封書は、茶色い事務用の封筒に、黒いサインペンで埼玉の実家の住所が書いてあった。宛名も、「笹田《ささだ》早樹様」と旧姓だ。

裏書きは、大泉学園の住所と「加野」とだけ。筆跡は、間違いなく庸介のものだった。庸介の筆跡など忘れてしまった母にも、何となく不穏な気配が伝わったのだろう。死んだはずの、娘の夫からの手紙なのだから。

呆然としていると、克典がリビングに顔だけ出した。

「真矢は行かないと言ってるから、放っておいて逗子に蕎麦を食べに行こうよ」

「はい。何時に行きますか？」

早樹はレターパックを持ったまま訊ねた。

「十二時半だな。それまで書斎にいるから」

外食好きの克典は、とうとう痺《しび》れを切らしたと見える。

出掛けるまで一時間以上あるが、真矢の昼食は作らないでおこうと思う。真矢が、冷蔵庫にある食材で好きなものを作ればいい。

早樹はクローゼットから、ダウンジャケットを取ってきた。ふわりと羽織って、庭に出た。海風は冷たいが、陽の当たる南斜面は暖かだ。

早樹は、藤棚の下に向かった。石組みに棲む蛇は、今頃冬眠しているのだろうか。不吉な囁きをもたらす蛇は、真矢でもあり、自分でもあり、庸介でもあった。

早樹は、冷たい御影石《みかげいし》のベンチに腰を下ろして、レターパックから封書を取り出した。指先で封筒の上を千切る。コピー用紙に印字したものが数枚入っている。黒い蟻《あり》のような字がぎっしりと揃っている様は、庸介の妄念のようで、薄気味悪くもあった。

早樹さま
久しぶりにあなたの名前を封筒に書いた時、どきりと心臓が蠢きました。思ってもいなかった肉体の反応に、私は何という罪深いことをあなたにしてしまったのだろうと、怖れ戦《おのの》いています。
そのまま、早鐘のように打って止まらず、息苦しくなりました。
あなたが仰ったように、私は消えるべき下劣な人間です。この世から一度去ったように見せかけた時、私の中から、何かが一緒に抜け落ちてしまったのでしょう。

それは、今にして思えば、人として生きる最低限必要なものだったのかもしれません。愛、誠意。何と名付けていいのかわかりませんが、私にはそのようなものが永遠に失われてしまったのです。今の私は、人の形をした脱け殻に過ぎません。

いずれ、命を絶つつもりです。

あなたに言われなくても、そのつもりでいました。母には、別れを告げて出てきました。もっとも、再会を喜ぶ老母に、正直に死ぬとは言えませんでしたが。

あなたにも、本物のお別れを告げると同時に、これまで私が何をしてきたか、どうしてこんなことになったのか、書き残しておこうと思います。

あなたは、今さら知りたくもない、と仰るかもしれませんね。

でも、私自身も、この世から本当に去るとなったら、なぜにこんな数奇な運命を己に課したのか、誰かに話したくて仕方がなくなりました。

何と愚かでグロテスクな人間なのだろうと、心底軽蔑されても構いません。どうぞ私の話を最後まで聞いてください。

母には、ここまでに至った経緯をこう説明してあります。

ボートから落水して、千葉県の突端にある知らない浜に流された。遭難のショックで記憶喪失になっていて、なにひとつ覚えていなかった。廃屋のような家に住む、独り暮らしのお婆さんに気の毒がられて、その家に住まわせてもらい、畑を耕したり、近くの醤油工場に働きに出ていた、と。

やがて、そのお婆さんは亡くなったので、そのままその廃屋に住み続けていた。最近になって、ようやく記憶が蘇ったので帰ってきた、と言ったのです。

母は、その嘘を信じて、素直に喜んでいました。

私が金がないと言ったら、母が二百万の現金を手渡してくれました。それが、あなたの再婚相手である塩崎氏からの振込だと聞いた時、私は心底恥じ入りました。

あなたが、ユニソアドの塩崎会長と再婚されて、何不自由ない暮らしを送っておられることは母から聞いています。

しかし、母は、あなたが再婚したことが不満だったようです。

私のことをさっさと忘れて、金に目が眩《くら》んで再婚しただの何だのと、聞くに堪えない悪口を言うのです。

でも、私には、あなたの虚ろな気持ちがわかるような気がしました。あなたはもう、結婚というものに何の幻想も持っておられなかったのではないでしょうか。

私の後悔は、あなたに優しくできなかった、ことにもあります。本当に、当時のあなたに対する仕打ちは申し訳なかったと思います。

母の家を私が訪ねたのは、ほぼひと月前でした。それまでは、思い出の場所をうろうろしていました。

あなたに会えるかもしれないと思い、笹田さんのお宅の前にも行きました。そうしたら、お父さんが帰ってみえた。不思議そうな顔で私を見るので、慌てて逃げましたが、とても懐かしかった。

あなたと結婚を決めた時、笹田家に挨拶に行ったことがありましたね。ちゃきちゃきと有能な先生という感じのお母さんと、いかにもゆったりした生物教師然としたお父さんと、弟君は初々しい数学教師でしたね。

私はサラリーマン家庭の一人息子なので、笹田の家の皆さんが集まっては、何でもはっきり口にして、相談したり、冗談を言い合ったりするので、いいなあと羨ましかった思い出があります。

私の家は、厚ぼったい雲に覆われた暗い家でした。それが実は、私の失踪の原因にもなっています。

ご存じの通り、父はメーカーの技術者で、退職後は、子会社の顧問をしていました。出世した方だったのでしょうが、傲慢で、思い遣りのない男でした。

母は少しエキセントリックで、何を言いだすかわからないところがあり、私はそんな母が理不尽に感じられて、好きではありませんでした。

結婚前、あなたは何度か私の家に遊びに来ましたね。その時、何か違和感はありませんでしたか?

私が覚えているのは、あなたが来ると、たちまち父の機嫌がよくなり、反対に母がぴりぴりと神経質になることでした。

あなたも薄々勘付いておられたと思いますが、私の父は、無条件に若い女性が好きだったのです。私の家の不和の原因は、父に若い愛人がいることでした。

それ故にか、専業主婦の母は、私の教育に全精力を注いでいました。まさに、私という存在は、母の生き甲斐でもあったのです。

母は私を立派に育て上げるためだけに、父との離婚を怖れ、面と向かって父を糾弾することができずに、鬱々としていました。

今でも覚えているのは、小学校六年の夏のことです。

夕方、夏休みの塾講習から疲れて帰ったのに、母の姿が見当たりません。買い物にでも行ったのかと思ったら、家の奥でバサッ、バサッと、布を打ち付けるような激しい音が聞こえます。

驚いて覗くと、寝室の洋服ダンスから、母が父の背広をハンガーから外しては、畳に打ち付けていました。何着かあったように思いますが、すべてを引き剝がして打ち付けた後は、また拾い上げて、「この野郎、この野郎」と叫びながら、打ち付けているのです。

あれはきっと、父の背広のポケットから、何かを探し出した後だったのでしょう。

母は決して優しい慈母ではありませんでしたが、私の前で、このような乱れた姿を見せたことは一度もありませんでしたから、私は怖ろしくて自室に籠もって震えていました。

しかし、その後、何ごともなかったかのように落ち着いた顔で、「ご飯だよ、庸ちゃん」と呼びに来たので、おぞましいと思ったものです。

しかし、その頃から、両親は私の前でも、平気でちくちくとやり合うようになったと記憶しています。

表立っては言えないけれど、母は、父にそれとなく女の存在を知っていることを示唆し、父はそんな母を疎ましく思って、ますます家には寄りつかなくなりました。

と言っても、父は父で、外面だけを重んずるような狡猾な人間でしたから、家庭を壊すこともせず、すべてを曖昧なままにしていました。

外泊はしないが、明らかに外で寛ろぎ、楽しんでいたことを、その挙措から母に知らせるという陰険な方法を取っていたのです。

私はますます両親が嫌いになり、顔を見るのも嫌で、勉強が疎《おろそ》かになりました。

たちまち成績が下がる、両親に叱られる、反抗して勉強しない、という悪い連鎖に入っていきました。

ご存じのように、私は国立の付属小から付属中に進学しましたが、付属高校へは受験がありましたから、成績が下がれば、別の高校に行く羽目になります。両親は、私の激変に戸惑い、焦っていました。

ある日、私は母の財布から金を盗もうとして、カードホルダーに一枚の紙片が入っているのに気付きました。

四角く折り畳まれた紙には、阿佐ヶ谷《あさがや》の住所と、「今泉朋香《いまいずみともか》」という一人の女性の名前が書いてありました。

これは父の愛人の名前だと、私は確信しました。母は自分で調べ上げたか、誰かに依頼したかで、彼女の名前と住所を割り出していたのです。

私はその住所と名前を、数学のノートの端っこに小さな字で写しておきました。

中学二年の五月のことです。成績はクラスの下位になっていました。

このままでは付属高校に行けないと、私は母からこっぴどく叱られ、父に言い付けると言われました。母は、「お父さんだって許さないだろう」と言うのです。

父を心から憎んでいるはずの母と、母の尊厳を踏みにじり、母を疎んじている父が、こういう時だけは結託するのかと、私は笑止でした。だったら、二人の一番嫌がることをしてやろうと、私は今泉朋香の家に向かったのです。

そこは、中央線からも見える、小さな低層マンションでした。赤い瓦屋根と白い壁とで遠くからも目立つ建物でしたが、築年数は古さを感じさせましたから、そう高い物件ではなかったのでしょう。

私の家は、大泉学園ですから、朋香の家からタクシーに乗れば、三十分ほどで帰れます。父は、こんな便利なところに女を囲っていたのか、と私はまたしても父の狡猾さと、朋香への思い入れを感じました。

夕方の六時頃でしたか。私は、三階の朋香の部屋のインターホンを押しました。その時は、どうにでもなれ、という気分でした。

「はい」と、綺麗な高い声が聞こえます。

「加野です」私が言うと、すぐにドアが開きました。

小柄で可愛い女性が立っていました。

私は、父の愛人が若いとは知っていましたが、大人の女性というものが想像できず、何となく母や友人の母親たちを思い浮かべていたのです。しかし、眼前の女性は、どう見ても二十歳くらいにしか見えないのでした。

「驚いた」

今泉朋香が本当にびっくりしたように、口に手を当てました。

その時は、仕事から帰ってきたばかりらしく、白いブラウスに灰色のパンツ、黒いカーディガンという地味な形をしていました。

髪はショートカットで、女性らしいというよりも、綺麗な少年のようでした。

「もしかして、加野さんの息子さんですか？」

「そうです」

「どうしてここに来たの？」

朋香が可笑しそうに訊くので、意外でした。私は朋香がもっと怯えるのではないかと密かに期待していたのです。

子供の私を虚仮《こけ》にする薄汚い大人たちを、私が成敗するような気分だったからです。

「どういう人かなと思って」

「こういう人です」朋香はそう言って笑いました。「一緒にご飯でも食べる？」

私が頷くと、朋香は部屋からショルダーバッグを取って出てきて、鍵をかけました。鍵には、ミッキーマウスのキーホルダーが付いていたのを覚えています。

そして、朋香は近くの小さな中華料理店に私を連れて行き、チャーハンや餃子を食べさせてくれたのです。

私は、父の愛人は、甲斐甲斐しく世話を焼いて、手料理を食べさせたり、風呂で背中を流したりするようなイメージを持っていましたから、こんな学生のような人だとは思わなかったのです。

「父と別れてください」

私は生意気にもそんなことを言いました。でも、本音は、父が勝手をやろうが、母が苦しもうが、どうでもよかったのです。

私は私で、ただ居心地よく楽しく、何も悩まずに勉強して、いい大学に入りたいだけなのでした。私の家は全員が身勝手でした。

「子供が言うことじゃないと思う」

朋香はしばらく考え込んだ後、チャーハンに付いてきたスープを飲みながら言いました。

私はその通りだと納得しました。

私はそのまま、朋香の家にひと月近く居着きました。

昼間は学校に行って、朋香が帰るまで静かな部屋で勉強し、朋香が帰ってきたら、一緒に中華料理店や、マクドナルドに行きました。

朋香は愉快な姉のようで、私を飽きさせませんでした。正直に言うと、私は少し父を見直したりもしたのです。

母に電話すると、当然のように、帰宅しろと何度も言われましたが、私は朋香との暮らしが楽しく、居心地がよかったので、帰りませんでした。

父は、自分の愛人の家に息子が泊まり込んでいるので、さすがに困った様子でしたが、朋香とは、何も関係のないふりをしていました。

朋香は私より十二歳上で、当時は二十六歳でした。父の勤める会社の経理部で働いていました。父は朋香が好きになり、部屋を選んでやって、少し金銭的な援助もしていたようです。

私は、一カ月ほど朋香に厄介になった後、父が迎えに来たので、やっと家に戻りました。

父には、「お母さんが可哀相だから、別れてくれと頼みに行った」と、嘘を吐きました。息子が、自分の愛人に会いに行ったのですから、さすがに父は恥ずかしかったのか、ほどなく朋香とは別れてくれました。

高校二年の夏、私と朋香はとうとう男女の関係になりました。私は朋香に恋をして、彼女の後を追い回しました。そして、朋香との縁は、あなたと結婚した後も、続いていたのです。

朋香は父と別れた後、会社を辞めて、阿佐ヶ谷のマンションを出ました。江東区のアパートに越して、映画会社の事務職をしながら、週に一度、私と会ってくれました。

私は朋香と離れられなかった。しかし、彼女との関係を公にすることだけは、できませんでした。なぜなら、両親には絶対に言えない相手でしたし、何よりも、軽蔑していた父と同じ女を好きになった自分を許せなかったのです。

私はあなたと出会った時、朋香と別れようとしました。理知的で明るいあなたが好きでした。でも、どうしても別れることができなかった。だったら、朋香と結婚すればよかったのに、十二歳も年上で、両親にも紹介できない女性と一緒になる決心がつかなかったのです。

私は、朋香との関係を、グロテスクで醜いものだと思い込んでいました。本当はそうではなかったのに。

しかし、あなたには恥ずかしくて告白できなかった。私は弱く、惨めな男だったのです。

皆と釣りに行くと嘘を吐いて、朋香の家に行き、朋香と過ごす。あなたの待つ家に戻って、釣果について嘘を吐く。

そのうち、私は疲弊してきました。父とまったく同じことをしている自分に気付いたからです。しかも、父の愛人だった女性です。

私が疲弊すると、あなたとの喧嘩が絶えなくなりました。まるで、私の父と母とそっくりな喧嘩が。

私が三十五歳の時、朋香から、妊娠を告げられました。彼女はすでに四十七歳。最後のチャンスだから産みたい、と言うのです。

実は、朋香はすでに二回も堕胎していましたから、産むなとは言えませんでした。あなたには、子供は持たないと宣言したくせに、です。私は本当に身勝手で狡い男でした。朋香に子供が生まれた時、私は新しい命の誕生に大きな感動を覚えました。グロテスクで醜い関係だと思っていたのに、豊かで新しい展開が始まったと思ったのです。

私はこれまでの生活をすべて捨て去り、別の人間として生きるのはどうかと思いました。あなたと別れ、両親と別れ、大学の仕事を捨て、これまでの自分を綺麗さっぱり廃棄してしまって、世捨て人になること。これまで長い間、私に寄り添ってくれた朋香と暮らすためでした。

仲のよかった佐藤幹太に相談すると、できないことはないという返事に、決心が固まりました。

加野庸介はある日をもっていなくなり、誰も知らない人となってひっそりと生きる。

怖ろしい考えではありましたが、何もかもが行き詰まっていたように感じていた私は、それしかないと思い込んだのでした。

私と幹太は、天候を調べて、なるべく海上の視界が悪そうで凪いだ日を選び、二艘の船でそれぞれの港を出ることにしました。私は三崎港、幹太は鐙摺《あぶずり》港から。

そして、南西ブイのところで落ち合うことにして時間を決め、船を横付けして、私は幹太の乗る釣り船に飛び移ったのです。

それから船の中で着替えて鐙摺港に帰り、私は幹太の運転する車で都心に逃れました。朋香と息子と住んでいたのは、幹太の故郷である愛知県のS市です。そこでは期間工として、自動車工場や部品工場で働きました。息子の成長だけが楽しみでした。

しかし、そんな生活も、次第に壊れていくのは、どうしてでしょうか。

戸籍のない私は、息子を認知できません。私たちは家族ですが、世間からは、家族として認められない。世捨て人になろうと思ったのに、家族がいるとそれは赦されないのです。

弱い私は、酒を飲み始めました。飲むと暴れることもありました。そして、あなたを恋しく思うこともありました。

いいえ、本当です。あなたとの正しい暮らし（こんな言い方ですみません）が懐かしかった。大学で学生に教え、本を読み、翻訳し、あなたと意見を交わす。そんな暮らしを続けていればよかったと思うことも多くなったのです。

朋香は、当然のことながら、そんな私に愛想を尽かしました。朋香は、ブラジルから来た工員と仲良くなり、私の息子を連れてブラジルに行くことになりました。それで、去年の夏に別れたのです。それからは、一人で寂しい暮らしをしていました。

あなたのご主人に頂いた二百万の金は、息子のために遣ってほしいと朋香に送金しました。

すみません、ありがとうございます。

これが私の物語のすべてです。

幹太が亡くなったことは大変残念です。

彼は私の逃走を助けた後、釣り船を貸してくれた船宿の娘と結婚しました。彼女は詳しい事情は知りませんが、幹太が何か法律を犯したのでは、と疑っていたようです。

幹太の命を縮めたのは、間違いなく私のせいです。無理を通せば、何かが壊れるのだということを知りました。もう遅いですが。

最後になりましたが、あなたには本当に申し訳ないことをしました。

赦してくださいとは言いません。

どうぞ、赦さないでください。

その方が気が楽です。

私はこれから命を絶つつもりで、最後にあなたの声を聞こうと思い、電話をかけました。

そしたらあなたは、私に「消えてください」と仰った。それこそが、弱い私への餞《はなむけ》の言葉だと思います。

ありがとうございました。いつまでもお幸せに暮らしてください。

私たちの名前を書くのも久しぶりで、最後ですね。旧姓ですみません。そして、こんな目に遭わせてすみません。では、さようなら。

加野庸介

笹田早樹様
「笹田早樹様」という宛名と、「加野庸介」という署名だけは自筆だった。

　加野早樹でも、塩崎早樹でもなく、旧姓で書かれた宛名と、「加野庸介」という自分の名前。

　死を偽装した後は、違う名前を名乗っていただろうに、二人が知り合った頃のそれぞれの名を署名したところに、過去に回帰する庸介の甘えが表れているような気がした。

　遭難の前の晩、庸介は普段通りで変わらず、釣りを楽しみにしている様子だった。そして、翌朝、早樹と些細《ささい》な口喧嘩までしたではないか。

　こうした裏切りと偽りの果てに、今は悔いていると言う男は、本当に死ぬ気でいるのだろうか。

　早樹は相模湾を眺めながら、これまでのことをとりとめもなく、検証し続けていた。

　相模湾には白い波が立っている。こんな日に釣り船を出したら、庸介は幹太の船に乗り移ることはできなかっただろう。失敗したら、彼らはまた試みようとしたか。

試みなかったら、庸介は朋香のところに行くのを諦めて、自分と暮らすことを選んだか。偽装に加担した幹太は、そのせいでアルコール依存になったのか。

新城の梁で会った幼女の証言は、本当だったのか。だとしたら、あの時の絶望感は、自分の中でどう形を変えたのか。

こんな手紙で、自分は庸介を赦すのか。

いや、赦せない。早樹は海に向かって大きく首を振った。

「ねえ、それ、ラブレター？」

背後から、真矢の声が聞こえた。早樹は、驚いて振り返った。

煙草を指に挟んだ真矢が、いつの間にか藤棚の下に立っていた。いつも着ている襟元の緩んだ黒のタートルネックセーターにジーンズ。寒そうに首を竦めているが、十二月の冬の陽は、南斜面に降り注いで暖かい。

「違う、ラブレターなんかじゃない」

早樹は言葉を継がずに、視線を泳がせた。

『赦してくださいとは言いません。どうぞ、赦さないでください』

手紙の文言が蘇ったからだ。

「じゃ、何？」と、真矢が煙草を燻《くすぶ》らせて、小さな声で訊く。「一生懸命読んでたからさ。

ラブレターかと思った」

「ラブレターなんて、もらったことないよ」

早樹は肩を竦めた。

「そう言えば、私もない。書いたこともない」と、真矢。

「私は何度か書いたっけ」

早樹は、庸介と結婚する前に、手紙を数通認めたことを思い出した。あの頃の自分は、庸介に恋をしていた。

だが、庸介からは、「ありがとう、嬉しいよ」というメールがきただけだった。その時の寂しさを思い出した早樹は、苦笑いする。

「純情だったのね」

早樹の表情を盗み見た真矢が、からかった。

「かもしれない」

「で、それは何？」

真矢はどうしても知りたいらしい。

「これは、遺書みたいなものなのよ」早樹は、庸介からの手紙を後ろ手に隠して、真矢に問うた。「あなたは、遺書を書いたことがあるの？」

「ないよ。私は、LINEで知らせただけ。これから死ぬからねって。これであんたの顔見なくて済むと思うとほっとするよ、バイバイって書いた」

「でも、死ななかったね」

「そう、ただの嫌がらせだったから」

真矢が笑った。笑うと、タートルネックの襟元から、あの傷痕が見えたが、すでに赤い筋でしかない。

「あなたは絶対に死なないでね。死んだりしたら、駄目だよ」

気が付けば、早樹は真矢にそんなことを言っていた。

「何よ、急に。お説教？」

真矢がぎょっとしたように、のけぞってみせるが、早樹は取り合わない。

「ねえ、それより、ライター貸して」

真矢が何も言わずに、ジーンズの尻ポケットからライターを抜いて差し出した。

受け取った早樹は、庸介からの手紙を石組みの上に置いて火を点けた。

「あれあれ」真矢が驚いたように叫んだ。「燃やしちゃっていいの？」

いったん消えかかった火は、乾燥した空気のせいで、急にめらめらと燃え上がった。

焔は、あっという間に数枚の紙片を燃やし尽くした。石の上に、紙の形に黒い灰が残り、印字された文字がまだ浮き上がっている。

だが、一陣の風が吹いて、黒い灰を周囲に撒き散らした。早樹は、石組みの上に残っている灰を、さらに口で吹いた。そのまま相模湾に飛んで行け、と念じながら。

燃え殻の灰は、四散した。

「あーあ、石が黒くなったじゃん」

真矢が石組みに残った痕を指し示す。

「いいよ。記念だから」

早樹は焼け痕を指で触りながら言う。

「何の記念？」

真矢が驚いて問い返した。

「青春の記念かな」

「よく言うよ。私たち、もう四十過ぎじゃん」

真矢が笑った。

「そう、お婆さんになる節目の記念」

「私もそうだよ」

真矢が急に真剣な顔で同意したが、真矢の気持ちはわからなかった。自分の思いも、誰にも伝わらないだろう。他人に伝わらない思いをひとつ抱えるだけで、老人になった気がするのだった。

ダウンジャケットのポケットに入れたスマホが鳴りだした。早樹は驚いて取り出し、発信元をこわごわ見た。「公衆電話」からではあるまいか、といまだに怯えていた。

だが、克典からだった。

「もしもし、早樹、どこにいるの？　もう出掛けたのかい？」

暢気な口調で、克典が問う。

「お庭にいるのよ。真矢さんも一緒」

「何だ、家にいないから、一人でさっさと蕎麦屋にでも行ったのかと思って焦った」

「まさか」と、早樹は笑う。

ほどなく、窓から二人に手を振る克典の姿が見えた。遠目で見ると、白髪の老人だ。

「真矢さん、手を振ってあげたら」

「いいよ」と、真矢は横を向いて、また煙草に火を点けた。「さっきのあれだけど、燃やしちゃってよかったの？」

「いいのよ」

しかし、早樹は、克典からの電話がきた時の動揺を覚えていた。怯えつつも、何かを期待していた自分の心の正体は何か。

早樹は、スマホの着信履歴にまだ残っている「公衆電話」の文字を見直した。

『赦してくださいとは言いません。どうぞ、赦さないでください』

庸介は、自分に向かって、同じ言葉を一生言い続けるつもりなのではあるまいか。そして、自分は「赦さない」と答え続ける。

まさか、まさか。早樹は白い波の立つ相模湾に目を転じて、否定し続けた。石組みの中で眠る蛇は、自分の怯えを知っているだろうかと思いながら。

解説

綿矢りさ

これは、人探しの物語？　それとも自分探しの物語？

読んでいるうちに主人公早樹が向かい合っている影の正体が、どんどん曖昧になってゆく。前夫が突然行方不明になった真相にどうしても近づきたい、その一心で彼女は前夫の知り合いから話を集めるのだが……。

七十二歳の塩崎克典と、四十一歳の早樹。三十一歳違いの二人は共に一度の結婚歴がある。克典は妻を脳溢血で亡くし、早樹は三浦半島に釣りに行った夫が帰って来ないまま七年が経ち、死亡認定を終えたところだ。新婚さんのこの夫婦は、周りから好奇と邪推の目で見られがちだ。歳の差に加え、克典はお金持ちの成功者だから、早樹は財産目当ての若い後妻かもしれないと、克典の子供からも疑われている。この子供の真矢が早樹と同い年なので、余計事態はややこしい。

世の中の難しいところは、どこかの誰かがめちゃくちゃ欲しがって死ぬ気で手に入れたいものを、特に努力もなく無欲でひょこっと手に入れられる人がいることだ。欲しがってた側の人は、なんであいつがそんな簡単に手に入れるの!?　と悔しくてたまらない。偶然手に入れた側も「ラッキー♪」と単純に喜んで自慢に思える人ならいいが、周りの業の深さに巻き込まれてしまう場合がある。早樹は本来無欲な人間であるのに、人が望むものほぼすべてを手に入れている超勝ち組の克典と結婚したことで、これまでの彼女の素朴な人間関係に思いがけない影が差した。

早樹と克典の暮らす相模湾近くの大邸宅は、前妻の痕跡がまだ色濃く残る場所で、早樹は自分の幸せが前妻の死の上に成り立っているのを、常に意識している。早樹本人に非があるわけではないが、裕福な生活の節々に、なんとなく後ろめたい不穏が募る。

家が前の持ち主を覚えている。そんなことはあり得ない。気のせいと言われればそれまでだ。

個人的な経験で言うと、私は引っ越し前に業者が入って綺麗に掃除してくれたあとの賃貸マンションにしか住んだことが無いが、そんな場所でさえ住んでいるうちに、柱の傷や棚のたわみ、ベランダに残った少しのごみなんかで、前の住人の気配を感じることがある。だからこの物語の逗子の塩崎家のように前妻の遺品も、そこを実家とする塩崎家の娘真矢の自室さえそっくりそのまま残っているとなれば、いくら大邸宅でも窮屈に感じるくらい、前に住んでいた人の気配を早樹は常に感じるのではないだろうか。しかも前妻が脱衣場で亡くなっていた様子を詳細に知っている早樹からすれば、なかなか自分の家とは思えないほどくつろげないのも頷ける。やっぱり家は住人が変わるときには、捨てるとか清めるとか、何かしらの儀式が必要だ。夫の克典は大きく高価なオブジェを二つも新たに購入して、庭に飾ったりしているが、そういうことではない。亡くなった前妻の使ってた食器をとりあえず全部整理する、その方がよっぽど早樹にとっては嬉しかったのではないだろうか。人の気配は物に宿る。物にその人の魂が入ってるというより、前の持ち主を想起させる装置として機能する。

人間なんていくら親しくても謎だらけで、どれだけ真の実態に迫ろうとしても、いくつもいくつも新しい一面が発掘されるぐらい複雑だ。特に現在煙のように姿をくらました人が以前どんな人付き合いをしていたどんな性格の人だったかなんて、いくら色んな人から話を聞いても摑めない。そんなこと頭の中では分かってるはずなのに、早樹は失踪した夫について調べるのをやめられない。

夫の人間関係について知りたくてたまらなくなる。知ることによって愛情が減ったり増えたり、そんな風に今さら影響されるのは嫌なはずなのに。人は人によって見せる顔が違うから、調べれば調べるほど余計謎めいてくる。極端なたとえになるけれど、殺人犯が殺人寸前に被害者に見せていた形相と、近所の人に挨拶していたときの顔は全然違う。その落差があればあるほど闇を感じる。仲良くやっていたと思っていた夫婦仲を突然裂いた前夫の行方不明は、海難事故で亡くなったと考えていれば気持ちの整理もつき、前夫の面影をずっと愛し続けていられたかもしれないのに、前夫の姿を見たという義母の証言が、じわじわと早樹に染み込み動揺を呼ぶ。これも愛する者を失った人間が経なければならない過程の一つなのだとしたら、なんともきつい試練だ。

本書を読んでいて驚くのは、失踪した前夫が無事生還してフラリと帰ってくることに、彼の身近な人々のほとんどが怯えていることだ。失踪直後は、死んでませんように、どんな形であっても見つかりますようにと、彼の妻も母も友達もみんな必死で探した。でもずっと見つからなくて、生存の希望が消えて、やっとあきらめがついて新しい生活を始めたときに、ひょっこり戻ってこられると、今度は恐怖に感じる。身勝手ともいえるこの感情だが、その気持ちはよく分かったし、よく分かった分、自分もなんらかの理由で失踪して十年ぶりぐらいに元の場所に戻れるとなっても、周りの人たちの反応を想像すると恐ろしい。

もしリアルで浦島太郎が竜宮城で暮らしたあと自分の村に戻ってきたら、こんなに複雑な心理の波紋が周囲に広がったかもしれない。浦島太郎が戻ってきたとき、もし親族とかまだ生存していたら「えっ⁉　もう死んでたと思ってたのに！」と喜びだけではない恐怖の入り交じった驚愕の表情をされたり、家や持ち物も処分されてて居場所が無かったり、お嫁さんは別の人と結婚していたりと、なかなかシビアな時の流れを見せつけられてショックを受けたかもしれない。玉手箱を開けて広がる突然の老いの煙って、そういう周りの状況を含めての驚きも象徴してるのかもしれないな、なんて思ったり。

迷子状態になり行く先も分からず彷徨《さまよ》う当人が不安なのはもちろん分かる。でもいなくなった人を必死に探している方の人間も同じくらい不安を感じているのはどうしてだろう。人の多いところで人を探していて、あっ見つけた！　と走り寄ると似ている違う人だったり、サッと街角に消えた人影がもしかしたらその人だったのではないかと追いかけたりする。でも見つからなくて、をくり返すうちに平静を失うほどざわざわした不安に襲われる。その人が見つかった後に探していたときのことを思い出すと、ちょっと大げさだったなと苦笑するくらい、あわててしまう。自分が迷ってるみたいに心細くなり、精神の均衡がガタ落ちする。なんであんなに不安になるんだろうと不思議だったけど、本作を読むと〝もし永遠に見つからなかったときの、取り返しがつかないほどの後味の悪さ〃を先回りで想像して既に怯えているからかもしれない。

桐野さんの描かれる失踪というのは、心にいくらでも余韻を残して消えない。現実世界で、突然いなくなった人は自分の周りに一人もいないのに、『柔らかな頬』を読んでからというもの、〝既に大事な誰かを行方不明で失ったような感じ〃が消えなかったのが、本書を読んでまた強化された。ずっと一緒に暮らしていた愛する人が突然消えて、消えた人が生きてるのか死んでるのかも分からない、気にし始めたらキリが無い。心配で心配で溶けてなくなりそう。ってほどは早樹は引きずってなくて、割りきってる部分も大きい強い人なのだが、身近な人の行方が分からないという不安感に強くシンパシーを感じる。なんでかというと桐野作品を以前読んでたときに自分も同じ不安感を味わったからなのだが、なんだか物語と現実がごっちゃになってくる。

生きている人間の想像力は時に豊かすぎて、死んでいる人や動物さえ冥界から引きずり出して喋らせたりする。死人に口無しと昔から言うだろといくら言い聞かせても、いやあんな辛い思いをして死んでいった人たちが安らかにあの世に行ったわけが無い、いまでもここに残り続けて声無き声でメッセージを送り続けてるはずだと信じている。その真偽は分からないけど、そんな風に死者の声を聴くのは、生きている人間が何かを乗り越えるために必要な過程なのかもしれない。早樹は克典の前妻や前夫の囁き声をキャッチして、次第に日々の平穏を失う。とめどなく囁く謎の声。一体誰の声なのか。よく聞くと自分の声だったりするのかもしれない。

――小説家

この作品は二〇一九年三月小社より刊行された
ものを文庫化にあたり二分冊したものです。

とめどなく囁《ささや》く（下）

桐野《きりの》夏生《なつお》

令和4年7月10日　初版発行

発行人——石原正康
編集人——高部真人
発行所——株式会社幻冬舎
〒151-0051東京都渋谷区千駄ヶ谷4-9-7
電話　03(5411)6222(営業)
　　　03(5411)6211(編集)
公式HP　https://www.gentosha.co.jp/
印刷・製本—中央精版印刷株式会社
装丁者——高橋雅之

幻冬舎文庫

ISBN978-4-344-43208-6　C0193　き-33-3